정의의 길,
세 개의 십자가

일러두기

1. 단행본과 신문, 방송, 잡지는 《 》로, 논문이나 신문기사 등은 〈 〉로 표시했습니다.
2. 별도 표시가 없는 사진들은 함세웅 신부님이 제공한 것이며, 그 밖의 사진에는 저작권을 명시했습니다.
   공유 가능한 웹사이트에서 수집한 자료들 중 추후 저작권이 확인되는 사진에 대해서는 적절한 대여 절
   차를 거칠 예정입니다.

정의의 길,
세 개의 십자가

김삼웅 지음

함세웅 평전

소동

차
례

제3장 | **찬란한 항쟁의 시대**(1980~1988) | 149

정 의 를 향 한 겸 손 한 구 도 자

지금 대한민국은 역사적인 전환기를 맞고 있다. 전지구적 기후위기, 가파른 고령화와 저출생, '챗 GPT'로 대표되는 AI시대의 개막…. 하루가 다르게 급변하는 안팎의 사회분위기 속에서 그에 걸맞은 새로운 가치혁명이 필요하고, 사회시스템의 기조에서 운영방식까지 실로 많은 것들이 바뀌어야 하는 시점이다.

2021년 7월, 195개국이 가입한 유엔무역개발회의UNCATD는 한국의 지위를 개발도상국에서 선진국으로 격상시켰다. 후진국에서 개발도상국을 거쳐 마침내 국제사회가 공식적으로 인정하는 선진국의 반열에 올라선 것이다. 제2차 세계대전 이후 독립한 140여 국가들 중 유일한 케이스다.

대한민국은 해방과 동시에 분단·전쟁·백색독재·군부독재·산업화·민주화의 힘겨운 도정을 거쳐왔고, 좀 더 소급하면 기나긴 조공의 세월과 35년 식민지배의 굴욕을 겪었다. 한반도는 아직도 분단상태이고, 전시작전지휘권도 회수하지 못한 상태이며, 친일잔재와 군사정권의 적폐를 제대로 청산하지 못하고 있다. 그럼에도 불구하고 선진국 대열에 올라선 것은 국가적인 쾌거가 아닐 수 없다. 우리 앞에 놓인 시대적 과제들을 현명하게 해결하고 국제사회를 이끄는 리더 국가가 되느냐 여부는 지금과 같은 대전환기를 이끌어갈 지도자와 정부의 역량에 따라 결정될 것이다.

다른 나라에서 1천년 동안 겪을까 말까 하는 역경과 시련을 우리는 100년도 안 되는 짧은 기간 동안 한꺼번에 겪어왔다. 실로 만만치 않았던 그 시절을 통과하여 마침내 선진화를 이뤄낼 수 있었던 핵심 키워드는 단연코 '민주화'일 것이다. 민주화로 인해 사회가 유연해지면서 문화·예술을 비롯한 많은 분야에서 한민족 특유의 창의력이 발휘되었고, 경제발전에도 윤활유 역할을 할 수 있었다. 대한민국의 현대사는 곧 민주화의 역사이며, 그 도정에는 수많은 사람들의 땀과 눈물 그리고 희생이 깃들어 있다.

예수의 길, 정의의 길

박정희 군부독재가 절정에 이르렀던 1970년대와 전두환 신군부가 살육을 일삼던 1980년대를 거쳐 오늘에 이르기까지, 반세기 동안 사제복을 입고 정의를 향한 발걸음을 멈추지 않는 겸손한 구도자가 있다.

정의의 길, 세 개의 십자가

평생을 민중과 함께해온 함세웅 신부.

들어가는 글 __ 정의를 향한 겸손한 구도자

불의한 집단이 총칼을 꿰어 차고 세상을 지배하면서, '유신만이 살길이다' 또는 '정의사회 구현' 따위의 통치 용어가 마치 시대정신인 양 변주되면서 이 땅은 중세를 방불케 하는 암흑기로 빠져들었다. 잔인한 마녀사냥이 버젓이 자행되고, 성경을 손에 든 몽상가와 연금술사들이 서울 요지에 바벨탑을 쌓아 올리고, 한때 멀쩡했던 교계의 지도자들이 국가원수를 위한 조찬기도회를 열어 독재자의 만수무강을 축원했다. 17세기 유럽의 '장미십자가 사건'을 방불케 하는 사건들이 잇따랐고, 그 이념적 광기는 여차하면 북쪽을 향한 새로운 '십자군 전쟁'도 불사할 태세였다.

그러나 이러한 야만의 시기에도 깨어 있는 성직자와 지식인과 예술가들이 있었고 특히 학생과 노동자들이 적지 않았다. 이들의 치열한 반독재투쟁과 김재규 장군의 거사가 마침내 유신의 심장을 멈추게 했고, 몇 년 뒤에는 노도와 같은 6월항쟁으로 기어이 살인마의 폭정을 정지시켰다.

이후 이른바 '1987년 체제'가 만들어졌고 몇 차례 수평적 정권 교체가 이루어졌다. 하지만 유신과 5공의 물적·인적 토대 위에 들어선 '민주화'는 너무나도 허약해서, 시대를 건너고 세대를 가로지르는 동안 발전과 퇴보, 혁신과 수구가 반복되었다. 마치 해방 후 친일청산이 이루어지지 못함으로써 친일잔당이 주류가 되었듯이, 유신과 5공의 미청산으로 인해 그들 변통세력이 주역 노릇을 하게 되었다.

이러한 역사의 소용돌이 속에서 '정의'라는 불쏘시개를 들고 광야를 쉼 없이 순례하는 성직자가 바로 함세웅 신부다. 세월이 흐르면서 수많은 민주인사들이 이런저런 이유로 제가 걷던 길에서 이탈했어도 그는 특유의 온화함과 명징한 시대정신으로 초지일관 예수의 길, 역사의 길, 정의의 길을 걷고 있다.

> 시대의 징표를 깨닫는 것은 신앙인의 책무다. 시대와 무관한 삶이 불가능하듯 시대와 무관한 신앙인은 존재할 수 없다. 시대의 징표란 바로 세상 한가운데서 하느님을 깨닫게 하는 하느님 자신의 표지이기도 하다. 함세웅, <정의구현운동의 시대적 배경> 중에서

함세웅 신부의 생애는 시대의 징표를 찾고 실천하는 구도자의 삶이었다. 그는 세속에 사는 사제이지만 속되지 않았고, 80세의 연치에 이르렀지만 노쇠하지 않았다. 중책을 맡은 과제들이 산더미인데도 일처리에 삿됨이 없는 모습은 한 시대의 가치기준으로 삼기에 조금도 모자라지 않을 터이다.

그의 생애는 천주교정의구현전국사제단 창립, 민주회복국민회의 대변인, 두 차례 투옥, 가톨릭대학교 신학과 교수, 평화신문·평화방송 대표, 민주화운동기념사업회 이사장, 안중근의사기념사업회 이사장, 10·26 재평가와 김재규 장군 명예회복위원회 공동대표, 기쁨과 희망 사목연구원 원장, 민족문제연구소 이사장, 인권의학연구소 이사장 등으로 이어져왔다. 큰 줄기만 헤아려도 이렇다. 하나같이 아무나 하기 어려운 일들이고, 함부로 맡기지도 않는 자리다.
  그는 간판과 허울에 집착하는 여느 '명사'들과는 달리 열과 성으

로 맡은 소임을 다한다. 어느 것 하나 허투루 하지 않는 성실성을 보인다. 민주화운동에 나섰던 명사들 중 더러는 지치고, 상당수는 관복을 입고, 혹자는 변신하여 반동적 수구파가 되고, 일부는 얼치기 진보 행세를 하며 진영을 망치기도 했다. 야만성이 짙었던 오랜 격동기에 지명도 높은 인물이 자신의 정체성을 지키며 품격 있게 살아가기란 쉬운 일이 아니다. 그럼에도 그는 신념과 명징함을 잃지 않고 스스로의 신념을 확산시키고자 노력해왔다. '정의'라는 시대적 가치로 정신무장을 단단히 한 까닭이리라.

"NO"라고 말할 수 있는 용기

한국 사회에는 아주 오래되고 견고한 가치관이 하나 있다. '긍정적 마인드'가 그것이다. 회사에서 신입사원을 뽑을 때 특히 강조하는 것인데, 일체의 비판이나 반대를 삼가고 순종해야 한다는 의미가 담겨 있다. 이와 달리 '부정적 마인드'는 탈락의 대상이 된다. 회사 직원뿐 아니라 주변의 친구나 동료들을 평가할 때도 '긍정적'이라는 말은 말 그대로 긍정적인 기준으로 널리 사용된다.

과연 옳은 가치관일까?

진리에 이르는 방식인 '정-반-합'의 변증법 이론이 아니더라도, 세상을 바라보는 눈길이 반드시 긍정적이어야만 하는 것일까?

우리 선조들은 재주가 있고 태도가 올곧은 청소년을 "품행이 방정方正하다"라고 평가하였다. 해방 후부터 1970~80년대까지 초등

정의의 길, 세 개의 십자가

6월항쟁 20주년 기념식(2007)에 참석한 함세웅. 그는 참된 반대자의 길을 일관되게 걸어온 우리 시대의 선각자이다.

학교 상장에도 종종 쓰이던 표현이다. '방정'이란 "언행이 바르고 의 젓하고 점잖음"(국어사전)이라는 뜻이다. 방정의 '방方'은 사각형의 모가 난다는 뜻으로, 순종과는 의미가 전혀 다르다.

　하지만 지금은 대부분의 사람들이 모가 나는 비판적·합리적 인 물보다 둥글둥글한 순종형을 선호한다. 부려먹기가 더 수월하기 때 문이다. 일제와 독재자들이 원했던 인간형이 알게 모르게 우리의 내면 깊숙이 각인되어온 것이다.

프랑스의 저널리스트이자 작가인 장 프랑수아 칸은 《인류 역사를 진전시킨 신념과 용기의 외침 NO!》라는 방대한 저술을 통해 기원전의 테베에서 20세기말의 천안문까지, 인류사에 길이 남을 중요한 반역과 저항 사례들을 제시하였다. 노예제도에 대한 'No', 봉건제도에 대한 'No', 드레퓌스파의 고귀한 'No' 등 30여 가지의 'No'에 관해 쓰면서 그는 이렇게 덧붙인다. "그들의 용감한 외침이야말로 우리의 무사안일과 순응주의를 깨뜨리는 쇠망치다!"

잠깐 우리의 근현대사를 훑어보자.

일본제국주의 No!(3·1혁명), 이승만 독재 No!(4월혁명), 박정희 유신독재 NO!(10·26 거사), 전두환 살인마 No!(광주민주화운동), 5공 군부독재 No!(6월항쟁), 이명박근혜 국정농단 No!(촛불시위). 도도하게 이어져온 비판과 반대의 역정이 대한민국 민주화의 마그마 역할을 하였다.

물론 '긍정적' 인식의 세력이 만만치 않았다. 식민통치에 협력한 '친일파', 이승만 시대의 '만송족', 박정희 시대의 '유신파 지식인들', 전두환 시대의 '싹쓸이파'와 '우리가 남이가 군상' 등 사대·어용세력이 당대 권력의 비호를 받으며 발호하고 국민들 위에 득세하였다. 이른바 '긍정적 가치관'이 뿌리를 내리게 된 배경이기도 하다.

사물에 대해, 또는 사안에 대해 긍정적이냐 부정적이냐를 따지는 것은 일종의 흑백논리다. 중요한 건 긍정, 부정 여부가 아니라 합리성이기 때문이다. 인류가 중세 암흑기를 거쳐 근대에 이를 수 있었던 가장 큰 원동력은 합리주의 가치관이었다. 바로 그것이 사람을 평가하는 첫 번째 기준이 되어야 하는 것이다.

정의의 길, 세 개의 십자가

이런 얘기를 꺼낸 데는 이유가 있다. 얼마 전 지인들과의 모임에서 근황을 묻길래 "함세웅 신부님 평전을 준비 중"이라 했더니 어느 교수 출신 인사가 대뜸 이렇게 말한다. "아, 그 평생을 반대로 일관하신 분 말이죠?"

'반대자'를 마뜩찮게 여기는 우리 사회의 시선이 고스란히 느껴지는 반응이었다. 그렇게 사사건건 반대해서 이룬 게 대체 뭐냐는 질문이 담겨 있는 것 같기도 했다. 그러나 진정한 반대자의 외침은, 설령 역류하는 역사의 물굽이를 완전히 바꾸지는 못하더라도, 시대정신의 전파를 위해 반드시 필요하다.

프랑스 대혁명기 그레구아르 사제는 노예해방을 지지하고 제1집정관인 나폴레옹 보나파르트가 황제가 되는 것에 반대했던 인물이다. 그는 1756년 출생해 24세에 사제 서품을 받고 혁명 초기 3부회에 성직자 대표로 선출되었다. 그는 구체제의 3계급, 즉 귀족·성직자·평민이 따로 모이는 것에 반대했다. 진정한 혁명은 계급 타파에 있는데 여전히 계급이 따로 모이는 것은 혁명 정신의 훼손이라며 최초로 거부권을 행사하였다. 국민의회 의원이 된 뒤에는 왕정복고에 반대하며 공화제를 주장했다.

1831년 그가 사망했을 때 파리 주교는 종부성사를 허용하지 않았으며 기독교식 매장마저도 금지시켰다. 그러나 역사는 그를 불의에 맞서 치열하게 저항했던 거룩한 사제로 기록하고 있다. 그는 미국의 링컨보다 훨씬 앞서 노예해방을 실천했고, 프랑스의 그 어떤 지식인이나 성직자보다도 앞장서서 나폴레옹의 황제 등극을 반대했던 인물이다. 성직자이자 시민으로서 참된 반대자의 표상이었던 그의 삶은 함세웅 신부의 삶과도 겹쳐지는 부분이 많다.

역사의 맥을 잇는 정의구현사제단

함세웅 신부 등이 주도했던 천주교정의구현사제단의 1970~80년대 반독재 투쟁과 관련하여 교회 안팎에서는 '정교분리'를 내세워 비판하는 목소리가 적지 않았다. 정작 노골적이었던 교계 지도자들의 독재 지지발언이나 조찬기도회, 심지어 5공 출범의 토대가 되었던 국가보위입법위원 참여 등은 철저히 외면한 채였다. 이와 같은 왜곡된 비판의 흐름은 지금까지도 이어지고 있다. 특정 종교세력의 공공연한 정치활동은 침묵하면서 사제단의 '정의구현' 행사에는 반 기독교적 언사를 거침없이 토설한다.

을사늑약과 경술국치 그리고 일제강점기 동안 수많은 독립운동의 '단團'이 결성되어 항일투쟁을 벌였다. 정당이나 위원회보다 '단'을 선호한 것은 소규모 조직으로서 쉽게 노출되지 않고 비밀활동을 벌이기에 용이했기 때문이다. 의열단·다물단·중광단·광복단·흥사단·노인단·대한독립단·한인애국단·대한신민단·대한광복단·의민단·야단·혈성단·대한청년단·복황단·청년맹호단·급진단·학생광복단·충열단·자위단·혈성단·공성단·벽창의용단·공명단…. 일일이 열거하기 어려운 '단'이 조직되어 치열하게 국권회복 투쟁을 전개하였다.

함세웅을 비롯한 사제들이 엄혹했던 유신시대에 정의구현사

　　　　　　　　　　　　정의의 길, 세 개의 십자가

제'단'을 조직하여 민주주의 회복에 나섰던 것은 이러한 독립운동 단체들의 정신을 잇는 것이었다. 본인들이 의도했건 의도하지 않았건, 정의를 향한 역사의 맥락은 쉼 없이 이어진다.

다시 어지러워진 세상에서

화가들은 용이나 기린 같은 상상의 동물보다 소, 닭, 돼지를 그리기가 더 어렵다고 한다. 전자는 직접 본 사람이 없어서 평가를 하기가 어렵지만 후자는 누구나 잘 알기 때문에 함부로 그리기가 어렵다는 것이다. 동시대 인물 평전을 쓰는 일도 이와 다르지 않다.

그럼에도 불구하고 용기를 낸 것은 바야흐로 '공정과 상식'이라는 관제 구호가 나부끼는 시대가 되었기 때문이다. 과거 전두환의 국정지표였던 '정의사회 구현'이나 이명박의 '공정사회' 구호 등은 '승자의 정의Victor's Justice'가 실제로는 '불의'에 다름 아니었음을 우리에게 보여주었다. 또다시 정의의 탈을 쓴 불의가 횡행하는 지금, 함세웅 신부의 강고한 삶의 궤적을 살펴봄으로써 진정한 정의가 무엇인지를 확인하고, 세인들을 미혹하는 '관제 정의'가 뿌리 내리지 못하도록 경계하고자 한다.

아울러 같은 시대를 살면서 줄곧 지켜보았던 인간 함세웅을, 험난한 현대사의 현장을 떠나지 않는 그의 기나긴 수행을, 이 글의 제목이기도 한 '정의를 향한 겸손한 구도자'를 나의 '평전 시리즈'에서 놓치고 싶지 않아서이다. 2022년《오마이뉴스》에 연재했던 함세웅 평전을 보완하여 단행본으로 펴내는 건 바로 그런 이유에서다. 지금까지 그래왔듯이, 뜻 있는 분들의 많은 편달에 힘입어 '숨 쉬는 현대사'를 찾아가는 길손이고자 한다.

세상은 또다시 어지럽다. 촛불혁명으로 태어난 문재인 정부가 속절 없이 끝나고 '보수'를 참칭하는 윤석열 정권이 0.73% 포인트 차이 로 집권했다. 이 엄중한 역사의 전환기에서, 지난 세월 '어둠 속의 횃불'처럼 살아온 한 구도자의 치열했던 삶의 궤적을 좇으며 동행 자를 찾는다.

> 나는 내 백성이 이집트에서 고생하는 것을 똑똑히 보았고
> 억압을 받으며 괴로워 울부짖는 소리를 들었다.
> 그들이 얼마나 고생하는지 나는 잘 알고 있다.
> 나 이제 내려가서
> 그들을 이집트인들의 손에서 빼내어 그 땅에서 이끌고
> 젖과 꿀이 흐르는 아름답고 넓은 땅으로 데려가고자 한다.
>
> 출애 3:7-8

고등학교를 졸업한 함세웅은 1960년 4월 가톨릭대학(현 가톨릭대학교 성신교정)에 입학했다. 이승만 정권의 3·15 부정선거에 항거하여 4·19혁명이 일어난 시점이다. 그러나 이 학교는 보수적이어서 바깥소식과 철저히 단절되었다. 신문을 사흘이 지난 뒤에야 게시판에 붙이는 등 통제가 심하여 학생들은 4·19에 대한 소식을 뒤늦게 알았다.

이승만이 대통령직에서 물러난 4월 26일, 낮 12시 기도 시간에 학장 신부가 4·19혁명과 이승만 퇴임 사실을 전교생에게 알렸다. 그는 혁명 과정에서 희생된 학생들을 '불사조'에 빗대어 함세웅에게 큰 감명을 주었다. 이때부터 '불사조'라는 말이 그의 가슴 깊이 새겨지게 된다.

경무대(청와대) 앞에서 피 흘리며 숨져간 청년학생들은 우리 시대의 불사조입니다. 불사조는 자기가 죽을 나이가 되면 자기가 태어난 곳으로 가서 깃털을 부비고, 거기서 불이 붙으면 다 타 죽어요. 한줌의 재가 식고 나면 적당한 온도 속에서 하나의 알이 태어납니다. 그것이 새로운 불사조가 되어 동쪽으로 날아갑니다. 자기 몸을 불태우면서 생명을 이어주는 불사조! 이 불사조가 예수님의 부활을 상징하는 것이고, 우리에게 민주주의를 실현해주는 학생들을 상징합니다.

비록 당시 학교 사정 때문이었지만, 함세웅은 4·19세대로서 4월혁명에 참여하지 못한 것에 일종의 부채의식을 갖고 있었던 것 같다. 그래서 이승만 독재보다 더 가혹한 박정희, 전두환 군사독재에 저항하며 '빚 갚음'에 나섰던 것일까? 훗날 민주화운동 과정에서 그는 강론·연설·기고문을 통해 종종 불사조 이야기를 꺼내곤 했다.

대학생 때 학장 신부로부터 들었던 이야기는 이렇게 그의 '심장에 꽂힌' 한마디가 되었다. 이후 그는 끝없이 되살아나는 불사조의 정신으로 민주화의 고된 길을 쉼 없이 걷게 된다.

제 1 장

사제가 된 소년

1942~1974

일제강점기 말, 서울에서 태어나다

함세웅은 1942년 6월 28일 서울시 용산구 원효로 3가에서 태어났다. 목재상인 아버지는 유교적 가치를 중시하는 인물이었고 어머니는 평범한 분이었다. 형이 둘 있었으나 한국전쟁 때 사망했고, 그는 외아들로 성장한다.

> 하늘 아래 모든 것에는 시기가 있고 모든 일에 때가 있다. 태어날 때가 있고 죽을 때가 있으며 심을 때가 있고 심긴 것을 뽑을 때가 있다. 코헬렛 3:1-2

그가 태어나고 성장한 시기는 일제 말기에서 해방·분단·한국전쟁으로 이어지는 혹독한 시련기였다. 현재 생존한 세대 중에서 그는 나라가 가장 어려울 때 태어나고 성장한 세대에 속한다. 당시 일제는 단말마적인 착취와 탄압으로 우리 민족의 정신을 송두리째 말살시키려 들었다.

조선총독부는 1942년 2월 식량관리법을 공포하여 민간인의 식량까지 통제하고, 3월부터 각 가정의 수저와 놋그릇 등 금속류를 강제 회수하였다. 뒤이어 5월 징병제 실시, 9월 청장년 국민등록제 실시, 10월 한국어 교육과 사용 금지 등으로 전시체제를 강화하면서 국민을 옴짝달싹 못 하도록 옥죄었다. 5월에는 악독하기로 소문난 고이소 구니아키小磯國昭가 조선 총독으로 부임하였다.

2세 때인 1943년 10월 학병제가 실시된다. 11월에는 학도병에 지원하지 않는 학생들에게 징집영장이 발급되었다. 8월에 여자정신대 근무령이 공포되어 만 12세 이상 40세 미만의 배우자 없는 여성들을 일본과 남양군도 등 세계 각지로 끌어갔다. 그해 7월, 고이소가 일본 수상으로 전임하고 아베 노부유키阿部信行가 새 총독으로 부임했다.

3세 때인 1944년 1월엔 총독부가 여학생들을 일제 군수공장에 동원하여 군복 수선과 세탁 등 노역을 시키고, 남학생들에게는 소나무 진액과 목화 뿌리 채취를 지시했다. 태평양전쟁의 막바지였던 1945년 3월에는 총독부가 '결전교육조직'을 공포하여 초등학교 외의 모든 학교 수업을 정지시키고 학생들을 강제노동 또는 군대에 동원하였다.

함세웅은 4세 때 해방을 맞았다. 아직 유아기라 일제 말년의 참혹한 압제를 체감하기엔 어린 나이였다. 집안 어른들의 과잉보호 때문에 감기에 잘 걸려서, 오히려 건강한 몸으로 성장하기가 어려웠다고 한다.

> 어려서부터 몸이 좀 약해서 감기에 자주 걸렸어요. 그때마다 학교 앞에 있는 성모병원에 다녔는데, 약을 많이 써서인지 감기에 약했어요.[1]

나라는 해방이 되었으나 국토가 남북으로 갈라지고 곧 6·25전쟁이 벌어졌다. 두 형님이 차례로 사망하는 아픔을 겪어야 했고, 늘상 다니던 성모병원에서 부상자들의 참상을 목격한다. 13세 때 아버지를 여의고 홀어머니 밑에서 외롭게 성장한다. 그래서인지 뒷날 가정에 대해 쓴 글에서 남다른 애틋함이 묻어난다.

> 가정의 의미와 중요성은 생명의 존엄과 직결된다. 사람은 특히 성장하여 자립할 때까지 가정에서 부모로부터 도움을 받아야 한다. 자녀교육에 대한 부모의 의무는 가정의 실천원리 중 가장 중요한 것이다. 자녀에 대한 무조건적인 부모의 사랑, 이 사랑에 대한 자녀들의 응답이 부모의 공경으로 나타난다. 곧 혈연에 기초한 사랑의 관계다. 따라서 부모와 자녀 사이의 권위와 순종은 법적 개념 이전에 형성된 사랑에 그 뿌리를 둔 자연 원리다. 본능적 사랑과 윤리적 규범의 필연적 관계다. 이를 우리는 흔히 자연법이라 부른다.[2]

천주교와의 운명적 만남

함세웅은 1954년 초등학교를 마치고 중학교에 진학한다. 중학교 2학년 때 '위령의 달'을 맞아 집 근처 성직자 묘지에서 기도하던 중 삶과 죽음의 의미에 대해 깊이 고민하게 되었다. 이를 계기로 사제가 되리라 결심하고 본격적으로 성경 공부를 시작했다. 아마도 천주교와 운명적으로 인연이 있었던 것 같다.

초등학교 3학년 때 6·25를 맞았습니다. 피난을 못 가고 서울에 있었는데 어느 날 미군의 B-29 폭격기 100여 대가 새까맣게 뒤덮으며 날아와 (나중에 안 일이지만 북한 인민군이 설치한 한강 임시다리와 연료창을 폭파하기 위해) 폭격을 가했습니다. 오전 10~11시쯤이었던 것 같은데 동네 아이들이 놀라서 달아난 곳이 당시 용산신학교

중학교 1학년 때인 1954년 용산성당에서의 영세식.

안 성모병원(지금 성심여고 자리)이었습니다. 분명 집 앞에서 놀았는
데 왜 그리로 도망쳤는지⋯. 그것이 천주교와 친숙해진 첫 번째 사
건이었습니다.[3]

16세 때인 1957년 4월, 혜화동에 있는 사제후보 양성 기숙학교인
성신고등학교(소신학교)에 입학하여 성당에서 기도하고 사색하며
규칙을 잘 따르는 모범생으로 학창시절을 보낸다.

정의의 길, 세 개의 십자가

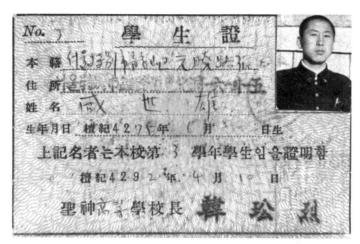

제가 어릴 때 한국전쟁이 한창이었죠. 중학교 2학년 때 신부님을 따라 공동묘지 미사를 가 복사(服事, 신부를 돕는 신자)를 했는데, "사람은 태어나서 이렇게 죽는구나"를 알게 되자 현세의 허망함이 느껴졌어요. 전쟁의 비참함은 저로 하여금 영원히 변치 않을 가치를 추구하게 만들었어요. 그게 저한테는 사제가 되는 길이었던 것 같아요.[4]

아버지가 운명하시기 전에 세례를 받은 일도 그가 사제가 되는 인연의 한 가닥일 듯하다.

어릴 적 아버지께서 굉장히 편찮으셨는데 돌아가시기 전에 세례를 받으셨어요. 아버님의 장례 미사를 봉헌하는 게 계기가 되어서 성당을 다니게 됐죠. 그 뒤 신학교에 진학하게 됐어요. 진학에 대해 집안에서 반대가 심하지는 않았어요. 어머님께서는 조금 망설이셨던 것 같지만, 제가 하고 싶어 하는 것을 하게 해줘야겠다는 생각이 더 크셨던 것 같아요.[5]

내성적이었던 그는 고등학교 시절에 친구들과 어울리는 것보다 사색하고 기도하면서 보내는 시간이 훨씬 더 많았다.

고등학교 때는 사춘기가 왔는지 주로 사색하고 기도하고 그러면서 열심히 지냈어요. 친구들과 노는 것조차 피하고, 시간만 나면 성당 가서 기도하고 그랬어요. 학교 규칙도 어기지 않고, 가벼이 지내지 말고 진지하게 살자고 다짐하면서요. 아침 5시에 일어나고 저녁 9시 반에 자는 모범적인 생활이었어요. 우리 신학교에는 "규칙에 사는 사람이 하느님께 사는 사람이다"라는 격언이 있는데, 그 격언대로 살았어요.[6]

머리는 대단히 우수했던 것 같다.

한번은 명동성당에서 교리시험을 봤는데 4명이 100점을 받았어요. 그래서 그 넷을 상대로 최석호 신부님이 구두시험을 치르면서 교리문답을 물어봤어요. 그때 교리문답이 모두 320개에 달하는데, 제가 몽땅 다 외워서 결국 1등을 한 적도 있어요.[7]

1965년 가톨릭대학 학생증.

고등학교를 졸업한 함세웅은 1960년 4월 가톨릭대학(현 가톨릭대학
교 성신교정)에 입학했다. 이승만 정권의 3·15부정선거에 항거하여
4·19혁명이 일어난 시점이다. 그러나 이 학교는 보수적이어서 바깥
소식과 철저히 단절되었다. 신문을 사흘이 지난 뒤에야 게시판에
붙이는 등 통제가 심하여 학생들은 4·19에 대한 소식을 뒤늦게 알
았다.

이승만이 대통령직에서 물러난 4월 26일, 낮 12시 기도 시간에
학장 신부가 4·19혁명과 이승만 퇴임 사실을 전교생에게 알렸다.
그는 혁명 과정에서 희생된 학생들을 '불사조'에 빗대어 함세웅에게
큰 감명을 주었다. 이때부터 '불사조'라는 말이 그의 가슴 깊이 새
겨지게 된다.

4·19혁명 45주년(2005) 기념식에 참석한 함세웅. 청년 시절에 들었던 4·19의 불사조 이야기는 평생을 두고 그의 심장에 꽂힌 한마디가 되었다.

경무대(청와대) 앞에서 피 흘리며 숨겨간 청년학생들은 우리 시대의 불사조입니다. 불사조는 자기가 죽을 나이가 되면 자기가 태어난 곳으로 가서 깃털을 부비고. 거기서 불이 붙으면 다 타 죽어요. 한줌의 재가 식고 나면 적당한 온도 속에서 하나의 알이 태어납니다. 그것이 새로운 불사조가 되어 동쪽으로 날아갑니다. 자기 몸을 불태우면서 생명을 이어주는 불사조! 이 불사조가 예수님의 부활을 상징하는 것이고, 우리에게 민주주의를 실현해주는 학생들을 상징합니다.[8]

비록 당시 학교 사정 때문이었지만, 함세웅은 4·19세대로서 4월혁명에 참여하지 못한 것에 일종의 부채의식을 갖고 있었던 것 같다. 그래서 이승만 독재보다 더 가혹한 박정희, 전두환 군사독재에 저항하며 '빚 갚음'에 나섰던 것일까? 훗날 민주화운동 과정에서 그는 강론·연설·기고문을 통해 종종 불사조 이야기를 꺼내곤 했다.

대학생 때 학장 신부로부터 들었던 이야기는 이렇게 그의 '심장에 꽂힌' 한마디가 되었다. 이후 그는 끝없이 되살아나는 불사조의 정신으로 민주화의 고된 길을 쉼 없이 걷게 된다.

졸병 시절에 목격한 군사문화의 실체

대한민국 성인 남자는 특별한 경우를 제외하면 누구나 의무적으로 군복무를 해야 한다. 함세웅은 21세 때인 1962년 2월에 대학교 2학년을 마치고 육군 일반병으로 입대하여 논산훈련소에서 헌병으로 차출되었다.

논산훈련소에서 훈련을 마치고 영천의 헌병학교에 차출되어 갔어요. 거기서 매일 밤 4킬로미터씩 구보를 하니 너무 힘이 들었어요. 거기에다 이도 있고 빈대도 있고 불편함이 이루 말할 수 없었으나 모두 이겨냈습니다. 저는 군 생활을 신학교의 연장이라 생각하면서 이겨냈는데, 그런 조금은 어두운 체험을 통해 모순된 사회가 있다는 걸 알고 고민하며 지냈어요. 그러다가 뜻밖에 남한산성(육군교도소)에 발령받았어요. 헌병이니까 수감자들 지키는 일이에요. 처음엔 경비과로 외곽 근무를 하다가 작업과에 배치되어 서무 일을 했어요.[9]

그가 대학생활과 군복무를 하던 시기는 한국 현대사에서도 격변이 심한 격동기였다. 이승만이 물러나고 내각책임제 개헌과 총선을 거쳐 민주당이 집권했다. 민주당 신·구파가 분열하여 신민당이 창당되고, 혁신계는 '한반도의 영세중립화'를 내걸었다. 5.16쿠데타가 일어나 육군소장 박정희가 정권을 장악하면서 군사정권이 수립되었다. 그 시절, 함세웅은 군대 내의 각종 비리를 생생하게 목격한다.

거기선 폐품을 태워 벽돌을 만들곤 했는데 그것을 파는 과정에서 간부들이 사익을 취하기도 했습니다. 졸병이 보기에도 이런저런 부정이 너무 많았어요. 제가 직접 그런 일을 해야 할 때는 선임하사에게 "저는 신학생인데 이런 일엔 좀 빼주면 좋겠다"고 얘기했어요. 그러면 저를 헌병감실에 심부름을 보내고, 제가 갔다 온 사이에 자기네들끼리 다 처리하곤 했습니다.[10]

부정비리가 만연한 군대에서 함세웅은 신학도로서 최소한의 양심을 지키면서 2년여의 복무를 마치고 제대하였다. 그는 후일 다음과 같은 소회를 남겼다.

나중에 박정희, 전두환 군사독재와 대결하면서 본격적으로 성찰

이른바 '6·3사태'로 불리는 1964년의 굴욕적 한일회담 반대 시위. 함세웅은 4·19에 이어 이번에도 시위에 참여하지 못했다. ⓒ나무위키

할 수가 있었어요. 한국에서 독재가 가능할 수 있었던 것은 남성
들이 군대라는 조직을 거쳐왔기 때문이에요. 계급 높은 사람의 말
은 무조건 진리이기 때문에 복종해야 하는 것이잖아요. 그런 불합
리한 체제하에서 생각다운 생각도 못 해보고, 거기에 몇 년 동안
아주 세뇌되어서 나오잖아요.

사회에서 아무리 무리한 명령, 불합리한 모습을 봐도 '이보다 더
한 군대에서도 내가 참았는데…' 하면서 도전하기를 포기해버리잖
아요. 그래서 독재가 가능하도록 길들여지는 데가 군대가 아닌가
하는 것이지요.[11]

실제로 군사문화의 잔재는 한국 사회 전반에 걸쳐 무수한 악영향
을 끼쳤다. 군사독재가 장기화되는 동안, 문민 전통의 오랜 선비문
화가 천박한 군사문화로 빠르게 바뀌어갔다.

그가 제대하고 대학에 돌아왔을 즈음 박정희는 굴욕적인 한일회담
을 추진하여 국민들의 거센 저항을 불러일으켰다. 야당의 주도로
'대일 굴욕외교 반대 범국민 투쟁위원회'가 결성되었고, 반대시위가
전국으로 확산되어 1964년 6월 3일에는 1만여 명의 학생들이 광화
문까지 진출하여 박정희 퇴진을 요구했다. 이에 군사정부는 서울 일
원에 비상계엄을 선포하고 물리력으로 반대시위를 진압하기에 이르
렀다.

그러나 함세웅이 복학한 가톨릭대학은 이번에도 바깥의 정보들
을 철저히 차단하여 학생들의 현실참여를 막았다.

우리는 바깥세상에 엄두도 못 냈고요. 그러면 신학교에서 쫓겨나니까요. 그때 독재와 싸우는 대학생들을 보면서는 참으로 대단한 사람들이다 생각했고요. 한일협정 반대 선언문은 신문에서나 접하고. 저희는 시위 현장에 들어가지도 못한 채 지내면서 1965년 들어 유학을 준비했지요.[12]

당시 가톨릭대학은 학생들을 세상과 단절시키는 데 주력했다. 세 가지 원수, 즉 마귀사탄·육신·세속을 '3구仇'라 칭하고 기도할 때마다 "3구를 물리치라"고 학생들에게 가르쳤다.

이것은 한국 천주교의 오랜 전통이기도 했다. 의분에 넘쳐 밖으로 뛰쳐나갔다가는 퇴교를 당하게 되고 결국 성직자의 길에서 탈락하기 때문에, 함세웅과 신학대생들은 4·19에 이어 이번에도 현실 참여를 하지 못한 채 대학생활을 마치게 되었다.

로마 유학과 신부 서품

24세 때인 1965년 10월, 함세웅은 가톨릭대학에서 선발한 5명의 유학생 중 한 명으로 이탈리아 유학길에 올랐다. 판아메리칸 항공기를 타고 도쿄와 홍콩, 태국, 인도를 거치는 긴 여정 끝에 로마에 도착했다. 그리고 로마의 우르바노대학교 대학원에 진학하였다. 이렇게 시작된 로마 유학은 1973년 6월 귀국할 때까지 약 8년간 계속되었다.

　로마의 신학교 제도는 학년이 없어요. 여러 학년을 섞어서 '까메라 따camerata'라 해서 조로 나눴어요. 그리고 한국에서는 상급생과 하급생의 위계가 엄격했는데 로마 신학교는 이게 없는 거예요. 처음에는 당황스러웠어요. 우리 한국인들은 이미 군대생활과 대학

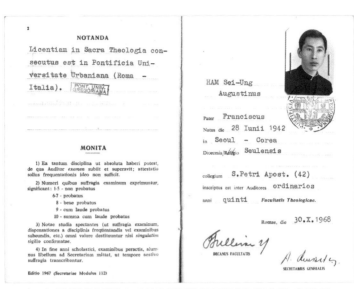

NOTANDA

Licentiam in Sacra Theologia con-
secutus est in Pontificia Uni-
versitate Urbaniana (Roma -
Italia). PONT. UNIV.
GREGORIANA

MONITA

1) Ea tantum disciplina ut absoluta haberi potest,
de qua Auditor *examen* subiit et superavit; attestatio
sollus frequentationis ideo non sufficit.

2) Numeri quibus suffragia examinum exprimuntur,
significant: 1-5 - non probatus
        6-7 - probatus
        8 - bene probatus
        9 - cum laude probatus
        10 - summa cum laude probatus

3) Notae studia spectantes (ut suffragia examinum,
dispensationes a disciplinis frequentandis vel examinibus
subeundis, etc.) omni valore destituuntur nisi *singulatim*
sigillo confirmatae.

4) In fine anni scholastici, examinibus peractis, alum-
nus libellum ad Secretariam mittat, ut tempore aestivo
suffragia transcribantur.

Editio 1967 (Secretariae Modulus 112)

HAM Sei-Ung
Augustinus

Pater   Franciscus
Natus die 28 Iunii 1942
in   Seoul - Corea
Dioecesis/Religio Seulensis

collegium   S.Petri Apost. (42)
inscriptus est inter Auditores ordinarios
anni   quinti   *Facultatis Theologicae.*

Romae, die 30.X.1968

DECANUS FACULTATIS

SECRETARIUS GENERALIS

1965년 로마 신학대학원 학생증(위). 1968년 6월 29일 로마에서 사제 서품을 받는 함세웅(우).

을 마쳤으니 나이가 20대 중반인데, 로마의 친구들은 20살 내외였
어요.

그러니까 4~5년 어린 친구들이 곧바로 친구를 하자는데 이런
문화적 접속이 잘 안 되더라고요. 언어도 잘 안 통해서 답답하게
몇 달을 지냈는데요. 그 대신 말을 잘 안 하니까 지은 죄가 없는 거
예요. 여기서 살면 성인이 되겠다고 자처했지요.[13]

국제신학교여서 세계 각국의 신학도들이 입학했다. 특히 아프리카
출신 학생들이 많았다. 까메라따는 20여 명을 하나의 조로 편성했
는데 그가 속한 조의 조장은 일본인 신부였다. 그는 학생이 아닌 신

정의의 길, 세 개의 십자가

1970년 로마 유학 중 교황 바오로6세와 함께.

부의 신분인데도 불구하고 한국 유학생들에게 조심하는 태도를 보였고, 제도였는지 관행이었는지는 모르지만 학생들의 일상을 학장에게 일일이 보고한다고 했다.

까메라따 조장이 우리의 일거수일투족을 학장님한테 보고한다는 거예요. 다만 이태리 기숙사 학장님들은 한국인에 대한 신뢰가 있었어요. 우리가 언어는 부족하더라도 삶에는 충실했기 때문이죠. 그래서 대체로 저희 선배들도 그렇고 저도 잘 지냈습니다. 저희가

정의의 길, 세 개의 십자가

가서 허락을 청하면 늘 허락해주셨고요.[14]

1968년 6월 사제 서품을 받고 석사 학위를 취득한 함세웅은 학문에 대한 의욕이 남달랐다. 대부분의 동기생들이 졸업 후 귀국하거나 다른 나라로 갔지만, 그는 홀로 로마에 남아서 그레고리오대학교 대학원에 진학하였다. 유학 생활의 연장이 가능했던 건 편지를 통해 천주교 윤공희 서울교구장 서리 주교로부터 허락을 받은 덕분이었다.

그는 사제들의 기숙사인 '베드로 꼴레지오'에서 공부하면서 박사과정을 밟았다. 여기서 5년 동안 머물며 교부학教父學을 전공했는데, 이는 선배 신부님들의 조언에 따른 것이었다. 교부학이란 고대 교회에서 교의教義와 교회의 발달에 큰 공헌을 한 종교적 스승 또는 저술가들에 관해 연구하는 학문을 일컫는다.

박사 논문 주제를 택할 때 어려운 점이 많았는데 저희 선배 신부님들이 교부학을 권해주셨어요. 성경 공부는 하는 사람이 꽤 많고, 또 교회사나 교회신학을 많이 하는데 그 중간 부분을 묶어줄 교부 역사신학자가 한국에 없으니 누군가 그것을 전공해야 한다고 이야기해주셨어요.[15]

그는 1973년 4월 교부학 연구로 신학박사 학위를 취득하고 귀국길에 올랐다. 귀국 전에 꼭 가보고 싶었던 프랑스 남쪽 루르드 성지를 순례하며 남북의 일치와 평화를 위해 정성껏 기도하고, 이어 친구를 만나러 독일에 갔다가 미국과 일본을 거쳐 귀국하였다. 1973년 6월 20일, 꼬박 8년 만이다.

외국에 머무른 그 시간 동안, 조국을 살피는 그의 안목은 몰라보게 높아져 있었다.

이탈리아에 가보니 그쪽 사람들은 자기 나라, 자기 지역의 성인들을 신앙생활 속에서 받아들이고 있었습니다. 한국인으로서 저는 왜 우리 교회는 우리의 선열을 신앙으로 받들어 모실 수 없을까 하는 의문을 갖게 되었습니다. 그런데 그 무렵 한국 교회에도 변화의 바람이 불어왔습니다. 전근대적인 신앙 이해 방식이 사라지고, 우리가 사는 세상이 바로 교회가 있어야 할 자리라는 생각이 보편적으로 받아들여지기 시작했습니다.

저는 그런 변화의 시기에 신학을 배우고 있었던 거지요. 세상과 함께, 세상에 기초한, 세상을 껴안는 교회가 되고 사제가 되어야 한다는 것, 육체는 원수가 아니라 신앙의 이름으로 함께하는 벗이라는 것, 도마(안중근) 같은 신앙적 선구자를 교회 안에서 기억하는 것이 바로 민족과 함께하는 올바른 신앙이라는 확신을 갖게 되었습니다.[16]

정의의 길, 세 개의 십자가

사제로서 쓴 첫 번째 글

함세웅이 8년 만에 돌아왔을 때 한국은 흡사 유럽 중세기 신정국가와 같았다. 1969년 '3선 개헌'으로 장기집권의 길을 튼 박정희는 1972년 10월 친위쿠데타로 영구집권에 나서 1인 독재의 유신지배 체제를 구축했다.

귀국 당시 김포공항에서 여의도로 들어오는데 곳곳에 헌병들이 총을 들고 서 있었다. 며칠 뒤 6·25 기념일에 학생들이 서울역에서 동대문운동장까지 반공 궐기 행진을 하는 모습은 유럽과는 완전히 딴 세상이었다. 귀국한 지 한 달쯤 지나서 그는 연희동성당 보좌신부로 첫 발령을 받는다.

나는 사제가 되었습니다. 단조로움 속에서 키워왔던 꿈을 펼쳐야 합니다. 나는 첫 번째로 연희동 보좌신부로 임명되어 왔습니다. 이 곳도 많이 변한 동네 중의 하나였습니다.

"신부님, 저쪽은 제2의 도둑촌입니다."

누가 일러줍니다.

"말은 많이 하지 말고 주로 듣기만 하세요!"

또 다른 이가 귀띔해줍니다.

"웃어른이나 전임자를 비방하는 분을 특히 조심하십시오!"

또 다른 가르침입니다. 나는 이론과 경험, 상아탑과 사회란 의미를 되씹으며 이 모든 말들을 새김질하고 있습니다.[17]

그가 사제가 되고 공식적으로는 처음으로 발표한 〈공범자〉라는 글이다. 이어지는 내용을 보면 그의 올곧은 비판정신, 불의와 부정을 참지 못하는 정의감의 싹수가 이때부터 나타난다.

어느 날 모니카회에서 산정호수로 가을 소풍을 갔다. 그 시절 관광버스의 풍경 그대로 노래자랑과 장기자랑 등 흥겨운 시간이 이어지는데, 어느 경찰관의 손짓에 버스가 갑자기 멈춰 섰다. 운전기사가 내리더니 경찰관 손에 500원을 쥐여주고 올라왔다.

그리고 또 얼마를 가다가 보니 검문소가 눈에 띕니다. 헌병이 버스를 멈추게 하더니 옆에 있던 경찰관 한 명이 늠름한 자세로 지켜섭니다. 운전사는 차를 세우고 뒤를 향해 한마디합니다.

"누구 한 분 나가보세요!"

뒤에 앉아 있던 내가 일어서서 나가려니 옆자리의 교우 한 분이

1973년 6월, 로마 유학을 마치고 김포공항에 도착하던 날 어머니와 함께.

나를 잡고, 또 다른 이가 알려줍니다.

"이럴 때는 신부님이 나가시면 안 돼요!"

이 사이에 벌써 한 분이 내려갔고, 종이 한 장이 그 손에 쥐어진 다음 올라왔습니다.[18]

이것이 당시 한국의 현실이다. 가는 곳마다, 관청마다 뇌물과 촌지 없이는 아무도 움직이지 않았다. 그가 헌병대에서 군복무를 할 때 목격했던 군대의 비리가 사회에서도 똑같이 벌어지고 있었던 것이다.

목적지에 도착하여 우리는 각자 짐을 들고, 상품 등 많은 짐은 어느 지게꾼 아저씨가 짊어졌습니다. 약 이삼십 분 올라가는데 단풍든 모습이 하나도 아름다워 보이질 않았습니다.

지게꾼 아저씨의 이마에는 땀방울이 맺혔습니다. 이렇게 한 짐을 나르는 데 300원의 삯을 받는다고 했습니다.

내가 그 삯을 치르려고 하자 회계를 맡은 분이 안 된다고 하며 재빠르게 300원을 줬습니다. 이왕이면 이렇게 힘들게 일하고 버는 분에게 500원을 다 주라고 말했습니다. 200원을 더 받은 지게꾼 아저씨는 진심으로 고마워했습니다.[19]

나라에서 월급을 받는 검문소의 경찰관과 헌병이 차를 세우자 시민들은 알아서 그들에게 돈을 바쳤다. 하지만 자신들을 위해 땀 흘리며 일하는 지게꾼에게는 더없이 박한 모습을 보였다. 이러한 현실에 그는 자신이 '공범자'라고 자처한다. 그리고 다짐한다. 사제 함세웅의 첫 번째 글은 이렇게 끝을 맺는다.

땀 흘려 버는 이 아저씨와 검문소의 경찰관, 거기에는 분명 격분을 자아내는 차이가 있었습니다. 이러한 사회 구조에 대한 아무런 부질없는 격분, 그러나 이 격분을 꾸짖은 소리가 또 있습니다.

"신부님, 사회란 그런 것이 아니에요."

그렇다면 정말 나는 무엇을 해야만 하나요? 강론대에 올라서면서 '사회'란 곳에서 살아가고 있는 신자들에게 정말로 무엇을 외쳐야 하는지, 나는 생각해봅니다.[20]

06

응암동성당, 그리고 김대중과의 인연

연희동성당 보좌신부로 발령받아 첫 사제직을 시작하고 얼마 후인 1973년 8월, 신민당 전 대통령 후보 김대중이 중앙정보부 요원들에게 납치되어 수장당할 뻔한 위기 끝에 동교동 자택에 연금되는 사건이 일어났다. 동교동은 연희동성당과 아주 가까운 거리였다.

납치사건 전부터 김대중의 장남 김홍일, 그의 측근인 김상현의 부인 등이 늘 성당 미사에 나왔기 때문에 함세웅과도 안면이 있었다. 김대중 역시 독실한 천주교 신자였다.

큰 사건이 벌어졌는데 일체 외부와 차단되니까 그 아들이 제게 와서 집을 방문하여 기도해달라고 해요. 한 달에 한두 번씩은 성당에 못 오시는 분들이나 환자들을 방문하는 봉성체 기도란 게 있어

1970년대 김대중 부부와 함세웅.

요. 본당 주임신부님이 저보고 방문해서 봉성체 의식을 하라고 해
요. 그런데 그것도 안 돼요. 만나려면 경찰이나 정보기관에서 무
슨 증명서를 떼 오라고 하고, 하루 종일 끌려다녀도 결국 만나게
해주지를 않아요.

제 마음이 아프잖아요. 제가 책임자한테 항의를 좀 했어요. 난
성당 신부인데, 가족들이 원해서 가정방문을 하려는데, 안 되면
처음부터 안 된다고 하지 왜 하루 종일 끌고 다니면서 방해만 하느
냐고, 이건 종교 침해라고 항의했어요. 그런데 뭐, 그게 전달이 되
나요. 그래도 어린 신부의 마음에는 이런 정권과 체제는 참 문제가
있다는 것을 느끼게 되고, 그 경험을 마음속에 간직하게 되죠.[21]

본당신부로 처음 부임했던 응암동성당에서.

얼마 후 정치 상황이 달라지면서 출입이 허용되자 함세웅은 동교동 집을 방문하여 김대중과 기도를 함께 드리고 집안 가족들과도 관계를 맺었다. 연희동성당을 떠나 응암동성당에 부임했을 때는 김대중의 신변이 다소 자유로워지면서 간혹 성당에 나와서 미사도 참여하였고, 세례식이 있을 때는 대부를 서는 등 친밀한 관계가 유지되었다.

그분이 유능한 정치인이고 가톨릭 신자이고 또 좋은 뜻을 가지신 분이니까, 그분이 잘 되길 바라면서 집안 가족들과 쭉 관계를 맺으

정의의 길, 세 개의 십자가

면서 지냈어요.[22]

6개월가량 지난 후 함세웅은 응암동성당 주임신부로 자리를 옮겼다. 보좌였다가 처음으로 주임신부가 된 것이다. 그때만 해도 응암동은 서울의 변두리였다. 혈기왕성하던 30대 초반이라, 가파른 산동네를 두루 다니고 열심히 가정방문을 하면서 응암동 신자들과 끈끈하게 정을 쌓아나갔다. 사제로서 사실상 첫 부임지였던 응암동성당에는 그의 남다른 애정과 관심이 담겨 있다.

저희 사제들은 통속적으로 이야기할 때, 첫 본당을 첫사랑이라고 합니다. 그래서 "응암동은 나의 첫사랑"이라고 이야기하지요. 저도 물론 좋은 느낌이 있었고 응암동 신자들도 순수했어요. 다른 한편으로는 응암동과 저와의 끈끈한 관계가, 시국과 관련되기 전에 만났기 때문인지 저와 신자들 사이에 순수한 모습으로 형성되었어요.
그 뒤에 만난 신자 중 일부는 저에 대한 어떤 선입견이 있잖아요. '이러저러한 사제다' '감옥에 갔다 왔다' '유신체제에 반대했다' 등 이런 게 있었기 때문에 이전에 비하면 정말 두세 배는 관계 맺기가 어려웠어요. 응암동은 그렇게 만나지 않았기 때문에 아주 끈끈하고 좋았어요. 그때 당시 고등학생, 대학생 청년들은 지금까지도 모입니다. 참 끈끈해요. 응암鷹岩을 한글로 푼 '매바위 모임'입니다.[23]

07

불의의 시대에 '정의'를 찾아

1974년은 한국 정치사나 함세웅 개인사에서 큰 변곡점이 되는 해
이다.

- 1월 8일 긴급조치 1호(유신헌법 반대와 개헌논의 금지) 선포

  긴급조치 2호(비상군법회의 설치) 선포
- 1월 14일 긴급조치 3호(국민생활 안전을 위한 조치) 선포
- 4월 3일 민청학련 사건 발표, 긴급조치 4호 선포
- 8월 15일 광복절 기념식장에서 대통령 부인 육영수 피살
- 8월 23일 신민당 전당대회에서 김영삼 총재 선출
- 9월 24일 천주교 신부들, '천주교 정의구현전국사제단' 결성
- 10월 24일 동아일보 기자 200여 명 '자유언론실천' 선언

- 11월 27일 '민주회복국민회의' 발족

그의 개인사에도 몇 가지 변화가 있었다. 가난한 이들을 위해 헌신한 마더 테레사 수녀에 관한 책 《인도의 마더 테레사》(맬컴 마그렛츠)를 번역하여 3월에 성바오로출판사에서 펴냈고, 4월에는 모교인 가톨릭대학의 신학과 교수로 부임하여 교부학을 가르치기 시작했다.

함세웅 등 천주교의 젊은 사제들이 주도하여 설립한 '정의구현전국사제단'은 폭주하는 박정희의 유신체제에 제동을 건 종교계의 조직적 저항운동이었다. 박정희는 1961년 5·16군사쿠데타를 일으킨 데 이어 1972년에는 유신쿠데타로 1인 장기 독재체제를 구축, 긴급조치를 남발하면서 민간인들을 군사재판에 회부하는 등 야만의 통치를 자행했다.

함세웅은 정의감이 남달랐다. 그건 타고난 천성이었을 수도 있고 천주교라는 종교의 분위기였을 수도 있다. 성장기와 군복무 시기, 유학 시절과 초임 신부 시절에 이르기까지 그는 불의와 부정을 보면 늘 분개하였다. 일선 부대 선임자나 헌병, 경찰 등의 비리가 '생계형'이었다면, 유신권력의 반민주적·반공화주의적 작태는 그야말로 거대한 구조악이고 불의 그 자체였다.

성서는 곳곳에서 정의에 대해 언급한다.

"정의는 평화를 가져오고 법은 영원히 태평성대를 이루리라." 이사야
"정의를 굳게 지키면 생명에 이르지만 악한 길을 좇으면 죽음을 불

러들인다." 잠언

"어느 민족이나 정의를 받들면 높아지고 어느 나라나 죄를 지으면 수치를 당한다." 잠언

철학자 칸트는 "세상이 무너져도 정의는 세워져야 하는 것"이라 했고, 단테는 "정의는 인간이 갖춰야 할 최고의 덕성"이라 하였다. 마틴 루터 킹은 "너무 오래된 정의는 정의에 대해 거부하는 것과 같다. 지연된 정의는 정의가 아니다"라며 실천의 중요성을 강조했다.
여기서 잠시 함세웅의 정의관을 들어보기로 한다.

정의는 말 그대로 바르다는 거예요. 바르다는 것은 종합적 관점에서 하느님과 올바른 관계 설정, 인간과 올바른 관계 설정, 자연과 올바른 관계 설정을 말해요. 이는 하늘을 향해 한 점 부끄러움 없는 삶을 사는 것에서부터 시작해 눈에 보이는 형제자매, 이웃들과 더불어 살아가는 것, 생명을 가진 자연을 잘 보살피고 가꾸는 것으로 귀결될 수 있어요. 올바른 관계 설정이 중요한 이유는, 사람은 혼자 살아갈 수 없기 때문이에요. 그래서 바른 관계를 맺는 것이 중요해요.

정의가 실현되면 모든 것이 이뤄지기 때문이죠. 사랑, 평화, 정의 등 하느님은 여러 가지로 표현될 수 있지만 그중 하느님의 대표적 속성은 정의예요. 사랑보다 더 큰 개념이고 기본이 되는 것이라 할 수 있어요. 정의가 있기에 심판도 가능한 것이죠. 민주화나 인권도 정의라는 개념에 내포되는 거예요.[24]

천주교정의구현전국사제단

함세웅과 정의를 향한 사제들의 힘찬 밭갈이는 이렇게 명동성당에서 씨앗이 마련되어 얼마 후 원주에서 파종을 하기에 이르렀다. 그의 증언을 더 들어본다. 지 주교 사건이 발단이 되어 석 달 후 '천주교 정의구현전국사제단'이 만들어졌습니다. 9월 23일 원주에서 열린 성직자 세미나에서 300여 명의 참석 사제들이 사제단 결성에 합의하였고, 24일에는 원주 원동성당에서 전국 800여 명의 신부 중 450명이 서명한 서약서를 제대에 바치고 미사를 올린 뒤 사제단 이름으로 처음 집단시위를 벌이기도 했습니다. 저도 겁이 나 얼마나 떨었는지 모릅니다. 정의구현전국사제단이란 이름은 하느님의 가장 대표적인 속성이 '정의'라는 데서 착안이 되었습니다. 그리고 순교복자 축일인 9월 26일 명동성당에서 정식으로 천주교 정의구현전국사제단의 탄생을 세상에 알리게 되었습니다. 박상래 신부님이 선언문을 작성하셔서 발표하셨지요. 그날 저녁 십자가를 받들고 성당 밖으로 나가면서 유신철폐, 언론자유 보장 등을 외치자 성당 앞에 있던 많은 시민들이 박수를 치는 것이었습니다. 그때 많은 용기를 얻었습니다. 우리의 사명이 바로 민중의 요구라는 사실을 새삼 절감하는 순간이었습니다. 사제단 발족에 앞장서신 분으로는 박상래 신부님을 비롯해 김택암, 양홍, 안충석, 김병상, 황상근, 신현봉, 안승길, 송기인, 문정현 신부님 등이 기억납니다. 오태순, 장덕필 신부 등도 있었고요. 그리하여 정의구현사제단은 유신독재에 저항하는 민주화의 의병으로 태어났다. 종교단체가 '정의'라는 명칭을 쓰게 된 것은 한국 종교사상 최초의 일이다. '정의'라고 꼭 써야 하는 이유에 대해 저는 신학적으로 크게 공감했어요. 왜냐하면 정의가 하느님의 대표적 속성이거든요. 사랑의 하느님도 정의의 하느님에 내포된 것이에요. 정의의 하느님이시기 때문에 선과 악을 판단하시고, 구원을 주시고, 그에 따라 정의가 이루어진다는 의미에서 '정의구현'을 선택했습니다.

제 2 장

예수의 길, 정의의 길

1974~1978

민주주의의 의병, 정의구현사제단 출범

그레고리오대학교에서 교부신학으로 박사학위를 받고 귀국하면
서 1974년부터 가톨릭대학에서 강의도 했어요. 그해 1월에 긴급조
치 1호가 선포되었고, 5월에 수유리 한신대학은 데모로 폐교 직전
까지 갔어요. 그런데 우리 학생들은 축제 준비를 하길래 제가 그랬
어요. 내가 이 학교를 나와 사제가 됐지만 여러분에게 강의를 하고
공부하는 게 부끄럽다고. 그래서 신학생들이 시위를 했습니다.[25]

불의의 시대에 정의를 위해 저항하는 것은 함세웅에게 곧 하느님의
뜻이기도 했다. 그즈음 중앙정보부(현 국가정보원)가 원주교구 지학
순 주교를 구속하는 사태가 벌어졌다.
1970년대 원주는 민주화의 열기가 넘쳐흐르는 도시였다. 지학순

주교가 이끄는 천주교 원주교구와 사회운동가 장일순을 중심으로 하는 시민사회단체의 굳건한 연대가 그 원동력이었다. 유신권력은 지 주교가 불온단체인 '민청학련(전국민주청년학생총연맹)'에 자금을 지원하고 내란을 선동했다는 혐의로 그를 군사재판에 회부했다. 이에 천주교 신자들은 물론 일반 시민들도 크게 분노했다.

지학순 주교는 1974년 7월 6일 해외순방을 마치고 귀국하다가 공항에서 중앙정보부 요원들에게 납치되었다. 7월 9일 명동성당에서 긴급 주교회의가 열렸고, 저녁에는 1,500여 명의 성직자와 신도들이 참석한 '정의 평화와 지학순 주교를 위한 기도회'가 개최되었다. 이후 일시 석방되어 명동 성모병원에 감금되어 있던 지 주교에게 비상군법회의에 출두하라는 소환장이 발부되었다.

소환 당일인 7월 23일, 지학순 주교는 서울 명동 성모병원 마당에서 열린 기도회에 참석한 뒤 신부들의 호위를 받으며 밖으로 나왔다. 명동성당 바로 앞! 한국 천주교의 상징과도 같은 그 자리에서 그는 기도회 참석자들과 내·외신 기자들이 지켜보는 가운데 역사적인 '양심선언'을 발표한다.

"본인은 1974년 7월 23일 오전 형사 피고인으로 소위 비상군법회의에 출두하라는 소환장을 받았다. 그러나 본인은 양심과 하느님의 정의가 허용치 않으므로 소환에 불응한다. 본인은 분명히 말해두지만 본인에 대한 소위 비상군법회의의 어떠한 절차가 공포되더라도 그것은 본인이 스스로 출두한 것이 아니라 폭력으로 끌려간 것임을 미리 밝혀둔다."[26]

1974년 지학순 주교의 석방을 촉구하는 시위.

지 주교는 총 다섯 가지의 이유를 들어 유신체제와 비상군법회의의 불법과 부당성, 무효를 주장했다. 선언문에 적힌 첫 번째 이유는 이런 것이었다. "소위 유신헌법이라는 것은 1972년 10월 27일에 민주헌정을 배신적으로 파괴하고 국민의 의도와는 아무런 관계없이 폭력과 공갈로 국민투표라는 사기극에 의하여 조작된 것이기 때문에 무효이고 진리에 반대되는 것이다."[27]

계엄령과 같은 긴급조치 상황에서 중앙정보부의 소환을 거부하면서 유신체제를 원천적으로 비판한 것은 그가 처음이었다.

정의의 길, 세 개의 십자가

지학순 주교는 그날 낮에 다시 연행되었고, 결국 구속되었다. 그러나 그가 행한 '양심선언'은 이후 권력과 압제에 맞서는 시민들의 저항 수단으로 널리 활용된다. 유신 시절은 물론이고 1980년대까지도 수많은 민주인사들이 공개적으로 '양심선언'을 하면서 독재와 맞서 싸웠다.

지학순 주교의 구속은 사회참여에 소극적이던 한국 천주교에 큰 충격파를 던졌고, 이를 계기로 교회운동의 새로운 흐름이 만들어졌다. 함세웅은 당시를 이렇게 회고한다.

유학을 마치고 돌아와 응암동성당에 있을 때였습니다. 1974년 7월 6일 지학순 주교가 민청학련 사건과 관련해 김포공항에서 중앙정보부에 납치되는 사건이 벌어졌습니다. 박정희 유신체제의 철권통치에 대해 신학적 고민을 거듭하던 제 또래의 서울, 원주, 인천지역 사제 30여 명이 7월 9일 명동성당으로 김수환 추기경을 찾아갔습니다. 지 주교 납치에 대한 저희의 고뇌와 울분을 전하고 교회의 행동에 대한 말씀을 드리고자 하였습니다. 추기경님은 저희 말씀을 묵묵히 들으시는데, 가만히 보니 눈가에 눈물이 보였습니다.

이튿날 명동성당에서 주교님들이 미사를 올리기로 했는데, 박정희 대통령과 김 추기경의 회동이 이뤄져 추기경님은 청와대로 가시고, 윤공희 대주교님이 미사를 집전했습니다. 이렇게 해서 '시대를 고민하는 사제들의 미사'가 명동성당에서 시작되었던 것입니다.[28]

함세웅과 정의를 향한 사제들의 힘찬 밭갈이는 이렇게 명동성당에서 씨앗이 마련되어 얼마 후 원주에서 파종을 하기에 이르렀다. 그의 증언을 더 들어본다.

지 주교 사건이 발단이 되어 석 달 후 '천주교 정의구현전국사제단'이 만들어졌습니다. 9월 23일 원주에서 열린 성직자 세미나에서 300여 명의 참석 사제들이 사제단 결성에 합의하였고, 24일에는 원주 원동성당에서 전국 800여 명의 신부 중 450명이 서명한 서약서를 제대에 바치고 미사를 올린 뒤 사제단 이름으로 처음 집단시위를 벌이기도 했습니다.

저도 겁이 나 얼마나 떨었는지 모릅니다. 정의구현전국사제단이란 이름은 하느님의 가장 대표적인 속성이 '정의'라는 데서 착안이 되었습니다. 그리고 순교복자 축일인 9월 26일 명동성당에서 정식으로 천주교 정의구현전국사제단의 탄생을 세상에 알리게 되었습니다.

박상래 신부님이 선언문을 작성하셔서 발표하셨지요. 그날 저녁 십자가를 받들고 성당 밖으로 나가면서 유신철폐, 언론자유 보장 등을 외치자 성당 앞에 있던 많은 시민들이 박수를 치는 것이었습니다. 그때 많은 용기를 얻었습니다. 우리의 사명이 바로 민중의 요구라는 사실을 새삼 절감하는 순간이었습니다.

사제단 발족에 앞장서신 분으로는 박상래 신부님을 비롯해 김택암, 양홍, 안충석, 김병상, 황상근, 신현봉, 안승길, 송기인, 문정현 신부님 등이 기억납니다. 오태순, 장덕필 신부 등도 있었고요.[29]

그리하여 정의구현사제단은 유신독재에 저항하는 민주화의 의병으로 태어났다. 종교단체가 '정의'라는 명칭을 쓰게 된 것은 한국 종교 사상 최초의 일이다.

'정의'라고 꼭 써야 하는 이유에 대해 저는 신학적으로 크게 공감했어요. 왜냐하면 정의가 하느님의 대표적 속성이거든요. 사랑의 하느님도 정의의 하느님에 내포된 것이에요. 정의의 하느님이시기 때문에 선과 악을 판단하시고, 구원을 주시고, 그에 따라 정의가 이루어진다는 의미에서 '정의구현'을 선택했습니다.

저녁에 지학순 주교님의 성당에서 기도하고 서약서 올려놓고 진지하게 의식을 치렀어요. 저녁 미사를 원주의 원동성당에서 봉헌하고 있는데 원동성당 교우들이 꼭 데모를 해야 한다고 그래요. 왜냐하면 9월 26일에 서울에서 선언하기로 했거든요. 사제단 결성을 정식 선언하기 전에 원주에서 전 단계로 데모하고 가야 한다는 거지요. 원주에서 경찰 밀어내고 우리가 세상으로 처음 나가봤어요.[30]

02

첫 번째 연행

정의구현전국사제단이 결성되면서 함세웅은 총무로 선임되고, 대표
는 가톨릭대학 성서학 교수인 박상래 신부가 추대되었다. 당시 우
리나라의 천주교 신부가 800여 명이었는데 그중 500여 명이 참여
한 것이다.

공식 명칭은 '전국'이라 되어 있지만 자칫 빠질 뻔한 지역이 있었
다. 다음은 이와 관련하여 함세웅이 털어놓은 비화다.

대구 신부들도 많이 서명했는데, 나중에 대구의 몇몇 선배들에게
서 전화가 온 거예요. 자기는 빼달라고. 그래서 제가 "이름은 발표
하지 않습니다. 각자 하느님과의 약속이지, 공개하지 않습니다"라
고 그랬어요. 그래도 빼달라는 거예요. 대구의 분위기가 바뀐 거예

요. 교구장의 보수성 때문이라도 대구에 열심히 갔지요.

대구 신부님들도 함께하면서 계산동, 남산동성당 등에서 미사로 봉헌하고 그랬지요. 대구의 서정길 주교라고 박정희와 친분도 있는 분인데, 서정길 주교도 처음엔 묵묵했다가 나중에 저희 반박병기 신부 등을 징계까지 했어요. 이런저런 과정을 거쳐서 9월 10일 원주에 모여 '천주교 정의구현전국사제단'이라고 이름을 확정했습니다.[31]

원주에서 출범한 정의구현사제단은 9월 26일 서울 명동성당에서 '한국 순교복자 축일 미사'를 갖고 저녁 8시 반경 어두워지는 명동 거리로 나왔다. 제의를 입은 사제들이 십자가를 들고 앞장서고 그 뒤로 수녀들과 신자들까지 시위에 나서자 처음엔 어리둥절하던 시민들이 이내 박수를 보내고, 거리 시위까지는 미처 예상하지 못했던 경찰이 당황해하면서 차단에 나섰다.

사제단은 "유신헌법 철폐하라! 구속자 석방하라! 언론자유 보장하라! 중앙정보부 철폐하라!" 등의 구호를 외쳤다. 함세웅이 현장에서 쪽지에 구호를 적어 메가폰을 든 오태순 신부에게 전달했고, 오 신부가 우렁차게 구호를 외치면 다들 한 목소리로 따라하는 식이었다.

저희도 긴장하고 두렵고 떨린 채 나섰다가 시민들의 박수 소리를 들으니까 힘이 생기는 거예요. '이게 민중의 소리구나.' '하느님이 돕고 계시는구나' 하는 느낌이 진하게 왔어요.[32]

1974년 유신철폐를 요구하는 정의구현사제단의 시위.

박정희 정부와 큰 마찰이 없었던 천주교의 사제들이 거리 시위에 나
서고 금기시되었던 "중앙정보부 철폐" 구호까지 나오게 되자 당국
은 바짝 긴장했고, 중앙정보부는 '배후'를 찾는 데 혈안이 되었다.
함세웅 역시 요주의 인물들 중 하나였다. 정의구현사제단이 정식 출
범하기도 전에 이미 그가 조직에 앞장서고 있다는 첩보가 중앙정보
부에 입수되었고, 그는 8월 하순에 중정과 첫 '악연'을 맺는다.

1974년 민주화와 인권회복을 외치는 정의구현사제단의 가두시위.

우리가 움직이는 것을 알고, 저를 만나자고 중앙정보부 2국에서
연락이 왔어요. 그래서 걱정이 되어서 정보부에 먼저 끌려가셨
던 선배 신부님들을 찾아갔어요. 갔더니 "이상하다, 낮에 데려가
진 않는데, 밤에 데리고 가는데 이상하다" 그러면서 "어쨌든 잘 갔
다 오는데, 그래도 모르니까 내복을 입고 가라"는 거예요. 그래서
8월에 내복을 꺼내 입었어요. 8월 하순인가? 정보부 차가 와서 남

산으로 데려가는 거예요. 이게 남산으로 끌려가는데, 올라가다가 외교구락부로 가더라고요. 식당이에요. 그때 조일제 차장과 2국장 등 몇 사람이 왔는데, 알고 보니까 점심을 먹으면서 회유도 하고 협박도 하는 그런 자리였어요.[33]

1974년 8월 29일. 첫 번째 연행이었다. 이날은 일종의 '예비 검속'으로서, 만나서 겁만 주는 정도였다. 신부라는 신분의 덕을 상당히 봤던 셈이다.

중앙정보부가 우리의 실체를 파악할 수 없었습니다. 중앙정보부에 종교과가 있는 게 이례적인데 바로 우리 때문에 만든 겁니다. 그때부터 천주교 신부님 파악하고, 목사님들도 파악하고, 여러 차례 정보부에 끌려 다녔는데 처음에는 저도 많이 두려웠어요. '정말 죽었구나' 하고 마음속으로 기도하면서 갔는데 그분들이 "여보쇼, 여기 사람들 뽈 있소?" 그러는 거예요. 자기들이 먼저 그래요. 조금 지내고 마음을 놓으면서 자신감을 가졌죠. 대화하면서 똑바로 쳐다봤더니, 똑바로 쳐다본다고 뭐라 그래요.[34]

정의의 길, 세 개의 십자가

재야의 대변인이 되어 진실을 알리다

이 시기는 군사독재 정권에 저항하는 '재야 세력'의 태동기였다. 유신시대에 제도권 야당이 제구실을 하지 못하자 그 대체 세력으로서 새로운 사회운동 집단이 등장하게 된 것이다. 재야란 정당조직이 아닌 순수 민간조직으로서 독재정권에 대항하고 인권과 사회정의를 위해 투쟁하는 양심세력을 의미한다.

재야인사들이 본격적으로 세력을 형성하여 박정희 정권과의 대결에 나선 것은 '민주회복국민회의'가 결성되면서부터다. 이 단체는 1974년 12월 25일 서울 명동성당 주교관 3층 회합실에서 범민주진영의 연대투쟁기구로 발족되었다. 조직의 성격은 "범국민단체로서 비정치단체이며 정치활동이 아닌 국민운동"을 전개하는 것으로 정해졌고, '자주·평화·양심'을 행동강령으로, '민주회복'을 목표로 설정했다.

그해 8월 23일 긴급조치 1, 3호가 해제되면서 사회 각 분야의 연대 움직임이 활발해지기 시작했다. 11월 27일 종로5가 기독교회관에 야당·종교계·재야·학계·문인·언론인·법조계·여성계 등 각계 대표 71명이 모여 '민주회복선언대회'를 열었고, 그 자리에서 민주회복국민회의를 발족하기로 결의함으로써 조직 결성이 본격적으로 추진되었다.

그날 대회 참석자들은 현행 헌법을 합리적 절차를 거친 민주헌법으로 대체, 구속·연금 중인 모든 인사에 대한 석방과 정치적 권리회복, 언론자유 보장 등 6개항의 '국민선언'을 채택한 뒤 윤형중 신부를 상임대표로 추대했다. 그리고 함석헌, 이병린, 천관우, 김홍일, 강원룡, 이희승, 이태영으로 7인위원회를 구성하여 조직 운영을 맡도록 했다.

이후 민주회복국민회의는 재야 민주세력의 구심이 되어 활발한 활동을 전개했으며, 국민들의 열렬한 호응에 힘입어 각 지방에 지부가 결성되었다.

은퇴한 윤형중 신부를 상임대표로 모시고자 한 데는 이유가 있었다. 국민적 신망이 높은 종교계 지도자여서 정부당국도 함부로 대하기 어려울 것이라는 판단이 그것이다. 민주회복국민회의 대변인으로 발탁된 함세웅이 섭외의 책임을 맡았다.

제가 신부님께 찾아갔어요.
"신부님이 상임대표를 하셔야 된답니다." 그랬더니,

정의의 길, 세 개의 십자가

"내가 몸도 아픈데 어떻게 하냐?" 그래서,

"그래도 제가 추천한 게 아니고 다른 분들이 다 모시자고 그랬습니다."

그랬더니 윤형중 신부님이

"그래? 이게 선교에 도움이 되냐?"

그러시는 거예요.

"이것이 선교의 최고입니다. 이거 하시면 됩니다." 그랬더니,

"그럼 하지."

그래서 윤형중 신부님이 상임대표가 되신 거예요. 그렇게 윤형중 신부님을 모시고, 내가 대변인이니까 이제 성명서를 발표하게 된 거죠.

또 다른 분들은 늘 연행되어 가고 변호사님들도 늘 연행되어 가시니까. 홍성우 변호사님이 장부하고 돈 50만 원을 가지고 저한테 오셨어요. "신부님, 이거 아무래도 우리가 도저히 가지고 있지 못하겠습니다. 신부님이 갖고 계세요" 하셔서, 돈 50만 원과 장부를 받아서 그냥 윤형중 신부님 방에 갖다놓았어요. 그 돈 쓸 일도 없잖아요? 그냥 뛰기만 하는 거니까. 그래서 민주회복국민회의를 75년 3월까지, 국민투표 전과 그다음까지 활발하게 이끌었던 그런 기억이 있습니다.[35]

긴급조치 1, 3호가 해제되었다고는 하지만 정국은 여전히 살얼음판이었고 특히 언론 상황은 꽁꽁 얼어붙어 있었다. 그해 10월 24일 동아일보와 조선일보 기자들이 자유언론수호 궐기대회를 갖고

'10·24 자유언론 실천선언'을 채택했다. "자유민주사회 존립의 기본요건인 자유언론 실천에 모든 노력을 다할 것"을 선언하고 유신독재에 맞서다가 결국 146명(동아 114명, 조선 32명)의 기자를 포함한 다수의 언론인들이 해직되었다. 이런 상황에서 정의구현사제단이나 민주회복국민회의 활동이 제대로 보도될 리 없었다.

그 시절 함세웅 대변인의 활약은 실로 눈부셨다. 제도언론이 철저히 통제되고 보신에 급급한 언론인들이 '알아서 기는' 상황이었지만, 그가 발표한 성명서는 외신을 통해, 메모나 쪽지를 통해, 또는 '불법 유인물'의 형식을 빌려 국민들에게 전해졌다. 그는 정제된 언어와 명징한 논리로 박정희 정권의 패악질을 가차 없이 비판하였다.

일인다역의 젊은 대변인

함세웅이 민주회복국민회의 대변인으로서 '재야의 언론' 역할을 충실히 수행한 것은 신앙인으로서 그리고 지식인으로서 엄결성廉潔性에서 비롯된 것이지만, 유학에서 돌아온 뒤에 느꼈던 언론에 대한 깊은 실망과 회의도 크게 한몫했다.

민주화운동에 깊숙이 관여하면 할수록 실망감은 점점 더 커져갔다. 수천 명의 시민들이 명동성당에 모여 시국미사를 올리고 거리행진을 해봤자, 언론은 이를 완전히 무시하거나, 집회 사실만 간단하게 보도하는 데 그쳤던 것이다. 당시 한국 언론의 상황을 그는 이렇게 압축한다.

"데모하다 맞아 죽어가는 학생들에 관한 기사는 전혀 나오지 않거

나 고작 1단으로 실리면서, 학 한 마리가 다리를 다쳤다는 기사는
1면에 대문짝만 한 사진과 함께 실리곤 했습니다."

그런 상황에서 언론이 야당이나 재야에 우호적일 리 없었다. 정의
구현사제단이 "중앙정보부 요원들의 영장 없는 불법연행에 응하지
않겠다"고 밝히자 한 신문은 "민주화운동을 한다는 사람들이 법의
명령을 따르지 않겠다는 말이냐"고 비꼬았다.

왜곡보도도 많았다. 1974년 8월 대통령 부인 육영수가 사망한
후 몇몇 신문에 함세웅을 비롯한 사제 80여 명이 육영수를 추모하
는 미사를 올린다는 기사가 실린 적이 있다. 그러나 전혀 사실이 아
니었다. 미사를 부탁하는 요청이 있긴 했지만, 그는 거기에 정치적
의도가 있다고 보고 분명하게 거절 의사를 밝혔던 것이다. 그때부
터 함세웅은 신문을 볼 때 작은 기사라도 행간의 의미를 따져가며
읽기 시작했다고 한다.[36]

민주회복국민회의 시절 함세웅은 어느 정치인, 언론인, 법조인, 문
인에 못지않은 다양한 역할을 수행했다. 그 과정에서 부수적인 일
도 있었다. 지도부에 함께 참여한 함석헌과 윤형중을 '화해'시키는
역할을 하게 된 것이다. 두 사람은 1950년대에 월간《사상계》를 통
해 치열하게 진행되었던, 당시는 물론이고 앞으로도 대한민국 논쟁
사에 고딕체로 기록될 '함석헌·윤형중 논쟁'의 당사자들이다.

함석헌은《사상계》1956년 1월호에 실린 〈한국 기독교는 무엇을
하고 있는가〉라는 글에서 한국 기독교의 타락상을 신랄하게 비판

정의의 길, 세 개의 십자가

1974년 함석헌 선생과 함께.

했다. 이에 윤형중 신부가 〈함석헌 선생에게 할 말이 있다〉는 반론
을 싣는다. 함석헌의 〈윤형중 신부에게는 할 말이 없다〉는 재반론에
또다시 윤형중의 재반론이 이어지면서 논쟁은 뜨겁게 달아올랐다.
그러는 동안 《사상계》는 시중의 화제가 되었고 공전의 판매부수를
기록하게 된다.

　다음은 그들의 만남과 화해에 얽힌 함세웅의 증언이다.

가장 기뻤던 내용은… 민주회복국민회의 할 때 명동성당에서 회합을 많이 했어요. 다른 데는 다 차단시키니까. 명동성당 윤형중 신부님 계신 숙소 화합실에서 대표회의를 많이 했습니다. 첫 모임 때 윤형중 신부님하고 함석헌 선생님이 만나셨는데, 이 분들이 과거에 유명한 논쟁을 벌인 적이 있어요. 그 지면논쟁으로부터 한 10여 년이 지난 것 같은데, 함석헌 선생님은 수염을 허옇게 기르셨고 윤형중 신부님은 머리를 깎으셨어요. 함석헌 선생님이 한 살 위인데 두 분이 그때 처음 만나신 거예요.

제가 소개해드렸어요.

"신부님, 함석헌 선생님이십니다" "선생님, 윤형중 신부님이십니다" 하니 두 분이 껴안고 소년처럼 기쁘다고 하시는 거예요. 어떻게 보면 윤형중 신부님과 함석헌 선생님은 민주화 과정을 통해 화해하신 거죠. 그 장면이 너무 아름다웠어요. 윤형중 신부님은 세상사를 많이 말씀 안 하시니까 뭐든지 결정되는 대로 하시라고 상징적으로 자리를 지켜주신 게 너무 고맙고요.[37]

민주회복국민회의의 참여 인사들은 '재야'라는 한 묶음으로 엮기에는 실로 다양한 면면들이었다. 각자의 신념과 개성이 너무 강해서 쉽게 의견의 합치가 이루어지지 않는 경우도 많았다. 그때마다 함세웅은 남모를 마음고생을 하면서 이들을 성심껏 '대변'하였다. 그것은 양심과 소신에 따라 민주화운동의 길로 들어선 젊은 사제가 '세상물정'을 조금씩 알아가는 과정이기도 했다.

정의의 길, 세 개의 십자가

다만 한 가지, 기록할 내용인지 아닌지 모르겠는데요. 제가 30대 시절 민주회복국민회의 대변인 할 때 정말 우리나라에서 유명한 정치인, 종교인, 지성인을 두루 뵙게 되잖아요. 저보다 선배들인데 그때 가까이서 실체를 보면서 조금 놀란 부분들이 있어요. 구체적으로, 정치인 같은 경우에는 그날 중앙정보부에서 연행한다고 하면 모임에 안 와요. 뭘 어떻게 알았는지 안 오시는 거예요. 또 사진 찍을 때는 다 가운데 자리 잡고 있는 거예요. 제가 어렸을 때 그것을 보면서 조금 빨리 세상물정을 파악할 수 있었죠.[38]

'화살 기도'로 버텨낸 시간들

민주회복국민회의 대변인으로 유신정권에 불화살을 날리면서 권력자에게 시쳇말로 단단히 찍혔던 함세웅은 1975년 4월 11일 응암동 성당에서 여러 명의 기관원에 의해 중앙정보부 5국으로 연행되었다. 정의구현사제단과 관련된 첫 번째 연행 이후 몇 차례 중정과 '면접'의 기회가 있었으나 5국으로 끌려간 것은 처음이었다.

훗날 어느 기자가 "맨 처음 끌려가 조사받을 때 심정은 어땠나요? 무섭지 않았나요?"라고 물었다.

무서웠죠. 무서운데 저희는 어려서부터 무서울 때 화살기도를 바치라고 배웠거든요. 화살기도가 뭐냐면, "하느님, 도와주십시오"라고 짧고 빠르게(손으로 아래에서 위로 화살표를 그리며) 화살기도를 바치면 '슈욱~'하고 그 기도가 하느님한테 올라간다는 거예요. 옛날엔 화살이 제일 빠른 무기였거든요. 지금은 미사일이 더 빠르겠지만(청중 웃음). 그러니까 정보부 수사를 이길 수 있는 게 화살기도죠.

그래서 저를 조사하는 중정 요원들을 바라보면서 이렇게 화살기도를 올렸어요."하느님, 저 사람들 머리를 좀 나쁘게 해주십시오. 그래서 수사를 좀 마비시켜주십시오."

이렇게 기도를 올리면 수사가 마비돼요(청중 폭소). 주 기자는 이런 기도법을 좀 덜 배우셨어요.[39]

박정희 정권은 나날이 포악해졌다. 4월 8일 '인민혁명당 재건위'(이하 '인혁당'으로 표기) 관련자 8명에 대한 대법원의 사형판결이 내려지자 겨우 18시간 만인 이튿날 새벽에 전격적으로 사형을 집행했다. 같은 날 긴급조치 7호가 선포되었고, 휴교령이 내려진 고려대학교 교내에 병력이 투입되었다.

11일에는 서울대 농대생이던 김상진 열사가 양심선언 발표 후 할복 자결했고, 30일에는 인혁당 사건이 조작이라고 주장하던 제임스 시노트 신부가 법무부에 의해 강제로 추방당했다. 바로 그날, 베트남이 패망했다.[40]

베트남 패망은 유신독재와 이를 추종하는 세력들, 족벌신문 등에게 더없는 호재가 되었다. 독재와 부패로 망한 나라인데 비판적 종교인과 지식인들에게 책임을 돌렸고, 그것을 민주화운동 탄압의 명분으로 삼았다. 반정부 세력에 의한 사회혼란을 방치하면 한국도

베트남처럼 공산화될 수 있다는 것이었다.

5월 13일, 유신에 대한 부정, 반대, 비방을 일체 금지하는 긴급조치 9호가 발동되었다. 학생과 민주인사들을 옴짝달싹하지 못하게 묶어버리는, 이른바 '긴급조치의 종합세트'였다.

5월 하순에 명동성당에서 이명준, 조성우 등 10여 명의 청년들이 '천주교 정의구현청년전국연합' 결성을 준비하던 중 중앙정보부에 체포되었다. 함세웅은 이기정, 오태순 신부와 함께 배후조종 혐의로 연행되어 중정으로 끌려갔고, 며칠간 밤샘 조사를 받은 뒤에 풀려났다.

예, 끌려다니고 고생했었죠. 나는 그 학생들하고 크게 한 일이 없었지만, 학생 대표 이명준이 와서 "천주교 정의구현청년전국연합을 만들고 싶습니다" 그러기에 "아, 좋지!" 그랬어요. 이게 배후조종이 된 거예요. 그러다가 미국 대통령이 바뀔 때도 되었고 그러니까 에드워드 케네디가 되면 좋겠다는 이런 얘기를 학생들하고 했잖아요? 그랬더니 내가 케네디하고 뭐 연락을 주고받는 줄 알고, 이걸 막 조사를 하더라고요. 며칠 동안 고생을 했어요.

처음에는 국가보안법으로 몰아가다가 잘 안 되니까 그냥 긴급조치로 그 학생들을 구속하고, 우리 신부들은 다 빼는 거예요. 이기정 신부를 구속시켜야 되는데 부담되니까 교황청 대사관과 외교적으로 얘기해서 로마 유학을 보냈어요. 학생 편에서 보면 이기정 신부가 좀 이해가 되지 않았겠죠. 배신 비슷하게 된 거죠. 그 신부는 로마 유학을 갔지만, 우리는 신부로서 같이 구속되면 참 좋

정의의 길, 세 개의 십자가

앉을 텐데 좀 미안하기도 했어요.

그 학생들은 재판을 거부하면서 그냥 고문을 무섭게 당했죠. 그 때 물고문을 당한 학생을 지금도 만나면 마음이 아픈 게 그 기관지, 호흡기 질환이 남아 있어요. 기침하면서 막 콜록콜록하면 너무 가슴이 아파요. 그 학생들이 제일 형을 많이 받았어요. 10년 가까이 받고, 물고문 당하고 그랬어요.[41]

06

독재자의 심장을 겨누는 불화살

박정희 정권은 민주회복국민회의 출범 초창기부터 관련 인사들에게 정보기관을 통한 감시와 압박을 가했다. 김병걸, 백낙청 교수에게 사직을 요구했고 김규동 시인의 출판사에 대한 세무조사를 자행하기도 했다.

민주회복국민회의는 사안마다 윤형중 상임대표의 이름으로 성명서를 발표했는데, 내용은 대부분 함세웅이 기초한 것이었다. 민주회복선언대회 직후인 1974년 12월 6일에 발표된 〈서명 인사에 대한 탄압을 규탄한다〉는 제목의 성명서는 부당한 탄압을 중지할 것을 요구하면서, 민주회복을 위한 노력을 계속할 것임을 다짐하고 있다.

이듬해인 1975년 1월 9일, 윤형중 대표의 연두 기자회견이 있었다. 거기엔 다음과 같은 내용들이 담겨 있다.

정의의 길, 세 개의 십자가

1. 민주회복은 온 국민의 요구다.
2. 구속인사 무조건 석방하라.
3. 민주회복만이 국제적 위신의 추락과 외교상의 고립을 방지할 수 있다.
4. 언론탄압을 중지하라.
5. 근로자·농민의 일방적 희생이 강요되는 경제정책을 지양하라.
6. 유신헌법 철폐하고 권력분립으로 인권을 보장하라.

1주일 뒤인 1월 15일에는 박정희의 연두 기자회견과 관련하여 〈대통령의 연두 기자회견을 듣고〉라는 성명서를 내고, 대통령의 상투적이며 구태의연한 태도를 비판하였다. 그리고 폭압정치의 종식, 부정부패 척결, 국민회의 사무국장과 김병걸 운영위원 등의 강제연행 중지, 동아일보 광고해약 사태 종결, 유신헌법 개정 등을 요구하였다.

함세웅 대변인의 성명서는 이후에도 하루가 멀다 하고 계속 발표되었다. 대략적인 목록은 다음과 같다.

〈연행사태를 즉각 중지하라〉 (1월 17일)
〈동아일보 광고 사태에 즈음하여〉 (1월 20일)
〈국민투표에 대한 우리의 견해〉 (1월 23일)
〈공포분위기를 조성하지 말라〉 (1월 25일)
〈양심선언 운동을 전개하며〉 (2월 3일)
〈국민투표의 실태를 주시하면서〉 (2월 6일)

〈국민투표에 대한 우리의 결의〉 (2월 19일)

〈자유와 민주를 선언한다〉 (2월 12일)

〈국민투표 결과와 난국의 수습에 관해〉 (2월 15일)

〈누가 민주헌정질서를 파괴했는가?〉 (2월 22일)

〈민주국민헌장과 강령 3장〉 (3월 1일)

〈'민주국민헌장의 발표에 붙여〉 (3월 1일)

〈인권회복 진상조사위원회를 설치하며〉 (3월 3일)

〈조선일보 기자들의 파면조치에 대하여〉 (3월 7일)

〈언론에 관권 압력을 규탄한다〉 (3월 13일)

〈민주인사들에 대한 폭압사태를 중지하라〉 (4월 5일)

〈고려대 휴교와 사형집행을 규탄한다〉 (4월 10일)

〈김상진 군의 의혈에 붙여〉 (4월 15일)

〈김상진 군 추모미사 방해에 대하여〉 (4월 23일)

〈공포분위기는 대화를 저해한다〉 (4월 30일)

인권변호사 등의 조력을 받아 작성된 함세웅의 글들은 하나같이 독재자의 심장을 겨누는 매서운 불화살이었다.

　유신체제에 대한 국민의 저항이 날로 거세어지자 박정희는 1975년 2월 12일 유신헌법에 대한 찬반을 묻는 국민투표를 실시했다. 말이 찬반투표지, 실제로는 일체의 반대운동을 배제한 채 찬성만이 허용되는 비정상적인 투표였다. '국민'은 사라지고 '투표'만 실시된 것이다. 각국의 독재자들이 즐겨 사용했던, 국민을 팔아서 국민을 억압하는 책략이었다.

민주회복국민회의 대변인 시절의 함세웅.
1975년 3월에 찍은 사진이다.

    투표자의 73%가 찬성했다는 개표 결과가 발표되자 민주회복국
민회의는 기만적 국민투표의 무효를 선언하고, 박정희 집단을 민주
헌정질서 파괴범으로 지목하였다. 국민투표 당일인 1975년 2월 12
일에 발표한 〈자유와 민주를 선언한다〉는 제목의 선언문은 이 시기
함세웅의 시국관과 철학이 고스란히 담긴 소중한 자료이다. 여기
그 전문을 싣는다.

"자유와 민주를 선언한다." (1975. 2. 12)

사람의 값은 자유에 있다.

나라의 틀은 민주에 있다.

자유민주주의가 최선의 질서임을 선언한다.

독재정권의 사슬에 묶여 노예처럼 사느니 죄수가 되어 형장에 가는 것이 인간 양심과 사회정의에 비추어 정정당당하다.

5·16 이후 오늘까지 줄곧 국민을 농락해온 현 정권은 마침내 '10월 사태'로 체제를 굳혔으며 오늘에 이르러 이에 반대하는 국민의 의사를 변질시키려고 '국민투표'라는 가공할 잔꾀를 내놓았다.

고도의 선거 조작으로 엉터리 투표 결과를 핑계삼아 일인독재를 연장 강화하려는 현 정권의 속셈은 너무도 뻔한 것이다. 따라서 우리는 이번 국민투표에 전혀 상관하지 않고 민주회복을 위한 국민적 요구를 관철시킬 때까지 계속 투쟁할 것을 선언한다. 우리가 희구해온 삶, 우리가 투쟁해온 민주주의를 쟁취하기 위해 다음의 행동강령을 결의한다.

1. 우리는 우리나라의 건국이념에 위배되는 현행 헌법의 개정을 위해 계속 투쟁한다.
2. 우리는 잘못된 현행 헌법을 근거로 실시되는 엉터리 국민투표를 거부한다.
3. 우리는 정부가 조작한 국민투표의 결과에 대해 불복한다.
4. 우리는 법의 정신에 비추어 현행 헌법 및 국민투표법으로 구

정의의 길, 세 개의 십자가

속된 인사가 모두 무죄임을 주장한다.

5. 우리는 자유언론의 사수를 위해 끝까지 저항한다.[42]

07

김상진 군의 의혈에 붙여

함세웅이 4월 15일 발표한 〈김상진 군의 의혈에 붙여〉라는 성명은
비록 제도언론에서는 전혀 다루지 않았으나 대량으로 복사되어 학
생들과 시민들이 돌려보는 유명한 문건이었다. 이를테면 지하 유인
물의 베스트셀러였던 셈이다. 여기 그 전문을 싣는다.

"김상진 군의 의혈에 붙여" (1975. 4. 15)

우리는 지금 서울농대생 김상진 군이 뿌린 의혈 앞에 충격을 금할
길 없다. 드디어 폭압의 도를 극한 현 정권의 비리와 폭정은, 불의
에 대해서는 한 치의 양보도 없이 끈질기게 투쟁해온 이 민족의 밑
바닥으로부터 끓어오르는 분노를 불러일으켰다. 민주화를 요구하

는 청년학도들의 항의를 휴교, 휴강, 제적, 무기정학으로 짓누르며 민주회복과 사회정의 실현을 위해 애쓰는 종교인 등 민주애국인사들을 무더기 구속 및 연행하는 사태에 처하여 민주와 사회정의를 갈망하는 온 국민은 박 정권의 단말마적 말기 증상을 통탄하는 한편, 저들에 대한 분노를 한층 더 이성적으로 가다듬지 않을 수 없다.

이제 김상진 군은 조국의 민주회복과 사회정의의 제단 위에 꽃다운 의혈을 뿌렸다.

"진정한 민주주의의 풍토, 이것이 곧 공산주의에 대항하는 강력한 세력이라고 믿는다"고 말한 김 군의 마지막 유서와 '대통령께 드리는 공개장'은 김군의 의혈이 무엇을 위해 뿌려졌는가를 웅변으로 설명해주고 있다.

"죽음으로서 바라옵나니, 이 조국을 진정 사랑하는 마음에서 바라옵나니, 국민된 양심으로 진실로 진실로 엎드려 바라옵나니 더 이상의 무고한 희생이 나지 않도록, 더 이상의 혼란이 오지 않도록 숭고한 결단을 내려달라"는 피맺힌 김 군의 절규! 이 절규를 위정자들이 참회하는 자세로 경청하지 않는다면 돌이킬 수 없는 파국을 맛볼 수밖에 없다는 것을 경고하지 않을 수 없다.

"자유와 평등의 민주사회를 향한 결단의 깃발을 내걸어 일체의 정치적 자유를 질식시키는 공포의 병영국가가 도래했음을 민족과 역사 앞에 고발코자"(김 군의 양심선언 중에서) 결행된 김 군의 의거를 우리는 비통한 마음으로 받아들인다. 또한 민주와 민권을 위한 그의 의혈이 결코 헛되지 않으리라는 것을 온 국민과 더불어 엄숙히 선언하는 바이다.

우리는 더욱이 김 군의 친우 청년학도들이 하려던 추도식을 당국이 못 하도록 막고 시신을 화장해버린 폭거에 통분을 금치 못하면서, 장례식 방해와 시체를 오욕하고 강도를 서슴지 않은 저들의 만행을 전 국민의 이름으로 규탄한다.

3·1독립운동과 4·19민주혁명의 면면한 정신적 줄기를 타고 내린 민주 민족정기는 김상진 군의 의거로 나타났다. 자유민주를 갈망하는 모든 국민은 김 군이 세워놓은 이정표를 따라 매진함으로써 부정 불륜한 독재를 청산하고 민주회복의 대업을 이루고야 말 것이다.[43]

08

인혁당 사건이 가져다준 변화

18년에 걸친 박정희의 폭압통치 중에서도 손꼽히는 악행들 중 하나는 인혁당 사건을 날조하고 무고한 시민 8인을 사형시킨 일이다. 그는 유신체제를 만들고 초법적 긴급조치를 남발하면서 스스로 메시아적 존재로 자리매김하였다. 메시아는 무오류성과 과격성을 동반한다. 그리고 거침없이 '마녀사냥'을 즐긴다. 김대중 납치, 최종길 암살, 장준하 암살 등이 대표적인 사례다.

　이 사건들이 정보기관을 통한 음습한 모략이었다면, 인혁당 사건은 사법부와 행정부의 수뇌가 합작한 공적 음모였다. 재심 기회도 주지 않고 전격 처형한 데 이어, 시신조차 유족에게 제대로 인도하지 않았다.

　인혁당 사건은 정의롭게 살고자 하는 젊은 사제 함세웅을 큰 충

1975년 4월 8일, 인혁당 사건 관련자 사형판결이 내려진 대법원 앞 풍경.

격에 빠뜨렸다. 공적인 정의가 설 자리를 야만이 차지한 유신체제를 도저히 용납할 수 없게 만들었던 것이다. 혁명가형이 아니었던 그를 혁명의 가치를 헤아리는 '지사형 성직자'로 만들었다고 할까.

함세웅은 국내 인물로는 최초로 미사와 강론을 통해 "인혁당 사건은 조작"이라고 설파하였다. 1974년 10월 24일 연희동성당에서다. 외국인 성직자 오글 목사와 시노트 신부의 문제제기가 있긴 했으나, 내국인은 누구도 감히 입 밖에 내기 어려운 민감한 발언이었다.

저는 인혁당 사건 자체는 잘 몰랐어요. 공산주의자라고 하도 선

정의의 길, 세 개의 십자가

전해대니까 그런가 했는데 그 가족들, 부인들이 절대 아니라고 하시는 거예요. 듣다가 정말 아닌가 싶어 이쪽 변호사님께 물어보면 "아, 그건 상관 말라" 그래요. 인혁당 말만 나오면 무척 조심스러워하면서 상관하지 말라는 거예요. 그래 그걸 들으면서 도대체 이게 어떻게 되는 건가 의아해하다가 10월 24일인가 연희동성당에서 지역 미사를 할 때 제가 "인혁당 사건은 조작"이라고 강론을 했어요. 제가 말하고 싶더라고요. 밑도 끝도 없이, 그냥 강론 때 하는 거니까. [44]

침묵이 미덕인 시대, 보신의 시대에 "NO"라고 말하기는 쉽지 않다. 더구나 신정국가의 '메시아'가 국사범으로 몰아 단죄하는 사건에 대해 '조작'을 제기하고, 오갈 데 없어 방황하는 유족들의 거처를 마련해주는 일은 여간해서 나서기 어려운 상황이었다. 생색도 나지 않고, 무시무시한 보복이 뒤따를 수도 있기 때문이다.

그 당시 제가 응암동성당에 있었는데, 인혁당 가족들이 갈 데가 없으니까 늘 오시면 성당에서 주무시고 그랬어요. 같이 식사도 하면서 늘 '조작 간첩' 등의 얘기를 들었지요. 맘이 아프잖아요. 한두 살 갓난 애기까지 업은 엄마도 있었으니까. 또 엄청나게 고문당했다는 이야기를 들으면서 이분들을 구해야겠다고 생각했고요.
　성서에 나오잖아요. 억울한 사람들, 그중에서도 과부와 고아의 호소를 잘 들으라고요. 인혁당 관련자 부인들이 억울함을 토로했고, 더군다나 중앙정보부에 끌려가서 최음제를 맞았다든지 하는 것들…. 당시 특히 시노트 신부님이 정말 애쓰셨어요. 선교사로서 애쓰시는 것이 저희를 좀 많이 움직였어요. [45]

성서에 이런 구절들이 있다.

"울부짖는 소리가 나에게 다다랐다." 탈출 3:9
"행복하여라, 옳은 일을 하다가 박해받는 사람들! 하늘나라가 그들의 것이니라." 마태 5:10

참혹하기 짝이 없는 인혁당 사건을 겪으면서, 국제법학자협회가 "사법사상 암흑의 날"이라 불렀던 1975년 4월 9일(인혁당 8인 사형집행일)을 지나면서, 함세웅은 성실한 재야의 대변인에서 한걸음 더 나아가 '시대의 징표'를 앞서 깨닫고 실천하는 사제가 되었다. 그의 인식을 들어본다.

시대의 징표를 깨닫는 것은 신앙인의 책무다. 시대와 무관한 삶이 불가능하듯 시대와 무관한 신앙인은 존재할 수 없다. 시대의 징표란 바로 세상 한가운데서 하느님을 깨닫게 하는 하느님 자신의 표지이기도 하다. 사목헌장의 첫머리가 이 점을 장엄하게 선언하고 있다. 세상의 모든 것이 바로 교회와 연관되어 있고, 이 모든 것은 신앙인의 것이며, 이것은 또한 그리스도의 것이고 하느님의 것이기 때문이다.

시대의 징표란 무엇인가? 시대란 바로 우리의 삶이며 현실이다.

정의의 길, 세 개의 십자가

2010년 4월 인혁당 희생자 35주기 추모식에 참석한 함세웅.

시대는 바로 정치, 경제, 사회, 문화 그리고 종교 전반에 걸친 삶과 역사, 우리가 살고 있는 구체적 상황이다. 시대는 또한 세상 현실이다. 세상이 어떠한지 알아야 한다. 세상 돌아가는 것을 알아야 한다. 그때 비로소 하느님을 올바로 깨닫고 하느님을 이야기할 수 있는 것이다.[46]

09

반유신의 횃불, 3·1 민주구국선언

1976년 3월 1일 저녁, 명동성당에서는 3·1혁명 57주년을 기념하는 기도회가 열리고 있었다. 700여 명의 천주교 신자들이 모인 가운데 열린 기도회가 끝나갈 무렵 이우정 전 서울여대 교수가 미리 준비한 〈민주구국선언〉을 낭독함으로써 이른바 '3·1 민주구국선언 사건' 또는 '3·1 명동사건'이 발생하게 되었다. 유신체제와 재야 지도자들의 정면대결로 이어지는 대형 시국사건이었다.

이날 전격적으로 발표된 민주구국선언은 "①이 나라는 민주주의 기반 위에 서야 한다 ②경제입국의 구상과 자세가 근본적으로 재검토되어야 한다 ③민족통일은 오늘 이 겨레가 짊어진 최대의 과업이다"라는 세 영역으로 구성되어 있다. 결론에서 선언문은 이렇게 묻는다.

이때에 우리에게는 지켜야 할 마지막 선이 있다. 그것은 통일된 이 나라, 이 겨레를 위한 최선의 제도와 정책이 '국민에게서' 나와야 한다는 민주주의의 대헌장이다. 다가오고 있는 그날을 내다보면서 우리는 민주역량을 키우고 있는가, 위축시키고 있는가?

구국선언문 서명자는 윤보선, 김대중, 함석헌, 함세웅, 이우정, 정일형, 윤반웅, 김승훈, 장덕필, 김택암, 안충석, 문정현, 문동환, 안병무, 이문영, 서남동, 이해동, 은명기 등이다. 당시 우리나라 정계, 종교계, 학계의 지도급 인사들이었다.

선언문을 발표한 재야인사들과 신도들은 명동성당을 내려오면서 시위에 들어가려 했으나 출동한 경찰에 의해 강제해산되었다. 경찰은 이날 집회 참여자들 가운데 이우정, 장덕필, 문동환, 김승훈을 연행했고 이후 1주일 사이에 선언문에 서명한 인사들 대부분을 연행했으며, 윤보선 전 대통령만이 자택에서 조사를 받았다.

이 사건은 유신시대에 종종 있던 재야인사들의 시국선언이었다. 경찰의 신속한 대처로 인해 거리 시위도 무산되었다. 그런데 정부가 이를 '국가 전복의 공안사건'으로 다루면서 국내외적으로 큰 파장을 일으켰다. 사건 보고를 받은 박정희가 서명자 중 김대중의 이름을 발견하고 '엄벌'을 지시함으로써, 긴급조치 위반사건이 당대의 공안사건으로 확대되었던 것이다.

나중에 정보기관원한테 들은 이야기에 따르면, 삼일절에 명동성당에서 있었던 일이 보고된 게 그날 오후였대요. 박정희 당시 대통령이 편안히 술 마시면서 쉬고 있는데 그때 보고가 들어간 겁니다.

"아, 지금 명동에서 민주구국선언이란 걸 발표했는데…"

"뭐라고?"

"거기에 김대중이가 있답니다."

"뭐? 김대중이?"

본래 박정희가 김대중 이름만 들으면 질색을 했거든요.

"다 구속시켜버려!"

사실 3·1 민주구국선언은 미사 봉헌한 걸로 끝나는 거였어요. 그런데 이 사람(박정희)이 제정신이 아니다 보니 이걸 국제적인 사건으로 키워버린 거죠. 이 사건으로 김대중, 윤보선 같은 정치인에다 변호사, 교수, 목사, 저희 같은 사제, 그리고 여성들까지 줄줄이 입건이 됐어요. 한국 사회를 상징적으로 압축해 보여주는 거울이 돼버린 겁니다. 결국에는 박정희 정권의 종말을 재촉한 셈이 되었지요.

우리끼린 이걸 신학적으로 해석해요. 이건 사람이 일으킨 사건이지만 그 안에 하느님의 섭리가 임했던 거라고요. 하느님이 사건을 통해 역사를 바꾸신 거라고요.[47]

함세웅은 3·1 민주구국선언 사건에 깊이 관련되어 있었다. 삼일절을 기해 기독교 신·구교와 재야 민주인사들이 명동성당에서 합동으로 기도회를 열기로 했고, 그 징검다리 역할을 그가 맡았던 것이다.

삼일절이 되면 독립기념일 미사와 더불어 구속자들을 위한 석방 미사를 봉헌해야겠다고 생각하고 있었죠. 명동성당 신부님께 이런 생각을 밝히고 미사 봉헌 허락도 받은 상태였어요. 그런데 2월 하순, 우연히 문익환 목사님을 만나뵙게 된 거예요. 목사님이 "삼일절에 혹시 무슨 계획이 있어요?"라고 물으시더라고요. 그래서 명동에서 이런저런 미사를 봉헌할 계획이라고 말씀드렸더니, 당신도 뭔가를 계획 중이었는데 장소를 못 찾았다는 거예요.

예배당이나 다른 회관도 여의치 않다면서 명동성당에서 함께할 수는 없겠느냐고 물으시기에 제가 "좋습니다. 저희들 미사 봉헌하고 2, 3부는 목사님과 같이 할 수 있습니다"라고 말씀드렸죠. 그렇게 약속을 하고 헤어진 뒤 목사님은 목사님대로 많은 분들을 만나고 다니셨어요. '3·1 민주구국선언'을 준비하면서요.[48]

3·1 민주구국선언 사건은 국제적인 주목을 끌면서 외신들이 자세히 보도했으나, 국내 언론은 3월 10일까지 한 줄도 보도하지 못한 채 정부의 공식발표로 겨우 알려지게 되었다. 당시 서울지검 서정각 검사가 발표한 '수사 결과'는 다음과 같다.

이번 사건의 주동자인 구 정치인과 재야 일부 인사들은 오랜 동안 정권쟁취를 책동해왔으나, 유신체제의 공고화로 국내 정국이 안정되고 비약적인 경제발전이 이루어져 통상방법으로는 그 목적달성이 어려워졌음이 명백하게 되자, 이들은 (…) 일부 신부와 목사, 일부 해직교사 등 반정부인사들과 연합전선을 형성하여 3·1운동 또

문익환 목사와 함세웅 신부는 1970~80년대 민주화운동의 오랜 동지였다. 1986년 명동성당에서 열린 민가협(민주화실천가족운동협의회)의 양심수 석방 촉구집회에 함께 참여한 문익환과 함세웅.

는 4·19와 같은 학생을 중심으로 한 민중봉기를 기도·획책하고, 이를 달성하기 위해 올해 삼일절을 기해 소위 민주구국선언이란 미명 아래 마치 국가존망의 위기가 목전에 다가온 양 국내외 제반 정세에 관한 허위사실을 유포하고, 유신헌법과 대통령 긴급조치의 철폐 및 현 정권의 퇴진을 주장·선동한 사실이 인정되는 바이고,

정의의 길, 세 개의 십자가

명백히 대통령 긴급조치 9호에 위반되는 것이다.

정부는 이렇게 이 사건을 '정부 전복 선동'이라는 공안사건으로 규정하고, 관련자들에 대한 대대적인 연행과 수사를 벌였다. 함세웅 역시 그중 하나였다.

10

첫 번째 구속 : 감옥에서의 소중한 깨달음

서명자 대부분이 연행, 구속될 때 함세웅은 수녀원에 은신해 있었다. 그러던 중 형사들이 응암동 일대의 가택수색을 한다는 소식을 듣고, 3월 7일 응암동성당에서 미사 봉헌을 하기 전 중앙정보부에 직접 전화를 해서 자신의 위치를 알렸다. 애꿎은 주민들에게 피해를 주지 않기 위해서였다. 그리고 더 이상 피신할 이유도 없다고 판단했다.

제가 교중미사를 봉헌했습니다. 성당에 와서 미사 봉헌하기 전에 중앙정보부에 전화를 했어요.

"저 함세웅입니다. 응암동성당에 와 있으니 미사 후에 데려가세요!"

그랬더니 미사가 끝나기도 전에 난리가 났어요. 형사들이 경찰까지 해서 300여 명 둘러싸고 있었는데도 제가 밖에서 성당으로 들어갔잖아요. 저 때문에 서부경찰서 서장이 해임됐다고 들었어요. 중앙정보부에서 저를 데리러 왔어요. 같이 점심을 하자고 청했더니 그분들이 사양하더군요. 저는 헌옷으로 갈아입고 성경을 간직한 채 정보부원들의 차에 탔습니다.

그 길이 외길이에요. 그런데 신자 할머니들이 못 가게 그 앞을 막으셨습니다. 중앙정보부 차를 막는 거예요. 그래서 제가 내려서 "저는 정보부로 끌려갑니다. 차 비켜드리세요. 저 곧 갔다 올게요" 라고 인사드리며 할머니들을 설득했습니다. 그리고 다시 차를 타고 정보부에 왔어요. 이미 다른 분들은 조사가 끝나고 저만 남은 상황이었어요. [49]

함세웅은 그동안 여러 차례 중앙정보부에 끌려갔지만 피의자로 구속된 것은 이번이 처음이었다. 당시 '옥중 동기생'들과의 비화도 적지 않았다.

새벽 한두 시쯤 김대중 선생 등 5~6명이 첫 차로 서대문구치소로 갔어요. 감옥에 가니 옷 갈아입으라고 해서 퍼런 수의로 갈아입었어요. 거기서 칫솔을 사야 하는데, 돈을 하나도 안 갖고 갔잖아요. 김대중 선생에게 "선생님, 5천 원만 꿔주세요" 했더니 웃으면서 돈을 주셨어요. 그러고는 제가 들고 있는 성경을 달라고 하시더라고요. 저는 조금 당황했어요. 감옥에서 성경이라도 껴안고 있어야겠다고 생각했는데 "신부님이야 성경박사인데 뭐 성경이 필요해요. 제가 필요하지요" 하면서 달래요. 그 순간 '아, 저분에게 더 필요하겠다' 싶어서 기쁘게 드렸어요.

이제 각 사동으로 헤어지는데 그 시간에도 이문영 교수님은 유머를 하시는 거예요.

"신부님, 선생님, 우리 이거 비행기 탑승하러 가는 것 같아요. 게이트로 갈라지잖아요. 1번 게이트, 2번 게이트."

저는 조금 긴장한 상태로 가면서 기도를 올리고 있었는데, 그런 농담을 하시더라고요. 참 대단한 분이에요.[50]

그런가 하면 이런 일도 있었다. 첫날 서대문구치소에서 배정받은 쓰레기통 같은 방을 두어 시간 동안 깨끗이 청소하고 난 후에 생긴 일이다. 함세웅이 감방에서 헛된 소유욕에 대해 성찰하게 된 사연이다.

두 시간쯤 지나갔을까. 감방 문을 따더니 교도관이 나오래요. 왜 그러느냐고 했더니 방을 옮긴다는 거예요. 그래서 제가 "이 방에서 나가라고요? 저는 이 방에 있겠어요! 안 갑니다!" 했더니 교도관은 "교도소에서 자기 방이 어디 있어요?" 하면서 무조건 나오래요. 그런데 저는 억울하잖아요. 열심히 청소를 마친 방인데! 그런데 어떻게 해요? 교도관을 따라갔지요. 그가 복도 중간쯤 되는 방에 저를 밀어넣었어요. 저는 놀랐죠. 새 방은 너무 좋은 방인 거예요. 바닥도 반들반들하고 윤이 나요.

그 순간 단순하면서도 커다란 사실을 하나 깨달았어요. 그러고는 혼자 웃으며 묵상하고 기도했습니다. 감방을 두 시간 청소했다고 그 방을 빼앗기기 싫은 마음에 대해 생각했어요. 그러니까 소유욕이란 것을 성찰하고 반성한 거죠.[51]

3·1 민주구국선언 사건으로 함세웅 등 각계의 명사들이 서대문구치소에 잠시 수감되자 이들을 반기는 수감자들이 있었다. 여러 시국사건이나 긴급조치로 수감된 학생들이다. 반갑기는 함세웅도 마찬가지였다.

구치소에 있던 학생들은 저희 소식에 너무 좋아했어요. 우리 구속 소식을 듣고서는 "환영합니다!"라고 큰 소리로 외치며 "몇 방에 누구 있다! 몇 방에 누구 있다!"하면서 서로 통방하며 기뻐하는 거예요. 한편 몸과 마음은 힘들고 아팠지만 '아, 우리를 역사의 현장, 감옥, 이 고난의 현장으로 이끌어낸 이들이 바로 이 청년학생들이구나! 이들과 함께 있으니 참으로 기쁘다'라는 연대감을 느끼면서 감옥 생활을 시작했어요. 노란 딱지와 함께 수인번호 명찰을 달았지요.[52]

11

일제강점기보다 가혹했던 유신독재의 법정

검찰은 3월 26일 구국선언 서명자 20명 중 김대중, 문익환, 함세웅, 문동환, 이문영, 서남동, 안병무, 신현봉, 이해동, 윤반웅, 문정현 등 11명을 긴급조치 9호 위반 혐의로 구속기소하고 윤보선, 정일형, 함석헌, 이태영, 이우정, 김승훈, 장덕필 등 7명은 불구속 기소했다. 그리고 김택암, 안충석 등 2명을 기소유예에 처분했다.

검찰은 이들을 기소하면서 "구속자들이 민중봉기를 획책하고, 국내의 정세에 관해 허위사실을 유포하였으며, 외세를 이용하여 정치적 야욕을 달성하려 했다"고 주장하였다. 이에 대해 피의자들은 검찰의 공소장이 날조된 것임을 주장하고 논리적으로 맞섰다.

기소 후 130일 만인 8월 3일의 1심 선고공판에서 재판부는 전원을 유죄로 인정, 징역 8년에서 2년까지의 실형과 같은 기간의 자격

정지를 선고했다. 1919년 3·1혁명 당시 일제가 민족대표 33인에게
가한 형량보다 더 가혹한 형벌이었다.

- 구속자 형량 : 김대중 8년, 문익환 8년, 함세웅 5년, 문동환 5
  년, 이문영 5년, 신현봉 5년, 윤반웅 5년, 문정현 5년, 서남동 4
  년, 안병무 5년, 이해동 3년.
- 불구속자 형량 : 윤보선 8년, 함석헌 8년, 정일형 5년, 이태영 5
  년, 이우정 5년, 김승훈 2년, 장덕필 2년.

항소심에서는 변호인단이 낸 재판부 기피신청을 받아들이지 않고
선고공판을 진행하여 12월 29일 다음과 같은 판결을 내렸다.

- 윤보선, 김대중, 함석헌, 문익환 : 징역 5년.
- 정일형, 이태영, 이우정, 이문영, 문동환, 함세웅, 신현봉, 문정현,
  윤반웅 : 징역 3년, 자격정지 3년
- 서남동 : 징역 2년 6개월, 자격정지 2년 6개월
- 안병무, 이해동, 김승훈 : 징역 2년, 자격정지 2년, 집행유예 3년
- 장덕필 : 징역 1년, 자격정지 1년, 집행유예 2년

18명의 피고인 전원은 항소심 판결에 불복, 12월 30일 대법원에 상
고했다.

1977년 3월 22일 대법원 전원합의체(재판장 민복기 대법원장)는
①3·1 민주구국선언은 사실을 왜곡하고 있고 ②긴급조치와 헌법

을 비방하고 있으며 ③원심에 사실 오인이 없고 공소사실이 인정된다는 이유를 들어 피고인 전원에 대해 상고를 기각했다.

피고인들은 재판기간 내내 당당하게 법정투쟁에 임했다. 1심부터 최종심까지 재판정에서는 민주주의 체제 공방이 치열하게 벌어졌다. 피고인들은 ①유신체제는 법적 절차에 당위성이 없고 ②유신헌법을 성립시키는 국민투표의 과정과 내용에 당위성이 없으며 ③정부가 주장하는 유신헌법의 목적에도 당위성이 없으며 ④유신헌법의 내용이 독재적인 헌법으로 민주공화국으로서의 당위성이 없다는 점 등을 내세웠다.

피고인들은 또한 "인간의 양심과 자연법 그리고 인간의 절대권과 우상화를 거부하는 신앙에 비추어 유신헌법과 긴급조치에 반대한다. 그 긴급조치에 의해 이 법정에 섰으므로 마땅히 재판을 거부해야 할 일이나 우리들의 정당성과 양심을 밝히기 위해 재판에 임한다"고 당당하게 자신들의 입장을 밝혔다.

20여 년 뒤, 이 사건의 피고인들은 자신들과 함께 법정에 섰던 김대중 대통령의 '국민의 정부'를 상대로 재심을 청구했다. 그리고 사법부는 뒤늦게 관련자 전원에게 무죄를 선고했다. 박정희의 무한한 권력욕과 김대중에 대한 증오심이 빚어낸, 어용화된 검찰과 사법부가 독재정권의 충견 노릇을 하며 만들어낸 부끄러운 사건이었다.

정의의 길, 세 개의 십자가

12

상고 이유서에 담긴 민주주의의 신념

함세웅은 서대문구치소에 수감되어 재판을 받았다. 1심에서 징역 5
년, 2심에서 징역 3년에 자격정지 3년형을 선고받고 대법원에 상고
를 했다.

기도하는 마음으로 상고 이유서를 썼어요. 형을 감량받기 위해서
가 아니라 이 시대의 증언을 위해서 썼습니다. 유신과 이 체제가
얼마나 비인간적이고 포악한 체제인지 증언하고, 왜 내가 사제이자
신앙인으로서 이 일에 뛰어들고 항거해야 하는가, 왜 학생들과 시
민들과 함께해야 하는가, 이런 연대적인 의미, 해방신학적인 의미
를 정리하면서 모든 분에게 드리는 편지 형식으로 생각하고 썼습
니다.[53]

함세웅은 1976년 상고 이유서의 마지막을 전태일 열사의 일기로 마무리했다. 2010년 전태일 40주기 추모식에 참석한 함세웅.

그가 옥중에서 집필한 〈상고 이유서〉는 정의구현사제단의 각종 미사에서 낭독되었고, 복제되어 전국의 성당은 물론 일반 국민들 사이에 널리 읽혔다. 현대판 '사발통문'이었다. 당국이 이 문건을 금서 목록에 올렸다.

1976년 2월 3일 법원에 제출된 이 상고 이유서는 "나는 왜 유신

정의의 길, 세 개의 십자가

체제를 반대하는가?"라는 제하에 쓰인 장문의 논설이다. 박정희 시대 수많은 양심수들이 저마다 대법원에 상고를 하면서 그 이유를 밝혔는데, 그중에서도 함세웅의 글은 보기 드문 역작으로 꼽힌다. 그는 이념적 경직성이나 소속된 집단의 폐쇄성을 뛰어넘고, 현학적인 논제가 아닌 논리적 적합성을 제시하였다. 어지간한 책 한 권 분량인 상고 이유서의 목차와 머리 부분, 그리고 꼬리 부분을 소개한다.

상고 이유서(1976. 2. 3) 목차

Ⅰ. 나는 왜 유신체제를 반대하는가?
　　우리가 요구한 것
　　폭력의 아들 앞에 머리 굽힐 수 없다.
　　유신체제는 하느님을 모독하는 명백한 '폭군적 압제'의 체제이다.
　　유신체제 아래서의 인권의 운명
　　사회안전법 : 합법적인 인권박탈의 전형적인 예
　　유신체제가 있는 한 자유도 정의도 평화도 통일도 없다.

Ⅱ. 유신체제 아래서의 크리스천의 길
　　크리스천은 누구인가?
　　크리스천의 사명 중 하나는 바로 억압의 타파이다.
　　'중립'은 없다.

Ⅲ. 억압받는 이들의 곁으로

　인간성의 회복

　교회의 모든 자원으로 민중운동을 도와야 한다.

　민중운동과 민주화운동

　억압이 있는 모든 곳에 해방을 선포하는 교회의 노력이 있어야

　한다.

Ⅳ. 오늘의 십자가

　마음과 목숨과 생각과 힘을 다하여

　침묵을 깨뜨려야 한다.

　압제에 반대하는 그것은 곧 하느님께 영광을 드리는 것이다.

　신앙의 방패를 잡고 십자가의 전술로

　이곳에서 나는 꿈을 봅니다.

　석방을 바라지 않습니다.

　잃어버린 양들을 위하여

나는 왜 유신체제를 반대하는가?

본인은 상고를 하였는데 그것은 대법원에서 무슨 올바른 판결을
할 수 있다고 생각해서가 아닙니다. 이 시대 우리 모두의 공통된
슬픔은 유신체제하에서 사법부에— 유신체제의 대통령이 임명한
법관들로 구성되고 유신헌법을 지상규범이라 하여 지지하는 사법
부에— 우리가 아무것도 기대할 수 없다는 사실입니다.

따라서 본인은 귀 법원에 대하여 할 말이 아무것도 없습니다. 이제부터 본인이 하려는 말은 정의와 평화, 그리고 자유를 사랑하는 모든 형제자매들을 향한 것입니다. 물론 그들 중에는 대법원 판사로서 본 사건을 심리하실 자연인들도 포함될 수는 있습니다.

이 글에서 본인은 한 사람의 크리스천으로서 왜 유신체제를 반대하지 않을 수 없는가 하는 그 이유를 밝히고, 아울러 유신체제하에서의 크리스천의 나아갈 길과 민주·민생운동을 위한 교회의 자세 등에 관하여 몇 가지 생각을 말하고자 합니다.

이것은 또한 한 사람의 크리스천으로서 나 자신에게 하는 말이기도 합니다. 어둠이 내리덮인 이 옥중에서, 이 시대의 모든 고통과 슬픔을 가둔 이 이상한 성스러움으로 가득 찬 암흑 속에서 우리는 크리스천의 길을 걷는 모든 이들에게 마음속 깊은 데서부터 우러나오는 인사를 전하고 싶었습니다. 이곳에서 약 1년 가까이 지내는 동안 여러분과 함께 나누고 싶은 말이 너무나도 많았습니다.

그러나 우리는 아무것도 할 수가 없었습니다. 벽! 바로 이 벽! 육중한 자물쇠로 굳게 잠겨진, 모든 것을 차단해버리고 인간다운 모든 것을 밀봉해버린, 산생명을 미라로 만드는 이 암흑의 벽이 가로막혀 있기 때문입니다.

정치범 탄압으로 악명 높았던 차르 치하의 제정 러시아에서도 죄수들은 감방에서나 또는 유형지에서 독서와 집필이 허용되었습니다. 하지만 이 유신체제의 감방 안에서는 집필은 물론 독서마저도 자유롭지 못합니다. 글을 쓸 수 있는 사실상 유일한 기회는 이와 같은 상고 이유서를 쓸 때뿐입니다.[54]

잃어버린 양들을 위하여

우리 사회에서 자기 십자가를 지고 그리스도의 길을 누구보다도 충실하게 따랐던 사람이 있는데, 그는 여러분도 잘 아실 것입니다마는 평화시장에서 노동운동을 하다가 1970년 11월 13일 스물둘의 젊은 나이로 분신자살하였던 재단사 전태일입니다.

그가 분신자살을 결심하였던 순간에 쓴 것으로 보이는 수기에는 다음과 같은 구절이 있습니다. 이것을 나는 지금 이 시각에 여러분과 함께하는 끝 기도로 삼고 싶습니다.

"나는 돌아가야 한다.
꼭 돌아가야 한다.
불쌍한 내 형제의 곁으로
내 마음의 고향으로.

내 이상理想의 전부인 평화시장의 어린 동심 곁으로
생을 두고 맹세한 내가 그 숱한 시간과 공상 속에서
내가 돌보지 않으면 아니 될 나약한 생명체들.
나를 버리고 나를 죽이고 가마.
조금만 참고 견디어라.
너희 곁을 떠나지 않기 위하여 나약한 나를 다 바치마.
너희들은 내 마음의 고향이로다.

정의의 길, 세 개의 십자가

오늘은 토요일

8월 둘째 토요일

이날

무고한 생명체들이 시들고 있는 이때에

한 방울의 이슬이 되기 위하여 발버둥치나니

하느님, 긍휼과 자비를 베풀어 주십시오!!!"

우리 다 함께 기도합시다.[55]

13

감옥에서 새롭게 만난 예수

이승만, 박정희, 전두환, 노태우로 이어지는 독재자들의 못된 점들 중 하나는 감옥에서 책을 자유롭게 읽지 못하게 하고 글을 쓰지 못하게 했던 일제의 유산을 양심수들에게 그대로 적용시킨 것이다. 봉함엽서를 이용하여 한 달에 한 번, 그것도 직계가족에게 보내는 안부 편지만 허용하였다. 그마저도 검열을 통해 걸핏하면 '불온'한 내용이라며 압류해 소각시켰다. 만약 70~80년대 양심수들에게 집필이 허용되었다면 얼마나 많은 위대한 작품들이 나왔을까.

　사마천은 옥에 갇혔을 때부터 《사기》를 쓰기 시작했고, 볼테르는 왕실에 대한 담시를 썼다는 이유로 바스티유 감옥에 갇혀 서사시 〈라 앙리아드〉를 지었고, 존 버니언은 왕군에 체포되어 베드포드 군사형무소에서 《천로역정》을 썼다. 세르반테스도 왕실 감옥에 갇

1976년 첫 구속 때 수감생활을 했던 서대문구치소를 3년 뒤인 1979년에 다시 찾았다.

혀《돈키호테》를 쓰기 시작했으며, 마르코 폴로는 포로가 되어《동방견문록》을 썼다. 오 헨리는 옥중에서〈점잖은 약탈자〉등을, 프랑수와 비용은 사형선고를 받고 감옥에서〈유언시〉를, 오스카 와일드는 투옥되어《옥중기》를, 리 헌트는 옥중에서《시인의 축제》를, 네루는 감옥에서《세계사 편력》을 썼다. 이외에도 헤아릴 수 없이 많은 동서고금의 '옥중 명저'들이 있다.

함세웅은 3년형이 확정된 후 서대문구치소를 떠나 다른 곳으로 이감되었다. 그동안의 정부 비판 행적에 대한 보복이었는지, 하필이면 악명 높은 광주교도소였다.

광주에선 간첩들 있는 감방에 집어넣더라고요. 거기는 0.8평이야. 완전히 커튼으로 다 막아놓고 대낮에도 전등을 24시간을 켜놓는 거야. 여기 서울은 밤에만 불 켰는데요. 그것도 10촉짜리. 아주 껌껌해요. 그리고 양옆으로 손이 벽에 닿는 거야. 그러니까 서울은 그래도 방이나 커서 요가도 했는데, 거긴 기가 막힌 거예요.

그래도 제가 가니깐 너무 좋아하는 거야. 거기에 한 70명 정도 있었어요. 한 35명은 또 긴급조치, 목사님도 계셨어요. 그때 유인태랑 이런 사람들 다 있었어요. 그런데 그 사람들이 내가 가니깐 너무 좋아하는 거야. 신부가 왔다고. 여러 곳에 연락을 다 했잖아 우리끼리.[56]

흔히 감옥을 '인생대학' 또는 '국립대학'이라 부른다. 새삼 인생을 돌이켜보는 장소이고, 국가에서 공짜로 의식주를 해결해주기 때문이다.

제가 위가 좀 나빠요. 그래서 밥을 잘 못 먹어요. 그 밥이 1등급, 2등급, 3등급, 4등급이 있는데 우리는 4등급이에요. 1등급은 크고 4등급이 제일 작은 밥이에요. 4등급엔 콩이 많았어요. 저는 반밖에 못 먹었어요. 그런데 재판 받을 때 이문영 교수님이 쿡 찌르시면서 "신부님, 우리가 밖에서 너무 잘 먹었죠?" 하시는 거예요.

밥 한 그릇에 그냥 국 한 그릇, 짠지 하나. 그냥 마늘종 같은 거를 주는 거예요. 그것을 또 너무 많이 줘요. 그런데 소금 범벅을 해가지고. 한두 쪽이면 밥을 다 먹었을 정도였어요. 짠 간장에다 넣은 건데 얼마나 짜요. 정말 못 먹겠어요. 첫날에는 모래알 같지 뭐. 그게 전혀 안 먹혀요. 그런데 한 일주일 지나니깐 그 밥이 맛이 있는 거예요.[57]

예로부터 감옥은 강한 자는 더욱 강하게 만들고 약한 자는 더욱 약하게 만든다고 하였다. 함세웅은 의지가 강한 사람이다. 광주교도소에 있는 내내 묵상과 기도로 일상을 보냈다. 그리고 공주교도소로 이감되었다. 광주에 비해 비교적 넓은 감방이었다.

영성적으로 감옥은 제가 정화되는 곳이라고 느꼈어요. 감옥은 수련소, 또 제2의 신학교라 여기면서 감옥의 영성이라는 것을 생각했어요. 감옥에서는 유신이나 박정희에 대한 것보다는 하느님과 저라는 단독자의 관계 속에서, 또 고통받는 학생들과의 관계 속에서 그런 부분을 깊이 성찰하게 되더라고요. 특히 창세기 37장 이후에 나오는 요셉 이야기, 형들에게 죽임을 당할 뻔하고 또 팔려가서 남의 집 종살이 했다가 감옥에 갇혔던 요셉 성조聖祖 이야기. 그 다음에 신약성서에 나오는 베드로, 바오로, 요한, 실라… 이들이 감옥에 갇히잖아요. 감옥에서 읽으니까 '감옥'이란 글자가 커다랗게 눈에 확 들어오는 거예요. 순교자의 길도 감동적이고, 그다음에 동방교회, 러시아정교회와 그리스정교 책도 많이 읽었습니다.

또 기억나는 게 포로수용소에 갇힌 어느 사제의 체험기인데, 예수님이 누구인가에 관한 이야기죠. 자기도 밖에 있을 때는 깨닫지 못했는데 죄수복을 입고 죄수 번호를 달고 수용소 생활을 하면서 '2천 년 전 예수님이 이런 분이셨구나, 이때 비로소 예수님을 따르는 제자가 되었구나' 하는 걸 깨달았다는 거예요. [58]

정의의 길, 세 개의 십자가

14

감옥은 정의를 침묵시키지 못한다

함세웅은 공주교도소에서 복역하다가 1977년 12월 25일 형집행정지로 석방되었다. 성탄절 새벽에 풀려났지만 막상 갈 곳이 없었다. 응암동성당 소속인데 감옥 나오기 일주일 전에 대기발령을 받은 것이다.

천주교 지도부는 함세웅과 일부 성직자들의 3·1 민주구국선언 참여에 대해 비판적인 시각을 갖고 있었다. 그래서인지 옥고를 치르고 나오는 그를 대기발령하는 등 냉대하였다. 당시 재야인사들이 민주화운동을 하다 감옥살이를 하고 석방이 되면, 소속 단체에서 출소 환영회를 열어 그간의 옥고를 위로하고 격려하는 게 일반적인 풍경이었다.

천주교는 이런 동지의식조차 보이지 않았다. 대신 갈릴리교회에

서 이 사건 관계자들을 모두 초청하여 환영예배를 가졌다. 함세웅
도 그 자리에 초청되었는데, 답례사에서 "목사님들과 같이 감옥 간
게 너무 기뻤다. 교회일치 운동의 계기가 된 게 너무너무 좋았다.
우리가 민주화운동, 인권운동을 했지만 이제 교회일치 운동과 같
은 것이다. 이것이 에큐메니즘이다[59]"라는 소회를 밝혔다.

해가 바뀌어 1978년이 되었다. 2월 16일, 출소한 지 두 달 만에
서울교구 사제단 주관으로 명동성당에서 함세웅 신부의 출감을 축
하하는 '인권 회복을 위한 특별미사'가 열렸다. 경갑룡 주교를 비롯
한 교구 내 150여 명의 사제들, 3·1사건에 연루되어 구속되었다가
석방된 민주인사와 구속자 가족들, 신자 등 3천여 명이 참석했다.
경갑룡 주교는 인사말을 통해 "보다 참되고 정의롭고 일치된 사회
건설의 역군이 되기 위해 우리 자신도 함 신부처럼 굳은 믿음과 뜨
거운 사랑과 꺾일 줄 모르는 용기를 갖자"고 강조했다.

이날 함세웅은 자신의 신앙적 태도와 소망을 밝힌 '감옥은 정의
를 침묵시키지 못한다'는 제목의 강론을 하였다. 장문의 이 강론에
는 (1)이 미사의 참된 의미는? (2)청년학생의 용기는 미래의 희망이
다 (3)감옥에서 만난 뜨거운 형제애 (4)감옥은 또 하나의 교회다
(5)누가 이 시대의 십자가를 질 것인가? (6)우리 가운데 유다는 없
는지? (7)인권은 스스로 찾아 가져야 하는 것 (8)참다운 신앙은 수
난에 대한 정열이다 등의 소제목이 붙어 있었다. 감옥에서 성찰하
고 지켜보고 다짐한 주제들이었다.

그중에서 '우리 가운데 유다는 없는지?'를 소개한다.

"우리 가운데 유다는 없는지?"(1978. 2. 16)

사회정의의 외침과 교회 쇄신은 불가분의 관계에 있습니다. 1974년 우리가 '천주교 정의구현전국사제단'으로 출범할 때부터 우리는 우리 교회 내부의 쇄신을 병행했어야 했다고 감옥 속에서 저는 깊이깊이 반성했습니다. 우리의 교회가 썩어 있고 고여 있는 물일 때 우리는 안으로 곪아 있는 것입니다. 교회의 내적 쇄신과 일치하는 사회정의 구현과 별개의 것이 아니라 바로 하나입니다. 종교의 순수성이라는 것을 빙자하여 현실과 민중을 외면한다면 그것은 이미 교회가 아닙니다.

교회는 폐쇄된 건물 속에 갇혀 있는 것이 아니라 바로 우리가 사는 현실, 비참과 가난, 이것을 모두 포용할 수 있는 폭넓은 광장이며 또한 바로 역사의 세계, 역사의 현장, 그 자체인 것입니다. 우리 교회 안에, 우리 자신 가운데 은전 몇 닢으로 예수를 넘겨준 유다는 없는지 우리 서로 깊이 반성합시다. 자기의 약점을 가리기 위하여 양심과 교회와 하느님을 팔고 있는 무리가 없는지 눈을 똑바로 뜨고 지켜봅시다. 우리가 앞으로 해야 할 일은 바로 철저한 내적 쇄신운동입니다.

저는 이 나라의 한 국민으로서 조국과 민족을 사랑합니다. 저는 또한 그리스도의 말씀, 즉 복음의 정신에 따라 자기 나라, 부모, 형제자매, 친척, 그 모든 것을 버리고 이역만리 낯선 이 땅에 와서 헌신하고 있는 모든 선교사들을 존경하고 사랑합니다. 선교사들, 이들이야말로 바로 이 땅에 복음의 씨앗을 뿌리고 하느님을 위하여 몸 바친 순교자들의 후예가 아닙니까.

이분들을 구국이라는 미명 아래 욕하고 추방운동을 벌인다는 것은 곧 하느님과 교회를 욕되게 하는 것이며 우리가 공경하는 순교복자들에게 불경을 드리는 것 외에 아무것도 아닙니다. 저는 이 땅에서 복음 선포에 헌신하는 모든 선교사들에게 깊은 사랑과 존경을 보내고 싶습니다. 우리는 조국이나 민족이라는 테두리를 넘어서 그리스도 안에 한 형제임을 신앙으로 고백하며 실천하는 진정한 크리스천이어야 합니다.[60]

15

짧았던 평온, 그리고 재투옥

천주교 지도부는 함세웅을 동부이촌동의 한강성당으로 보냈다. 거기엔 나름의 의도가 있었다. 고위 공무원과 군 장성, 정부 요직에 있는 사람들이 많이 사는, 그래서 보수성이 짙은 지역이었다. 이런 곳에 가서 '자중'하거나 '엿이나 먹으라'는 심보가 작용했을 터이다.

거기 뭐 군인들도 많았고 공직자도 있었지만 내심으로는 동조하는 분들이 대부분이었어요. 한강성당에서 저는 앞장서지는 않았어요. 주로 김승훈 신부님 계시는 동대문성당에서 '김지하 문학의 밤' 같은 행사를 많이 했고요. 한강성당에서도 미사 등 행사를 두세 번 했어요. 그때 한강성당 신자들 중에는 경찰 백차만 봐도 도망가는 분들도 있었어요. 그러니까 구속자를 위한 미사를 봉헌할

1978년 한강성당에서의 첫 영성체 기념사진.

때는 외부에서 온 분들이 더 많았어요. 아파트 사람들은 좀 연약해 겁이 많았고, 또 성당이 워낙 조그맣기 때문에 이삼백 명이면 꽉 찼어요.

요즘에 와서야 들은 이야긴데, 저보다는 사목위원들이 더 고통을 받았더라고요. 형사들이 사목위원들 직장을 찾아가서 세무사찰한다고 위협했고, 함 신부에게 동조하지 말라는 이야기를 들어

정의의 길, 세 개의 십자가

야 했대요. 그분들께 큰 마음의 빚이 있음을 깨닫고 보속의 기도를 올립니다.[61]

유신 말기 천주교 안에도 중앙정보부와 유착된 세력이 있었다. 그래서 행사나 인사에 개입하고 공작하여 함세웅과 정의구현사제단 소속 신부들에게 이런저런 불이익을 안기곤 했다. 그가 출감 환영 미사에서 토로했던 '우리 가운데의 유다'가 현실 속에 엄연히 존재하고 있었던 것이다.

1978년 2월에 한강성당에 부임해서 1984년 9월까지 7년 동안 잘 지냈습니다. 제가 동부이촌동으로 갈 때 중앙정보부는 너무 좋아했어요. 저놈이 저기 가서 몇 달 안 되어 쫓겨날 거라고 했어요. 거긴 다 공무원촌이고 군인들 많이 사는 데니까. 또 정보부원들이 공작을 해요. 저도 이걸 어떡하나 조심하는데 저와 가까운 친구 신부가 조언해주는 거예요. 거기 가서 인권은 이야기하되, 부자 동네니까 가난한 사람을 위해야 한다는 말은 안 하면 좋겠다고요. 아침미사 때는 꼭, 짧게 5분에서 10분 사이에 성경 말씀으로 강론을 했어요. 성경 말씀을 갖고 강론하면 시비를 걸 수 없으니까, 매일 성경 말씀 1독서와 복음 말씀 갖고 주일도 그렇게 강론하면서 지냈어요.[62]

'불안한 안전'은 오래가지 않았다. 유신체제가 말기에 이르면서 동일방직 사건(1978), 도시산업선교회 사건(1978), 함평 고구마 사건

(1978), YH노동자들의 신민당사 농성 사건(1979)에 이어 '오원춘 납치 사건'이 일어났다. 농협에서 알선한 감자 씨를 심었으나 싹도 나지 않는 바람에 감자농사를 망치게 된 안동 농민 오원춘이 이를 사회에 고발하자 중정 요원들이 납치하여 고문한 사실이 1979년 8월 안동교구 사제단에 의해 폭로되었던 것이다. 함세웅에게는 두 번째 감옥행의 계기가 된 사건이었다.

사건의 전말은 이렇다. 8월 27일, 함세웅은 수원교구 선배 신부의 부탁으로 수원 조원동성당의 미사에서 강론을 맡았다. 수원 교구의 주교는 유신을 지지하는 '유신 주교'인데, 마침 그가 해외여행 중이어서 함세웅에게 강론을 부탁했던 것이다. '진실을 말하는 위대한 혀'라는 제목의 강론이었다.

조심스럽게 긴급조치에 저촉 안 될 정도로 강론을 했는데, 그게 문제가 됐어요. 그 하나만 문제가 된 게 아니라, 석방되고 나서 한 2~3년 동안 했던 걸 다 모았더라고요. 한꺼번에 묶어서 이제 나를 또 구속한 거예요. 먼저 문정현 신부가 구속됐어요. 문정현 신부도 구속 집행정지 기간이었죠. 문정현 신부가 구속되자마자 내가 보름 뒤에 연거푸 구속된 거지.
오원춘 사건 때문에, 그때 강론한 게 "이 정권 망한다" 이러면서, "2000년 전에 나사렛 예수님, 나사렛 청년, 시골 청년의 십자가의 죽음이 결국 로마제국을 멸망시켰듯이 이 오원춘 시골 청년의 억울한 납치와 희생이 독재정권 박정희를 꼭 망하게 한다" 이런 내용

으로 강론을 했는데, 결국 재구속이 됐죠.[63]

그는 강론에서 유신의 종말을 거침없이 토로하였다. 확신에 찬 '예언'이었다. 다음은 그를 다시 구속으로 몰아간 강론의 한 대목이다.

우리가 믿고 고백하는 하느님은 이 땅에서 이 시간, 이 시대의 징표로 안동교구를 선택하셨습니다. 아주 작은 교구, 가장 가난한 교구, 그러나 가장 젊고 성실하고 훌륭한 교구이기에 이 교구의 시련을 통해 전 한국에 엄청난 희망의 역사를 펼치실 것입니다. 바로 안동교구에서도 가장 작은 고을 영양군 청기, 이 산골의 한 농민이 이제 이 독재체제를 무너뜨리는 계기를 줄 것입니다. 때문에 우리는 안동교구가 당하는 박해와 시련 속에서 아픔을 겪지만 오히려 긍지를 느껴야만 합니다. 안동교구는 한국 교회를 잠에서 깨어나게 했습니다. 깊은 잠에 빠진 우리 모두를 깨어나게 했습니다. 전 한국 민족을 각성시켜 온몸으로 독재를 거슬러 불의와 폭력에 항거하게 했습니다.

오원춘과 정재돈 형제, 그리고 정호경 신부님이 맞고 계신 고통이 인간적으로는 어렵겠지만 그들이 바로 우리 교회를 뒤흔들어 모든 신자와 사제 그리고 주교님들의 마음까지도 움직여놓는 계기가 되었습니다. 바로 이렇게 짓눌리는 어둠속에서 그 누군가가 빛을 밝히고 또 희생의 제물이 되어야 하는 것입니다. 우리 농민회 형제들과 사제들이 바로 빛을 밝히기 위해서, 또한 이 땅의 자유를 위해서 희생의 제물이 되신 것입니다. 이러한 의미에서 우리는 이

사건에서 하느님의 깊고 오묘한 섭리를 깨달아야 할 것입니다.

우리가 끔찍하게 생각하고 있는 YH사건도 그렇습니다. 역사를 통해 살펴볼 때 독재정권의 종말은 처절합니다. 독재정권의 말기 증상은 한결같이 비이성적으로 나타납니다. 최근의 사태는 분명 그 말기 증상들입니다. 유신의 종말을 알리는 징후들입니다.[64]

그로부터 3일 뒤인 1979년 8월 30일, 함세웅은 영등포교도소에 다시 수감되었다. 1년 8개월 만의 재투옥이었다.

16

감방에서 전해들은 독재자의 최후

한국 사회는 요동치고 있었다. 8월 9일 YH무역 여성노동자 170여
명이 회사운영 정상화와 노동자의 생존권 보장 등을 요구하면서 마
포 신민당사 4층을 점거, 농성에 들어갔다. 이 농성은 한국 현대사
의 흐름을 크게 바꾸는 계기가 되었다. 한 젊은 노동자(전태일)의
죽음으로 막을 연 1970년대는 YH사건의 또 다른 한 노동자(김경
숙)의 죽음으로 종언을 고했고, 가파른 격랑이 슬금슬금 다가오고
있었다.

YH사건은 유신체제 몰락의 서곡이었다. 유신체제에 저항하는 각
계의 투쟁에 노동자들은 결코 뒤처지지 않았다. 70년대 말 중화학
공업의 과잉투자로 인한 경제정책의 실패에다 제2차 석유파동마저

YH와 더불어 유신체제 종말의 기폭제가 되었던 동일방직 투쟁 30주년(2008) 기념식에 참석한 함세웅.

겹쳐 직접적인 희생양이 된 기층민중, 특히 노동자들의 생존권 투쟁은 반유신 투쟁과 연계되었다. 권력과 어용노총과 기업주의 결탁에 의한 노조탄압에 온몸으로 맞서 노조를 사수한 동일방직 노동자들의 투쟁과 YH노동자들의 저항은 유신 말기의 처절한 시대상을 여과 없이 보여주고 있었다.

독재정권은 8월 11일 새벽에 경찰 1천여 명을 투입하여 평화롭게 농성 중인 여성노동자들을 강제해산시켰다. 경찰은 국회의원, 취재 기자 등을 가리지 않고 폭력을 휘둘러 부상자가 속출했다. 그리고 YH노조 조합원 김경숙(22세)이 사망했다.

공화당과 유정회 등 여당 세력은 신민당 김영삼 총재의 외신 회견을 빌미삼아 국회에 징계동의안을 제출했다. 그리고 10월 4일 경

정의의 길, 세 개의 십자가

호권을 발동한 상태에서 제명안을 변칙처리했다. 출석의원 159명의 만장일치로 제1야당 총재의 의원직을 박탈한 것이다. 헌정사에 유례가 없는 초유의 폭거였다.

10월 16일 부산대생들의 시위를 계기로 부마항쟁이 발발하자 정부는 비상계엄을 선포하였다. 그리고 10월 26일, 궁정동 안가의 술자리에서 중앙정보부장 김재규의 저격으로 독재자 박정희는 절명했다. 그곳은 과거 한태연, 갈봉근, 김기춘 등이 유신헌법을 만든 장소였다. 어쩌면 그마저도 역사의 업보였을까.

1961년 5·16쿠데타로부터 만 18년 5개월 10일 동안 절대권력을 휘둘렀던 '반동적 근대주의자'(정치학자 전재호의 표현)는 숨을 거두었다. 그는 유신독재에 저항하는 사제 등 성직자와 민주인사들이 '환상적 낭만주의자들'(1974년 10월 1일 국군의 날 치사)이라는 인식을 끝내 바꾸지 않고 눈을 감았다.

이튿날 아침, 영등포교도소에 있던 함세웅에게 그 소식이 전해졌다.

옥살이가 거의 2개월 되었을 때인 10월 27일 아침이었죠. 그때 몸이 안 좋아서 아픈 데가 많았어요. 그날은 재소자들이 작업을 안 나가더라고요. 교도관들은 다 군복을 입고 비상이고요. 재소자들은 작업이 없으니까 답답해서 소리 지르고 그랬어요. 저는 독방에 있었으니까 '이상하다. 왜 이렇게 살벌할까' 생각했어요. 제 조그마한 창으로 내다보면 교도소장실 위에 국기게양대가 보이는데, 태극기가 조기로 걸려 있더라구요. '누가 죽었나?'라고 생각하고 저는 그냥 방에서 식사하고 왔다 갔다 하는데, 11시쯤 되니까 다른 재소자로부터 연락이 왔어요.

"저, 신부님, 2방에서 물 뜨러 나오시래요."

그래서 이상하다 생각하면서 물통 비우고는 교도관에게 "저, 물 좀 뜨면 좋겠습니다. 허락해주십시오" 하니까 "신부님은 가만히 계세요. 우리가 떠다 드릴게요" 하면서 내보내주지 않는 거예요. 사정사정했어요. "무척 답답하니까 잠깐 갔다 올게요" 했더니 문을 열어줘서 2방으로 갔어요. 동아투위[65] 기자 세 분이 막 부르는 거예요. "신부님 아세요? 어젯밤에 김재규 중앙정보부장이(오른손 주먹을 들고 총 쏘는 시늉을 하며) 팍! 쏴서 박정희가 갔습니다" 이러는 거예요. 너무 놀라서 전율을 느꼈어요.

점심밥 받아 이불 속에 넣어놓고는 눈을 감고 한참 동안 기도를 했어요. 막 눈물이 나요. 출애굽기(탈출기)에서 홍해 바다를 기적적으로 건넜던 모세의 지팡이와 그 기적의 이야기. '아, 기적이 바로 이것이구나. 또 바빌론 70년 유배에서 해방된 제2의 해방 사건이 이런 것이구나. 성서 해방의 이야기가 관념이 아니라 뜻밖에 이렇게 이루어지는 기적이구나.' 그것을 감옥에서 깨달았어요.[66]

17

신군부에게 유린당한 '서울의 봄'

함세웅은 10·26 거사로 독재자가 사망한 후에도 50여 일이나 지난 12월 8일에 출소했다. 긴급조치 9호가 해제되면서 석방된 것이다.

그는 한강성당 신자들의 따뜻한 환영을 받았다. 하지만 시국은 너무나도 혼미하게 흘러가고 있었다. 바깥 공기가 채 익숙해지기도 전에 하나회 출신 정치군인들이 반란을 일으켰다. 전두환이 주도한 12·12반란으로 권력을 장악한 신군부는 '서울의 봄'을 향한 국민의 염원과는 달리 또 다른 폭압통치를 예비하고 있었다.

함세웅은 정의구현사제단과 민주회복국민회의 활동, 그리고 투옥과 재수감의 과정에서 절대권력자 박정희에 대해 많은 생각을 하게 되었다. 자신이 헌신하고 있는 민주화운동의 최종 대척점에 서 있는 우두머리가 박정희였기 때문이다.

우리는 1974년 1월과 4월의 긴급조치의 발동을 보고 비로소 유신헌법이라는 것이 얼마나 가공할 발상과 허위에 기초한 것이며 그 체제의 폭력성이 얼마만큼 반인간적인 것인가를 비로소 알게 되었다.[67]

1919년 대한민국 임시정부에서 채택한 이래 줄곧 유지되어 온 민주공화제의 헌법 가치가 유신헌법에서 송두리째 사라지고 1인 독재의 신정국가체제로 변질되었다. 이에 저항하여 수많은 학생들과 민주인사들이 암살, 투옥, 제적 등의 고초를 겪었고 '전 국토의 감옥화' '전 국민의 수인화囚人化'라는 말이 유행할 정도로 극심한 폭정이 자행되었다.

독재자의 숨통을 끊고 유신체제의 심장을 멈추기까지 많은 이들의 저항과 희생이 있었지만, 그 결행자는 김재규 중앙정보부장이었다. 함세웅은 바로 이 대목에 역사적인 포인트를 맞췄다.

당시 박정희는 심리적으로 대단히 불안정한 상태였다. 부마항쟁을 보고받고 "이제부터 사태가 더 악화되면 내가 직접 쏘라고 발포명령을 내리겠다. 자유당 말기에는 최인규와 곽영주가 발포 명령을 했으니까 총살됐지, 대통령인 내가 발포 명령을 하는데 누가 날 총살하겠느냐"라고 했고, 차지철 경호실장은 한술 더 떠서 "캄보디아에서는 300만 명이나 희생시켰는데 우리가 100만, 200만 명 희생시키는 것쯤이야 뭐가 문제냐"라고 토설하였다. 10·26이 아니었으면 부산이나 또 다른 지역에서 항쟁이 일어났을 경우 어떤 사태가 전개되었을지 충분히 상상하고도 남는다.

1979년 12월 영등포교도소에서 출소한 함세웅.

함세웅은 석방되면서 '김재규'라는, 아무도 지려고 하지 않는 또 하나의 무거운 역사의 짐을 짊어지고 나왔다.

김재규는 1979년 10월 당시 중앙정보부장 신분으로 박정희 대통령의 영구집권에 쐐기를 박은 당사자이다. 함 신부는 감옥에 있다가 10·26이 나면서 석방되었고, 이돈명 변호사의 요청을 받고 김재규 구명운동에 가세했다. 이 변호사와 황인철, 강신옥 등 변호인을 통해 김재규의 거사 동기, 장준하와 김재규의 인연, 지학순 주교 납치 때 박정희 대통령과 김수환 추기경의 회동을 주선한 것이 당시 중정 차장이던 김재규였다는 것도 알게 되었다.

함 신부는 지금도 10·26이 하느님의 섭리에 따라 이뤄진 '기적'이라고 고백하면서, 유신의 핵 박정희를 제거한 김재규 행위의 순수성을 확신하고 있다. [68]

과도기에 명실상부하게 권력의 실세로 등장한 전두환 세력은 보안사 정보처에 언론조종반을 설치하고 "단결된 군부의 기반을 주축으로 지속적인 국력 신장을 위한 안정세력을 구축함에 있다"는 명분하에 이른바 'K-공작계획'을 추진했다. 이는 정권을 탈취하려는 치밀한 음모였으며, 이듬해에 벌어질 5·17쿠데타의 서곡이었다.

신군부의 수괴 전두환은 박정희 암살 사건을 수사한다는 명분으로 계엄사령관 겸 육군참모총장을 군 통수권자의 허락 없이 체포하여 하극상의 반란을 주도했다. 또 다른 핵심인 노태우는 전방 부대를 군 통수권자의 재가도 없이 서울로 빼돌려 하극상에 동원하는 반란을 주도했다.

한국 사회는 다시금 깊은 나락으로 빠져들고 있었다.

18

김재규 구명운동에 앞장서다

함세웅은 정호경, 문정현 등 비슷한 시기에 석방된 신부들 그리고 정의구현사제단과 함께 '유신 쓰레기 청소 작업'을 자임하면서 다시 활동에 나섰다. 그것은 쉽지 않았다. '청소'란 쓸 만한 것을 남기고 못 쓸 것들을 치우는 작업이다. 수구언론과 기득권 세력은 신군부 쪽으로 기울고 재야의 정치인들은 '무주공산'의 주인이 되고자 판을 벌였다.

미국의 인권운동가이자 목사였던 마틴 루터 킹은 "사회적 전환기의 최대 비극은 악한 사람들의 거친 비명이 아니라 선한 사람들의 소름 끼치는 침묵"이라고 말했다. 그런 비명과 침묵은 우리 현대사의 중요한 순간에도 어김없이 존재했다.

10·26 거사 이후의 한국 사회는 거대한 전환기였다. 유신체제의

질곡에서 벗어나 그야말로 서울의 봄, 아니 대한민국의 봄을 맞이할 수 있었다. '선한 사람들의 소름 끼치는 침묵'이 아니었다면 말이다. 그러나 역사의 수레바퀴는 다시 과거로 되돌아갔다. 거기에는 '악한 사람들의 거친 비명'이 결정적인 작용을 했다.[69]

선한 사람들의 목소리가 전혀 없었던 것은 아니다. 함세웅과 천주교 사제단 또한 그 목소리의 주인공들 중 하나였다.

> 저희 사제단하고 수녀님들, 그다음에 윤보선 전 대통령과 재야인사들. 이돈명·황인·홍성우 변호사님… 이분들이 "김재규를 살려야 합니다. 그래야 민주주의가 완결되고, 박정희의 불의한 행업이 공개되고, 우리의 인권이 제대로 회복될 수 있습니다"라고 하시는 거예요. 변호사님들 말씀 때문에 사제단이 움직였습니다. 저는 김재규 부장이 박정희를 사실한 깊은 내막이나 동기를 잘 몰랐습니다. 다만 우선 그 변호사님들이 주시는 법정 증언 자료를 읽으면서, 또 박정희의 불의한 행태, 김재규 중앙정보부장의 좋은 뜻, 부하들의 증언 등을 들으면서 더욱 깊이 알게 되었습니다.[70]

함세웅은 오래전부터 안중근 의사에 경모의 마음을 갖고 있었다. 1909년과 1979년, 70년의 시차를 둔 같은 날(10·26)의 거사를 역사적 필연으로 인식하면서, 안 의사 의거 당시 한국천주교 간부(주교와 신부)들의 행위를 부끄러워하였다. 그래서 속죄하는 의미에서 훗날 안중근의사기념사업회를 이끌고, 다시 김재규 장군의 구명운동에 나서게 되었던 것이다.

1980년 초 명동성당에서 있었던 사순절 미사에서 함세웅은 김재규의 삶에 대해 특별강론을 했다. 왜 김재규의 10·26 의거가 진정 아름다운지, 왜 김재규 부장을 살려야 하는지에 대해 그는 사순절 묵상을 통해 이렇게 정리했다고 한다.

김재규 부장이 공동체 차원에서 유신의 핵인 독재자를 제거했고, 즉 사익을 위해 그런 것이 아니라는 점을 높이 평가해야 한다. 그분이 다소 힘든 일이 있고 차지철로부터 모욕을 당했다 하더라도 박정희 다음의 최고위 권력자 권한을 누릴 수 있었다. 시민들의 항의쯤이야 그냥 외면하고 망각하고 침묵을 지키면 되는 것이다. 그런데 그 직책과 목숨을 걸고 그 일을 감행했다. 이것은 대단한 일 아닌가. 더 큰 의義를 위해 자기 목숨을 던진 것! 이것은 이웃사랑이다.

또한 윤리신학의 원칙에서 보면 더 큰 재앙과 악을 막기 위해서 작은 악은 허락된다. 민주주의 파괴라는 더 큰 재앙을 막기 위해 박정희 살해라는 작은 악을 저지르는 것은 공동선을 위해서는 가능하지 않은가.[71]

김재규 장군은 전두환 일당이 광주에서 시민 살육을 자행하던 5월 24일 그의 동지들과 함께 서대문형무소에서 교수형으로 절명하였다. 시신에 국군 동정복을 입혀 매장하고, 묘비에는 '김재규장군지묘'라고 쓰고, 부하들과 한곳에 묻어달라는 유언을 남겼으나 신군부는 이를 모두 거부했다.

그의 구명에 성공하지 못한 함세웅은 뒷날 〈김재규 부장에 대한 새로운 평가〉를 썼다. 그중 일부를 발췌한다.

김재규 부장에 대한 새로운 평가가 요구된다. 우선 박정희가 그렇게 끝맺게 되리라고 누가 감히 상상할 수 있었던가. 김재규 씨도 물론 박정희 군사정권하에서 요직을 맡았던 사람 중의 하나다. 더구나 중앙정보부장직에 있었으니 두말할 나위가 없다.

어쨌든 1979년 10월 26일에 김재규는 박정희를 제거했다. 왜 그랬을까? 의문의 꼬리가 계속된다. 당시 전두환 중심의 계엄사 수사진에서는 차지철과의 경쟁에서 뒤진 위기감과 부마항쟁에 대한 문책 등으로 우발적 사감에서 일으킨 일이라고 강변하면서 김재규 부장의 의거를 아버지를 죽인 패륜아의 불효로 단정하려 했다.

전두환의 당시 이 발표는 칼을 손에 들고 광기로 뛰고 있는 정신병자를 연상케 했다. 계엄사 수사진의 일방적 발표에 국민들은 듣고만 있었을 뿐 그 누구도 감히 아니란 말을 할 수 없었다. 그러나 우리는 이제 박정희 피살 관련 재판기록 일체와 김재규 부장 등의 법정진술 그리고 변호인들의 증언을 종합하여 평가할 의무가 있다.

무엇보다도 김재규 부장 자신의 법정진술과 항소 이유서 등을 선입견 없이 듣고 읽어야 한다. 그 진술과 주장에 일관성이 있는지, 당시 상황과 부합되는지, 그리고 정직한 진술인지를 가려낼 필요가 있다. 이 자료집에는 이를 위한 귀중한 자료들이 수록되어 있다. 참으로 신선한 그리고 소박한 그의 뜻을 우리는 뒤늦게나마 확인할 수 있다.

그는 누구보다도 박정희의 사생활 비밀과 근혜, 지만 등 박 대통령의 세 자녀 중 두 자녀의 문제된 사생활과 부도덕적인 내용을 잘 알고 있었고, 이를 여러 차례 박 대통령에게 직접 보고하여 개선토록 청원했으나 매번 묵살당했던 점을 또한 증언하고 있다. 공사^{公私}를 구분 못 하는 박정희 대통령에 비해 그는 공인으로서의 임무를 늘 생각하며 고민했던 공직자였다.

더구나 그는 부마사태 이후 대통령에게 보고하는 자리에서 차지철의 "캄보디아에서도 수백만 명을 쓸어버렸는데 그까짓 100만, 200만, 천만 명을 죽여버리면 되지 않겠는가"라는 무서운 말을 직접 들었고 이와 함께 박 대통령 자신이 "과거 자유당 때에는 최인규, 곽영주 등이 발포명령을 했지만 이제는 내가 직접 발포명령을 내리겠다"고 한 비상식적 발언에 큰 충격을 받았다는 것이다.

무엇보다도 박정희는 무슨 일이든 수단과 방법을 가리지 않고 감행하는 옹고집이 있고 나라와 국민을 생각하기보다는 개인의 집권욕이 앞섰기에 그 말기 징후를 똑똑히 목격했다는 것이다. 그는 또한 당시 재판부와 정부에 부담을 주지 않기 위해 불의한 재판을 통한 사형집행보다는 그 자신 자결의 길을 택하도록 허락을 청하고 그 외 모든 부하들의 생명을 구해달라는 책임자다운 말을 남겼다.

그의 법정진술에서는 죽음 앞에서도 의연한 그의 건강한 모습을 엿볼 수 있다. 참으로 그는 불가능했던 때에 그만이 할 수 있는 최선의 일을 이룩하고 자신의 삶을 던진 희생자로 평가된다. 그는 재판 중에 결코 박정희 대통령 개인의 인품을 훼손하지 않았다. 시종일관 대통령으로서, 상관으로서의 예의를 갖추어 진술하고 더구나 육사 동기동창생으로서의 깊은 우정도 표현했다. 그의 장점도 열거했다.

그러함에도 불구하고 나라의 운명이 한 개인에 의해 좌우된다는 모순을 타파해야 함을 확신했다. 그뿐 아니라 큰일을 위해 그는 끈끈한 우정도, 보장된 지위도 끊을 수 있는 결단을 내려야 했다. 바로 이 점이 더욱 돋보인다. 비록 상관이고 친구였지만 사적인 관계를 공적인 나라와 국민의 자유를 위해 끊고 자신의 목숨을 걸었다는 사실은 엄청난 헌신의 자세다.

차지철과의 사감이 박정희 제거의 주된 동기였다면 이렇게 돋보이는 진술이 어떻게 가능한가. 그의 일관된 진술과 논리적 제시는 우리에게 큰 설득력을 주고 있다.[72]

十三冬革命

6월 10일 오후 6시. 국민대회가 열리는 대한성공회 종탑 스피커에서 애국가가 울려 퍼지고 성당의 종이 42번 울리는 것을 신호로 성당 구내에 있던 차량들이 경적을 울리자 도심을 지나던 수많은 차량들도 일제히 경적을 울렸다. 당시에는 '6.10대회'라 불렸고 오늘날에는 '6월항쟁'이라 불리는 역사적 항쟁이 공식적으로(?) 막을 올린 것이다. 대한성공회의 6.10대회 현장은 아침부터 전경들에게 에워싸여 시민들의 접근이 불가능한 상태였다. 그러자 학생들은 오후 5시경부터 을지로 2가 로터리와 을지로 네거리를 점거한 채 연좌농성을 벌였고, 이를 지켜보던 시민들이 박수를 치며 학생들을 격려했다. 경찰은 최루탄과 사과탄을 마구 쏘아대며 시위대를 강제 해산시켰다. 이에 학생들은 소규모로 흩어져 신세계백화점, 남대문시장, 퇴계로 2가, 을지로 입구 등지에서 동시다발적인 가두시위를 벌였다. 항쟁의 물꼬는 삽시간에 사방으로 퍼져 나갔다. 평소 같으면 시위 때문에 장사를 망친다며 울상을 지었을 시장 상인들도 그날은 경찰에 쫓기는 학생들을 숨겨주며 정부를 비난했다. 시내의 주요 도로들은 시위에 동조하는 자동차 경적소리로 가득했고, 버스 승객들은 창밖으로 몸을 내민 채 박수를 치고 손수건을 흔들며 시위대를 격려했다. 수많은 사람들이 시위대를 위해 물과 도시락을 가져다주었다. 학생들과 야당 의원들은 여기저기서 약식 규탄대회를 열고 시민들과 함께 "호헌철폐" "독재타도" "직선제 쟁취" 등을 외쳤다. 오후 6시가 지나자 학생들의 시위는 점차 격렬해지고 퇴근길 시민들의 합세도 점점 늘어났다. 서울역, 만리동 입구, 신세계 앞, 서부역 등에서 최루탄과 돌멩이가 난무했다. 퇴계로 2가 파출소를 지키던 전경들이 시위대의 급습을 받고 무장을 해제당한 채 감금되기도 했다. 저녁에는 가두시위를 벌이던 학생과 시민 등 3천여 명이 경찰에 쫓겨 명동성당 안으로 들어가서 시위를 벌였다. 그중 600여 명은 밤에도 귀가하지 않고 성당 안에 남아 농성을 이어갔다. 명동성당 점거농성은 6월항쟁의 '태풍의 눈'이 되었다.

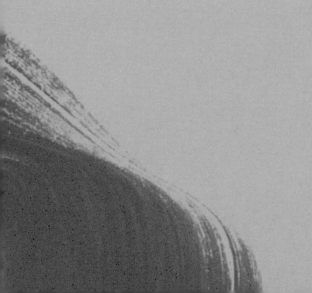

제 3 장

찬란한 항쟁의 시대

1980~1988

마귀 쫓아냈더니 악마가

독일의 철학자 헤겔은 "역사적 대사건은 두 번 반복된다"고 했다. 칼 마르크스는 거기에 "한 번은 비극으로 한 번은 소극笑劇으로"라는 첨언을 덧붙였다. 프랑스혁명사를 다룬 《루이 보나파르트의 브뤼메르 18일》 서문에 담긴 유명한 문구다. 하지만 한국에서는 되풀이되는 두 번째 역사마저도 비극으로 재현되었다.

박정희 정권 시절, 육사 11기 출신의 이른바 '정치군인'들은 청와대 경호실, 보안사, 수경사, 특전단 등 수도권 핵심부서에서 독재자의 비호 아래 세력을 키웠다. 10·26사태 이후 군부 일각에서 "차제에 정치군인을 제거해야 한다"는 주장이 대두되고 정승화 참모총장이 계엄사령관에 취임하면서 곧바로 수도권 군부의 주요 지휘관들을 자파세력으로 개편하자, 그들은 이에 불만을 품고 국군보안사령관 겸 합동수사본부장인 전두환 소장을 중심으로 쿠데타를 모의하기 시작했다.

전두환 중심의 '하나회' 출신인 이들 정치군인들은 4월 14일 전두환이 공석 중이던 중앙정보부장 서리에 취임하여 내각에 합법적인 영향력을 행사하게 되면서부터 본격적으로 쿠데타를 모의하는 한편, 그 전 단계로 12월 12일 정승화를 전격 체포함으로써 군권을 장악했다. 이른바 '12·12쿠데타'였다. 뒤이어 13일 새벽부터 국방부, 육군본부, 수경사 등 국방중추부를 차례로 장악하고 각 방송국, 신문사, 통신사를 점거하여 자신들의 통제하에 두었다.

신군부는 5월 초순부터 이른바 '충정작전'을 구실로 충정부대의 서울 인근 투입을 5월 17일 이전에 이미 완료했다. 특히 광주에는 공수부대를 은밀히 파견했다.

그들은 치밀하게 짜인 작전계획에 따라 5월 18일 0시를 기해 지역계엄을 전국계엄으로 확대했다. 그리고 계엄포고령 제10호를 발령했다. 주된 내용은 ①모든 정치활동의 중지 및 옥내외 집회·시위의 금지 ②언론·출판·보도 및 방송의 사전검열 ③각 대학의 휴교령 등이었다.

이에 앞서 17일 밤부터 김대중, 김상현, 김종필, 이후락 등 26명의 정치인들을 학원·노사분규 선동과 권력형 부정축재 혐의로 합동수사본부에 연행하고 김영삼을 가택 연금시키는 등 대대적인 정치 탄압을 감행하기 시작했다.

함세웅은 이번에도 어김없이 엮였다. 원래 독재자가 불법으로 권력을 취득, 유지할 때는 '제물'을 필요로 한다. 당연히 '영양가' 높은

2009년 서울광장에서 열린 5·18 광주민중항쟁 29주년 기념식에 참석한 함세웅.

사람이 선택된다. 신군부 반란세력은 쿠데타를 하면서 자기들의 권력찬탈에 방해가 된다고 판단한 인사들을 '김대중 내란음모사건'으로 조작하여 연루시켰다. 김대중과 광주를 묶고, 여기에 각계 명망가들을 골라서 엮었다.

성당을 다 지어갈 때였어요. 그런데 5월 17일 토요일이었어요. 밤

정의의 길, 세 개의 십자가

12시에 수사관들이 그냥 몰려온 거예요. 그때가 성당이 아직 완결이 안 됐을 땐데, 문 두들기는 소리가 보통 소리가 아니라 부수려는 소리 같았어요. 그냥 뭐 문을 때려 부술 듯이 "쾅쾅"거렸어요. 문을 안 열었어요. 막 부술 것 같았어요.

'이상하다. 난 정말 한 것도 없는데. 이게 뭐야, 또 잡으러 오다니'라고 생각했어요. 그리고 성당 비밀통로로 내려가서 밥 먹고 거기서 밤을 새웠어요. 날이 밝아 주일 새벽미사를 했어요. 여섯 시 미사를 거기서 그대로요. 그 사람들은 놀란 거죠. 성당에서 미사를 드리니까 잡아갈 수 없잖아요. 미사가 끝나고 내려가니까 수사관들이 왔어요. 그래서 "나 오늘 주일이라 못 간다. 미사 해야 된다"라고 말했어요. 그랬더니 신부님만 지금 못 잡아갔다는 거야. 다 잡아갔는데 말이죠.[73]

수사관들은 신군부가 지목한 사람들이 저항하면 쏘라는 발포 명령을 받고 권총을 휴대하고 있었다. 함세웅도 수사관들의 권총 휴대를 보았다고 한다.

남산에 갔더니 수사관들이 그냥 겉옷을 딱 벗는데 총이 다 있는 거예요. 그 사람들 다 총 차고 왔더라고요. 그러더니 저항하면 쏘라는 발포 명령을 받았대요. 가니까 내가 제일 늦게 잡혀간 거예요. 문익환 목사님 다 오시고 그랬는데 제가 제일 꼴찌였어요.

그때 두 달 동안 너무 힘들더라고요. 수사받을 때 전 성경을 가지고 갔어요. 그 성경만 열심히 읽었어요. 조사는 별로 할 게 없어

요. 한 게 없으니까.[74]

늦대를 피하니까 호랑이가 나타났다는 속담이 있다. 당시 함세웅과 민주인사들이 처한 신세가 딱 이랬다.

그때 제가 느낀 것은 일곱 마리 마귀 이야기가 생각났어요. 성경에서 주님이 말씀하시기를, 마귀를 쫓아냈더니 깨끗이 청소가 돼서 그냥 더 나쁜 일곱 마리 악마가 들어왔다고 했잖아요. 그게 생각이 나는 거예요. 박정희가 죽더니 정말 더 간악한 일곱 마리 악마가 들어왔구나 하는 생각이 들더라고요. 한 주 지나니까 조사를 안 하더라고요. 그래서 나가나 했어요. 그런데 웬걸, 세상이 요동을 치더니 다시 5월 말 되니까 무섭게 취조를 하는 거예요. 밤을 새우며 조사를 받았어요.[75]

정의의 길, 세 개의 십자가

남산 지하실에서 보낸 두 달

함세웅은 남산의 지하실에서 혹독한 수사를 받았다. 주로 김대중과 관련시키려는 수사였다. 근년에 그를 만난 사실이 전혀 없어서 저들이 작성한 시나리오에 이르지 못하면 여러 방법으로 보복했다. 직접 물리적 고문을 당하진 않았으나 옆방에서 들려오는 비명은 고문보다 더 그를 아프게 했다.

한 달쯤 지난 어느 날인데 이택돈 변호사님을 마구 구타하고 난리가 났어요. '김대중 내각 구성' 운운하는 명단이 나왔대요. 그런데 이택돈 변호사가 속였다는 거야. 수사관들이 교대로 막 때려요. 이때부터는 맨 구타 소리야. 옆방에 학생들 붙들려 오면 무조건 때리는 거야. 그러다가 몇 시간 지나면 내보내고 다른 학생들 잡아와서 또 무작정 구타하고. 그때 조성우도 붙들려 와서 초주검이 됐다고 해요. 저와 김승훈 신부, 조화순 목사, 이렇게 몇 명만 물리적 구타를 당하지 않았어요. 너무 무서웠어요. 사람들 비명소리 때문에 잠을 잘 수가 없었고요.[76]

무엇보다 견디기 어려웠던 "뭐, 인권운동, 민주화운동, 다시는 너희들 입에서 그런 말이 안 나오도록 해주겠다, 완전 뿌리 뽑겠다"고 거침없이 내뱉는 수사관들의 폭언이었다. 인권이나 민주화는 인류 보편의 가치인데, 저들은 그 운동가들을 적대시하였다. 같은 시대 같은 하늘 아래 사는 사람들을 이토록 극단적으로 대척점에 서게 만든 독재자의 죄가 얼마나 무거운가를 되새겨야 했다.

그때 정말 힘들었어요. 제 생애에서 가장 힘들더라고요. 절망의 터널 속에 갇혀 있으면서 모욕을 고스란히 참아내야 한다는 것. 그에 대해 나중에 여러 번 강론했습니다.[77]

밤낮을 가리지 않고 따져도 엮을 거리가 없어서인지, 본래 의도대로 김대중을 제거하려는 목표가 달성된 것인지, 함세웅은 두 달 만에 풀려났다.

암담한 상황에서 신앙인으로나 사제로서 성서적 삶에 대한 묵상, 순교자들과 예언자들에 대한 묵상, 예수님 십자가 죽음에 대한 묵상, 그런 주제들을 반복했을 뿐입니다. 로마제국 시대 300여 년을 지속했던 무자비한 박해 속에서 지하교회의 아픔을 생각하고, 그러면서 제 믿음을 더욱 심화하는 계기로 삼은 거지요. 1980년에 더 깊이 깨달았습니다만, 신앙은 암흑과 절망 가운데서도 희망을 간직하는 의지적 선택입니다. 그 점을 늘 묵상하면서 지냈습니다.

그랬기 때문에 박정희의 죽음을 통해서 구약성서에 나오는 출애굽 사건의 기적을 체험할 수가 있었고요. 이게 기적이구나! 제 생애에서는 아주 아름다운 신앙의 원체험에 가깝다고 말씀드릴 수가 있어요.[78]

어두운 터널을 어렵게 빠져나왔지만 바깥 사회는 중앙정보부 지하실과 별반 다르지 않았다. 갇혀 있을 때 광주 소식을 어렴풋이 들었으나 그토록 엄청난 살육이 자행되었는지는 전혀 몰랐다. 그만큼 충격이 컸고, 오래 지속되었다.

전두환 신군부는 5월 31일 국가보위비상대책위원회(국보위)를 구성하여 삼권을 농락하고, 10월에는 어용기구인 국가보위입법회의를 만들어 각종 악법을 쏟아냈다. 전두환이 임명환 입법위원 81명 중에는 천주교 대구교구의 이종흥, 전달출 두 사제도 포함되었다. 뒤늦게 이 사실을 알게 된 함세웅은 두고두고 안타깝고 부끄럽게 여겼다.

국회를 해산하고 그에 대체된 입법회의 위원으로 각계 명망가들을 대거 임명했는데 그중에는 대구교구 이종흥, 전달출 두 사제가 포함되어 있었다. 유신체제 비판에 침묵으로 일관하면서 사제는 정치현실에 초연해야 한다는 궤변으로 늘 정의구현 활동에 찬물을 쏟았던 대구교구장은 불의한 정권의 입법위원으로 두 사제를 공식으로 파견한 셈이 되었으니, 이것을 어떻게 이해할 수 있을까. 두 사제의 입법위원 문제는 1980년 내내 정의평화위원회와 정의구현 사제들이 주교회의에 공식적으로 질의했던 내용이다.[79]

함세웅은 망가진 몸을 추스르면서 공사 중인 한강성당의 준공을 위해 신자들과 힘을 모았다. 살벌한 사회 분위기에서 당장 해야 할 일이 주어지지도 않았다. 정의구현사제단 역시 한동안 침체기를 겪어야 했다.

03

교회는 소금인가 방부제인가

1981년, 함세웅은 40세가 되었다. 정의구현사제단을 이끌고 민주회
복국민회의 대변인으로 활동하고 몇 차례의 투옥을 겪으면서 숨 가
쁘게 30대를 보내고, 어느덧 불혹의 연배가 된 것이다.

1981년은 한국 천주교에서 매우 의미 있는 해였다. 교황청의 대리
감목구代理監牧區로 지정된 지 150주년! 북경교구의 관할에서 벗어나
독립적인 조선교구가 설정된 1831년으로부터 150년이 지난 것이다.

10월 18일, 천주교 조선교구 설정 150주년 기념 미사가 여의도
광장에서 성대하게 거행되었다. 함세웅은 시대적인 아픔, 신군부의
만행, 광주의 아픔을 공유하는 집회가 되도록 준비위에 요청했으나
수용되지 않았다.

김수환 추기경의 집전으로 진행된 미사에는 신자들 외에도 시대

적 아픔을 겪는 많은 시민들이 천주교에 의탁하려는 마음으로 참석하였고, 몇몇 언론에서는 참석자가 100만 명이라고 보도하였다.

1981년 150주년 행사에서 아쉬웠던 것은 아까도 말씀드렸지만 사회적 메시지가 없었다는 거죠. 150주년 행사 자체가 광주와 직접 상관된 것은 아니었고 또 그걸 말하기도 어려운 상황이었지만, 그래도 김수환 추기경은 광주의 아픔과 그 이야기를 언급했어야 하지 않았나라는 아쉬움이 있습니다. 그때 언론은 가톨릭의 여의도 행사를 무섭게 칭송했어요. 왜냐하면 언론 보도대로 100만여 명의 신자들이 모였던 여의도지만 미사 끝난 다음에는 정말 종이 한 장 없이 깨끗했거든요. 그즈음 과천 어린이대공원이 개관식을 치렀는데, 그날 쓰레기가 이루 말할 수가 없었대요. 이 둘을 비교하면서 가톨릭을 칭송하는 거예요.

저도 가톨릭 신자로서 기분이 참 좋았는데 나중에 생각해보니 그게 다 군사문화의 산물이었거든요. 제가 강론할 때 신자들에게 그랬어요.

"과천 어린이대공원에 모였던 모든 분들을 여의도 광장에서처럼 교구별 본당별로 줄 세워놓고 기도하고 '오늘 미사 끝나면 쓰레기 다 주워가세요' 했으면 그분들도 똑같이 주워갔을 것이다. 여의도에 모였던 우리 가톨릭 신자들도 과천에 풀어놨으면 똑같이 쓰레기를 투기했을 것이다. 규제문화 속에서 이루어지는 것은 가치가 없다. 자발적으로 이루어져야 한다."

이러면서 신자들을 일깨웠습니다.[80]

정의의 길, 세 개의 십자가

감수환 추기경과의 인연은 함세웅의 유학 시절부터 시작되었다. 1970년 로마 유학 중 김수환 추기경, 교황 바오로6세와 함께

여의도 행사가 비록 시대적 아픔을 공유하진 못했으나, 함세웅은 그날 추기경 강론의 한 대목을 자신의 대담 기록에 남겼다.

김수환 추기경의 강론 중에 뚜렷이 기억나는 대목이 있어요. 그 며칠 전에 수녀님과 노동자가 추기경을 찾아왔대요. 한 노동자가 이렇게 말했다고 해요.

"추기경님. 예수님께서는 사도들과 당신을 믿는 사람들에게 '여러분은 세상의 소금이다. 소금이 되어라'라고 말씀하셨습니다. 그런데 오늘날 교회공동체와 구성원들이 과연 소금입니까? 제 생각에는 소금이 아니고 방부제인 것 같습니다."

처음에는 추기경도 의아해하셨다가 대화를 나누면서 그 깊은 뜻을 깨달으셨다는 거예요. '방부제는 부패는 막지만 생명은 죽인다. 오늘날의 교회도 때로 부패는 막지만, 실제로는 생명을 죽이는 방부제의 역할에 불과하지 않느냐. 소금이 되어야 부패도 막고 생명도 보전한다.' 노동자의 말을 듣고 추기경이 반성하면서 그 대화를 공개한 거예요. 저는 이 메시지를 들으면서 '정말 1981년의 살아 있는 메시지구나' 하고 느꼈습니다.[81]

04

독재의 전매용어가 되어버린 '정의'

1980년대 초 한국 사회는 무모함과 무도함의 극치를 보여주었다. 그중 하나는 신군부 쿠데타 세력이 1981년 1월 15일 민주정의당을 창당하면서 '정의사회 구현'을 강령으로 내건 일이다.

일본군 장교 출신 박정희가 한때 '민족적 민주주의'를 앞세웠던 것이나 히틀러가 나치당을 만들면서 '게르만 민족주의'를 내걸었던 것, 무솔리니의 파시스트당이 강령에 상디칼리즘과 내셔널리즘을 묶은 것만큼이나 황당하고 가당찮은 강령이었다. 5공 치하 대한민국의 곳곳에 '정의사회 구현'이란 현수막이 나붙고, 이것은 온갖 관제 행사장의 단골 구호가 되었다.

모름지기 말이나 구호는 주체와 용어가 일치할 때라야 그 적합성이 주어진다. 공자 시대에 사람을 죽여 생간으로 회쳐먹었다는 도척ⵜⵜ이 인의를 거론한다거나 분서갱유를 일삼은 진시황이 학문을 말한다면 격이 맞지 않듯이, 전두환 세력의 '정의사회 구현'이나 민주정의당 창당은 온 세상의 조롱거리였다.

누구보다 가슴 아파한 이들은 함세웅과 정의구현사제단의 성직자들이었다. '정의'라는 말을 도둑맞고 그 가치가 완전히 전도되었기 때문이다.

전두환을 위한 들러리로 숱한 정당이 생겨나고 파출소마다 정의사회 구현이라는 구호를 내걸었으니 이것은 참으로 민주인사들에 대한 모독이었다. 정의사회 구현, 물론 좋은 말이다. 그런데 이 좋은 말이 전두환 독재정권의 전매용어가 되었으니 참으로 어이없는 일이었다. 언어가 부패하고 말이 상하면 사상까지도 썩는다고 했다. 모든 것이 썩어가는 그러한 한 해였다.[82]

폭압이 심하고 어둠이 짙어도 결코 희망을 포기할 순 없었다. 기독교는 원래 부활의 종교이기에 더욱 그랬다.

1981년 4월 5일, 천주교 서울대교구가 사순절을 맞아 평신도 지도교육의 일환으로 월례강좌를 개최하면서 함세웅에게 특별 강론을 의뢰했다. 그는 강론을 통해 "한국 교회는 과연 부활의 희망과 기쁨을 주어왔는가?"라고 물으면서 "희망을 주는 교회는 온갖 불의와 허위, 위선, 자만, 폭력, 위협, 총칼을 거부해야 한다"고 역설하였다.

〈누가 진정으로 우리의 이웃입니까?〉란 주제의 이날 강론은 '사랑의 실천은 버려진 이웃을 통해서' '교회는 지금 권력자의 들러리가 아닌지?' '우리도 사마리아인이 되어야 합니다'라는 소제목 아래 진행되었다. 그중 '교회는 지금 권력자의 들러리가 아닌지?'의 일부를 소개한다.

한국 교회는 억눌린 형제자매의 이웃이 되어야 합니다. 교회의 일차적 사명은 복음선포이며 교회의 근본 소명은 신자들의 사목이며 교회의 존재 이유는 성화^{聖化}라는 등 여러 주장을 내세워 감옥에 갇히고 짓눌리고 억압받는 많은 형제자매들을 외면할 수는 없습니다. 한국 교회는 진정 어느 부류의 사람에게 이웃이 되고 있습니까? 권력자들의 들러리가 아닌지 반성해야 합니다.

하느님, 누가 진정으로 우리의 이웃입니까? 강도 만난 사람을 외면하고 지나간 사제와 레위의 행동은 오늘도 그대로 반복되고 있습니다. 진실을 외치고 진실 때문에 감옥으로 끌려가 고통당하는 수많은 학생들에게 우리 사제는 진정으로 그들의 이웃이 되지 못하였습니다. 교수가 강단을 빼앗겼을 때, 언론인이 펜대를 빼앗기고 거리로 쫓겨났을 때 우리는 그들의 이웃이 되어주지 못하였습니다. 정치인들이 정치적 자유와 비판의 소리를 빼앗기고 변호사들이 변호직을 박탈당했을 때도 우리는 그들을 외면하였습니다. 문인과 예술인들이 표현의 자유를 빼앗기고 노동자들이 생존의 위협을 받았을 때도 우리는 그들을 외면하였습니다. 광주항쟁을 통해 몇 사람이 죽어갔는지도 모를 그 엄청난 비극의 현장을 우리는 또 외면하였습니다.

예수 그리스도를 따르라고 외치는 사제, 항상 자비와 사랑을 베풀라고 강론하는 사제, 가난한 사람과 억울한 사람과 병든 사람과 죽어가는 사람을 도우라고 권고하는 사제, 그러한 사제들이지만 진정으로 그들의 이웃이 되지 못하였습니다. 강도 만난 사람을 빤히 쳐다보면서도 외면한 사람이 바로 우리 자신이었습니다.[83]

'부미방' 사건으로 다시 시국현장에

한국 근현대사에서 어두운 시기마다 여명의 횃불을 치켜든 것은 학생들이었다. 1980년대도 예외가 아니었다. 전두환 무리의 '싹쓸이 피바다'로 기성세대가 움츠리고 있을 때 가장 먼저 금제(禁制)의 철문을 연 것은 다름 아닌 대학생들이었던 것이다.

1981년 3월 19일 서울대의 시위를 시작으로 5월 중순까지 성균관대, 부산대, 동국대 등에서 8차례 시위가 일어났다. 학생들의 치열한 저항은 5월 27일 서울대 시위 도중 김태훈이 "전두환 물러가라!"고 외치며 도서관 6층에서 투신하면서 절정에 달했다.

정부와 제도언론에서는 하나같이 학생시위가 민주질서를 부정하고 좌경화되었다고 매도하며 강경 진압을 촉구했다. 그러나 한번 터진 민주화의 봇물은 틀어막을 수 없었다. 그 봇물은 이듬해인

1982년 3월의 부산 미국문화원 방화 사건으로 이어졌다. 한국 사회를 뒤흔든 이 사건은 이후 천주교, 그리고 정의구현사제단과도 깊은 관련을 맺게 된다.

1982년 신학기가 시작되면서 부산 지역의 대학가에서 시위가 활발하게 일어났다. 학생들은 3월 2일 〈살인마 전두환 북침 준비 완료〉라는 제목하에 "부산 시민들이여 총궐기하자. 군부정권 타도하자"라는 내용의 벽보 20매를 부산대 의대 부속병원 정문 앞 육교 기둥 18개소에 붙인 뒤 부산 시내서 유인물을 배포했다.

그리고 3월 18일, 이른바 '부미방'이라고 불리는 방화 사건이 일어났다. 김현장, 김영애, 문부식, 김은숙, 박정미가 부산 미국문화원에 불을 지른 것이다. 12·12쿠데타 때 신군부의 군사행동을 방조하고 광주항쟁이 진행 중이던 1980년 5월 23일 위컴 한미연합군사령관이 연합사 소속 병력의 광주 투입에 동의하는 등 미국이 광주학살 및 전두환 신군부의 집권을 지원한 것에 대한 엄중한 항의였다.

이들은 부산 미국문화원 현관에 휘발유를 붓고 방화한 후 "미국은 더 이상 한국을 속국으로 만들지 말고 이 땅에서 물러나라"는 내용을 담은 전단을 살포하였다. 이 사건으로 당시 문화원 내에서 책을 보고 있던 동아대생 장덕술이 사망하고 3명이 중경상을 입었다.[84]

전두환 정부는 현상금 2,000만 원을 내걸고 이들의 검거에 나섰다. '부미방'의 배후인물로 알려진 김현장을 원주교구 최기식 신부가 22개월간 은닉시켜온 사실이 알려지면서 불똥이 천주교로 튀었다.

정의의 길, 세 개의 십자가

최 신부는 3월 30일 함세웅을 만나 주범으로 수배당하고 있는 문부식과 김은숙의 자수 문제를 논의했다. 둘은 수배령이 떨어진 직후 원주교구청으로 몸을 피한 상태였다. 다음 날 함세웅은 청와대 수석비서관과 만나, 자수할 경우 고문을 하지 않고 법률적 지원을 보장한다는 확약을 받아냈다. 그리고 4월 1일, 두 사람은 자수했다.

정부는 약속을 지키지 않았다. 혹독한 고문을 한 것은 물론이고 4월 5일 최 신부 등을 범인은닉 혐의로 구속 기소하기에 이르렀다. 이와 관련하여 함세웅은 "성직자는 비록 범법자라도 숨겨줘야 한다"면서 자수 중재는 어디까지나 문부식과 김은숙의 의사에 따른 것임을 공식적으로 밝히기도 했다.[85]

정부는 이참에 천주교를 척살하려는 의도였는지 최기식 신부 외에도 이병돈, 김병식, 김병식, 김봉희, 정호경, 송기인, 황상근, 유강하, 조정현 신부와 이창복 가톨릭농민회장 등을 줄줄이 연행했다. 이에 4월 12일 정의구현사제단이 "찾아와서 도움을 청하는 사람에게 돌을 던질 수 없는" 사제의 입장을 밝혔고, 15일에는 천주교 최고의결기구인 주교회의 상임위원회에서도 최 신부의 행위가 신앙과 양심에 따른 정당한 행위였음을 담화문을 통해 확인했다.

함세웅은 정부가 신부들을 구속하고 자수한 사람들을 고문하는 등 당초의 약속을 지키지 않자 7월 26일 '증언'을 통해 "정부의 공신력은 땅에 떨어졌다"고 비판했다. 다음은 '증언'의 마지막 대목이다.

본 사건에 대한 소견

1. 이번 사건으로 교회가 당한 피해가 너무나 크다.
2. 그리고 정부는 공신력을 지켜주지 않아 슬프다.
3. 또한 피해 당사자들에 의하여 고문한 사실이 엄연한데도 고문을 안 했다고 발뺌하는 자세를 보면 과연 우리 경찰과 기관원들은 참다운 인간인가, 비인간인가 적이 의심스럽다.
4. 이 사건을 모두 용공시하기에 슬프다. 또한 이 사건의 재판을 맡은 담당자가 선택의 여지가 없기에 더욱 슬프다.
5. 무엇보다도 교회와 정부와의 대화 단절이 더없는 유감이다.
6. 나는 최기식 신부와 똑같은 입장으로 범인이 교회를 찾아오는 것은 '양심이 살아 있다'는 표시로 인정해야 한다고 본다. 즉 성역의 존재를 믿는다.

그 외 의견들

1. 인간의 행위 자체는 미워해야 한다. 그러나 사람은 절대로 미워해서는 안 된다.
2. 이 사건은 신부가 주선하지 않으면 해결이 안 되었다고 본다. 현상금을 받은 사람들이 괴로워하고 있다는 것은 무엇을 뜻한다고 보는가?
3. 그리고 '북침 준비 완료'란 의미는 광주 사건의 잔인성을 표시

정의의 길, 세 개의 십자가

하는 것으로 알아들어야 하며 88년 올림픽 반대 표시는 정
치·경제적 측면의 반성을 촉구하는 것으로 이해돼야 한다.
진정한 민주주의 국가라면 이런 반대 의견도 자유롭게 표시
할 수 있지 않겠는가?[86]

06

미국은 우리에게 무엇이었는가

함세웅과 정의구현사제단이 다시 시국현장에 나서는 계기가 된 부산 미국문화원 방화 사건은 재야운동권 내부에서는 이미 어느 정도 예견된 것이었다. 다음은 이 사건의 배경에 관한 시각이다.

1980년 5월 광주항쟁 이후 운동권 내부에서는 미국이 과연 이 나라 민주주의의 지원자인가에 대해 깊은 회의에 빠졌다. 한국군에 대한 작전통제권을 쥐고 있는 미국의 승인이 없었다면 광주민중항쟁 진압을 위한 군인 동원은 불가능했다. 운동권에서는 전두환 일파가 광주항쟁을 무력으로 진압하는 것을 미국이 최소한 묵인은 했으리라고 판단했다.

거기에다 1980년 8월 8일 주한미군 사령관 위컴이 "한국민의 국민성은 들쥐와 같아서 누가 지도자가 되건 그 지도자를 따라갈

정의의 길, 세 개의 십자가

것이며, 한국민에게는 민주주의가 적합하지 않다"고 말한 사실이 전해지면서 운동권 내부에서는 미국에 대해 어떤 방식으로든 응징과 경고를 하지 않으면 안 되겠다는 분위기가 고조됐다.

1980년 12월 9일 가톨릭농민회원 정순철이 광주 미문화원에 불을 지른 것도 같은 이유였다. 그 사건이 일반에게 알려지지 않은 것은 비디오실 내부 20평 정도만 불타는 등 피해가 적었고, 또 전두환 정권이 미국 문제가 쟁점으로 떠오르는 것을 꺼려 보도를 통제했기 때문이다.[87]

부산 미국문화원 방화 사건은 재판과정에서 5공 정권과 민주화세력 간의 격렬한 인식 차이를 고스란히 드러냈다. 당시 함세웅은 몇 차례 법정에 증인으로 섰다.

검사가 반박하기로는, 어떻게 방화한 사람들을 옹호하느냐는 거에요. 검사는 방화에 초점을 맞추고, 저희들은 넓은 의미에서 저항권, 정당방위권, 독일 본 회퍼 목사의 주장(광기 어린 폭력을 막기 위해서는 폭력이 불가피하다는 주장), 이런 내용들을 예로 들면서 의견을 폈는데요. 검사가 무리하게 질문할 때 저도 좀 무리하게 대답한 것도 있어요. "그런 것은 사제에게 질문하는 게 아니에요"라는 식으로.[88]

학생과 노동자들을 비롯한 각계로부터 저항을 받게 된 전두환 정권은 부산 미국문화원 방화 사건을 빌미로 비판세력을 더욱 짓밟고

부산 미문화원 방화사건 당시 현장 모습. 위쪽에 성조기가, 뒤쪽에 부산타워가 보인다. ⓒ나무위키

자 하였다. 첫 대상은 천주교였다.

그들은 평소 눈엣가시처럼 여기던 천주교를 손볼 절호의 기회라 여기고 대대적인 공세에 나섰다. 천주교가 종교를 앞세워 좌경 불순분자들을 은닉하고 그들의 범죄활동을 방조한다는 것이었다. 어용 언론들은 교회도 치외법권 지대가 아니라며 연일 공세에 가담했다. 사태는 이제 천주교와 정권의 전면전 양상으로 치닫게 되었다.

천주교 측은 처음에는 사건의 심각성을 고려해, 교회와 사제는 교회법에 따라 범죄 혐의자라 해도 도움을 요청하는 사람을 언제나 도와주어야 한다는 논리를 들어 주로 방어에 치중했다. 그러나 사

정의의 길, 세 개의 십자가

건 관련자들에 대한 가혹한 고문 사실이 알려지고 언론의 악의적인 왜곡보도가 계속되면서 각 교구 사제단들의 성명도 차츰 수위가 올라가기 시작했다.[89]

천주교의 이런 흐름과는 달리 권력기관은 물론 제도언론과 보수단체, 종교단체 등의 비방, 모함, 협박과 왜곡보도가 적지 않았다. 함세웅은 이번 사건의 의미를 찬찬히 되짚어보고 다시금 성찰의 계기로 삼는다.

1981년 가톨릭이 양적으로 증가했는데, 이를 내면적으로 정화하는 작업이 1982년 부산 미문화원 사건이 아니었을까 싶어요. 이 힘든 고난의 과정을 거치면서 준비가 조금 덜 된 분들은 떨어져 나가고, 정말 알찬 분들만 남아 진리와 정의를 위해 더욱 노력하는 과정 속에서 교회 자체가 정화되고 굳세어진다는 걸 깨달았어요.

또한 학생들의 정말 조그마한 뜻의 표현이었는데 이 사건을 통해서 광주학살의 만행과 전두환 정권의 실체 등이 전 세계에 알려지고 관심의 초점이 되었다는 측면, 나아가 미국의 부도덕한 개입과 침묵…. 저도 개인적으로 미국에 대한 생각을 수정해야겠다고 확신했던 것이 광주 체험을 통해서였거든요. 그런 점에서 학생들의 역할은 대단히 컸던 것 같아요.[90]

07

정의구현사제단 10주년, 두 권의 책을 펴내다

미문화원 사건 1심 재판이 끝나갈 무렵 함세웅은 절친 김택암, 안충석, 양홍 신부와 넷이서 약 두 달 동안 5대주 27개국 55개 도시를 순방하였다(1982. 7월~ 9월). 모처럼 주어진 휴식과 재충전의 기회였다. 포르투갈에서는 교통사고로 위험을 겪기도 했다.

1984년은 천주교 전래 200주년이 되는 해였다. 함세웅은 사회분과 책임을 맡아 행사를 준비했다. 그는 5월에 방한한 교황 바오로 2세를 통해 광주의 아픔에 대한 위로와 전두환 독재에 대한 비판을 기대했으나 의례적인 행사에 그치고 말았다. 아쉬움이 적지 않았다.

그해 9월에는 1978년부터 7년여 동안 재직했던 한강성당 본당 시무를 마치고 구의동성당 주임사제로 발령받았다. 본인은 신학교 전임교수로 가고자 했으나 뜻대로 되지 않았다.

제가 학교에 들어가면, 진취적인 성향을 지니고 있으니까 아무래도 시대적인 영향이 유입될 수 있겠고요. 기존 신학교의 규칙적, 전통적, 체제중심적 모습에 변화나 도전이 있을까봐서요.[91]

그의 개혁적이고 진취적인 성향은 이렇듯 내부에서도 크게 견제를 받았다. 줄기찬 노력 끝에 전임 대신 신학교 시간강사가 허용되었다. 가톨릭대학과 병합한 성심여대에 출강하여 종교학을 가르쳤다.

유학 가서 공부할 때 펼치고 싶은 꿈이 있었는데, 이걸 선배들이 방해한 거니까요. 방해한 배경에는 새로운 시대적 흐름도 있고, 독재에 맞서 싸운 경력이 부담스러웠던 것도 있고, 무책임한 주교들 탓도 있습니다.[92]

1984년은 정의구현사제단의 창립 10주년이기도 했다. 9월 24일 사제단은 명동성당에서 창립 10주년 기념미사를 갖고 "10년 전인 1974년 9월 26일에 이 민족, 이 사회, 이 역사에 공헌하는 삶을 살기로 결단한 우리들의 결의를 확인하고, 다시 한 번 우리의 마음가짐을 하느님과 교회 그리고 온 국민 앞에 다짐한다"고 선언했다. 그리고 〈이 사회의 인간화를 위한 선언〉을 채택했다.

이 해 7월에 그는 강론집 《고난의 땅, 거룩한 땅》을 도서출판 두레에서 출간했다. 제1부 〈인간해방의 신학을 찾아서〉, 제2부 〈한국교회의 반성과 과제〉, 제3부 〈고난에 참여하는 신앙〉, 제4부 〈교회와 사회의 정의〉, 제5부 〈민중의 고난의 현장에서〉, 제6부 〈특별강론 및 메시지〉 등 총 26편의 글을 실었다. 더러는 지금 읽어도 현실감이 있는 시론과 강론들이다.

민주화운동의 굳건한 동지였던 문익환 목사가 '벽을 깨는 글'이라는 서문을 썼다. 다음은 그 앞부분이다.

함 신부님과 나는 글보다는 말로, 말보다는 몸으로 만난 사이다. 함 신부님과 나는 '3·1 민주구국선언' 사건으로 피고석에 같이 앉는 것으로, 그 일로 같이 징역을 사는 일로 끊길 수 없이 묶여진 셈이다. 이렇게 해서 그와 나는 말이나 글이 아니라 몸으로 역사를 같이 사는 사람으로, 자주는 아니지만 꼭 만나야 할 때는 어김없이 만나는 사이가 되었다. 앞으로도 이런 만남은 계속될 것이라고 나는 믿는다. 그 만남이 계속되지 않게 된다면, 뭔가 단단히 잘못되었거나 아주 썩 잘되었거나 둘 중의 하나일 것이다.

몸으로 만날 때에 거기는 언제나 글이 되기 전의 말이 있다. 그러니 나는 그를 글보다는 말로 더 많이 만난 셈이다. 말을 통한 우리의 만남은 거울 같은 만남이었다고 자부한다. 기면 기고 아니면 아닐 뿐인 뚜렷하고 명쾌한 말의 만남이었다. 그는 우물쭈물하는 일이 없다. 한국 가톨릭교회 속에서 무거운 짐을 지고서도 어려운 결단을 명쾌하게 내리는 함 신부님을 볼 때면 나는 저 작은 몸 어디에 저런 힘이 있나 하고 놀라곤 하였다. 언제나 문제를 정확하게 보고 최선책이 아니라면 차선책이라도 놓치지 않고 잡는 기민한 확신을 보면서 나는 늘 머리를 숙이곤 했다.

정의의 길, 세 개의 십자가

10월에는 또 한 권의 책《삶 : 함세웅 신부 묵상강론선집》이 제3기획에서 간행되었다. 출판사에서 자신의 각종 기고문과 미사 강론 등을 모으고 녹음된 연설을 풀어서 책으로 묶겠다고 하는 것을 거절하기 어려웠다고 한다.

나는 나의 변변치 않은 말이나 글들이 한 권의 책으로 묶이어 나오는 것에 대하여 한사코 사양했지만, 그것들을 마침내 세상에 드러내놓고야 말겠다는 그분들의 고집과 집념에 꺾이게 되었습니다.

출판사의 이런 선의 덕분에 자칫 묻히거나 잊힐 뻔했던 글과 말들이 전해지게 되었다. 지학순 원주교구장은 '이 시대와 함께하는 양심의 고뇌'라는 제목의 추천사에서 이렇게 말한다.

함세웅 신부라고 하면 정의와 양심을 지키려는 우리 주변의 이웃 형제들에게는 아주 친근하게 알려져 있고, 반면에 양심과 정의의 목소리를 싫어하거나 그것을 박해하는 사람들에게는 무서운 신부로 알려져 있습니다. 사람도 하나이고 얼굴도 하나인데 자신이 처한 처지에 따라 보는 시각은 이렇게 달라져 있는 것입니다. 따라서 함세웅 신부에게는 더할 수 없는 친근감을 느끼는 사람들이 있는가 하면 의도적으로 거리를 멀리하려는 사람도 있습니다.
　아낌없는 찬사를 보내는 사람이 있는가 하면 고의적인 비방을 하는 사람도 있습니다. 그러나 고의적인 비방이 함세웅 신부의 참된 사제로서의 모습을 훼손하기는커녕 '민중 속의 사제'로서 함세웅 신부의 처지를 더욱 튼튼히 해주는 반증이 되는 것입니다.

책은 제1장 〈우리는 홀로 있지 않습니다〉, 제2장 〈삶은 죽음에서의 준비〉, 제3장 〈순교자들의 목소리〉로 나뉘어 총 91편의 글이 실렸다. 그중 몇 대목을 뽑아보았다.

오늘날 이 땅에는 많은 젊은이들, 학생들이 진실을 말하고 실천한 그 이유 때문에 감옥에 갇혀 있습니다. 그들은 체제순응적 인간, 제도적·기계적 인간을 배격합니다. 또 많은 교수, 종교인, 문인, 언론인, 정치인, 근로자, 농민들이 자유를 위해서 진실을 밝혔다는 이유 때문에 감옥에 갇혀 있습니다.

감옥에 갇힌 사람, 그는 누구인가.
그리스도를 믿는다는 나는 누구인가.
예수 그리스도는 우리에게 누구인가.
정신적 3·1정신과 순교정신이란 무엇인가.
진리를 위해 몸을 바친다는 것은 무엇인가.

나는 갈등과 번민 속에서 진지하게 이것들을 생각지 않을 수 없습니다. 나는 내부에서 솟구치는 또렷한 그 목소리 때문에 이 물음들을 던지지 않을 수 없습니다. 진리를 위해

한국 교회는 억눌린 형제자매의 이웃이 되어야 합니다. 교회의 일

차적 사명은 복음선포이며 교회의 근본 소명은 신자들의 사목이
며 교회의 존재 이유는 성화聖化라는 등 여러 주장을 내세워 감옥
에 갇히고 짓눌리고 억압받는 많은 형제자매들을 외면할 수는 없
습니다. 한국 교회는 진정 어느 부류의 사람에게 이웃이 되고 있
습니까? 권력자들의 들러리가 아닌지 반성해야 합니다.

생각하면 참으로 가슴 아픈 그 현장에서 자식, 부모, 형제, 친척
을 잃고 울부짖고 있는 그 가족들에게 우리는 진정한 이웃이 되
지 못했습니다. 작년 5월 광주사태의 현장에 있었던 어느 성직자
는 그 비참한 장면을 목격하였습니다. 그러나 그는 현장으로 달려
갈 수 없었습니다. 그때 문득 기억에 떠오른 것이 바로 이 '착한 사
마리아 사람'의 비유였답니다. 사제는 말만 하는 사람이지 행동하
지 못하는 사람이구나 하면서 반성했다 합니다. 그 성직자는 사랑
의 실천이 얼마나 어렵고 힘든 것인가를 비로소 깨달았습니다. 여
기에 바로 신앙인의 고뇌가 있습니다. 과연 이웃은 누구인가

이 땅, 분단의 조국, 아픔의 현실, 눈물겹도록 상처뿐인 이 한반도
우리 조국에, 교회는 우리 겨레 모두에게 빛이기를 열망하고 다짐
해야 합니다. 이 땅은 고립된 땅이 아님을 확인하며 세계공동체를
향한 교회의 보편성을 다시금 깨달아야 하는 것입니다.

그가 누구이든 자기 조국을 위한 진실된 애국자는 국경을 뛰어
넘어 만민에게 존경을 받습니다. 폐쇄적, 배타적 국가관으로서가
아니라 개방적이며 포용적인 인간애를 바탕으로 한 조국애만이 기
억될 가치가 있는 것입니다. 그래서 교회는 보다 큰 꿈과 이상을 갖

도록 우리 모두를 일깨우는 것입니다. 이 땅에 빛을

소금이 짠맛을 잃는다면 그 존재 가치가 없듯이 신앙인이 그 약속
에 충실치 못한다면 결국 멸망할 것이라는 경고이기도 합니다. 빛
의 의미도 그 자체로 명백합니다. 촛불, 등잔불, 전등, 그 어떠한 것
도 본래의 의미는 밝게 하는 것입니다. 신앙인은 그가 자리 잡은
그 현장에서 빛을 던져주어야 합니다. 기쁨의 빛, 구원의 빛, 웃음
의 빛, 화해의 빛, 해방의 빛, 자유의 빛, 또 앞과 미래를 밝혀주는
길잡이 빛이 되어야 합니다. 빛이 제 구실을 못 하는 경우의 안타
까움, 답답함, 그것을 알아듣는 우리는 그 누구를 원망하기에 앞
서 스스로를 태우는 희생 제물이 되고 희망을 안겨주는 새벽별이
되어야 합니다. 소금과 빛

정의의 길, 세 개의 십자가

08

해방신학에 대하여

함세웅은 1984년 2학기부터 가톨릭대학과 병합한 성심여대에 출강하여 종교학을 가르쳤다. 당시 신문사에 소속되어 있던 저명한 작가가 그를 인터뷰하면서 "학교에서는 학생들에게 무엇을 강조합니까?"라고 물었다. 그는 이렇게 대답한다.

초대 교회의 학자나 지도자가 지녔던 올바른 가치관을 가르칩니다. 대표적인 예로 오리제네스와 아우구스티누스를 들 수 있지요. 그분들은 삶과 사상의 진실된 가치를 설정한 사람들이기 때문에 시대를 뛰어넘는 원칙과 진리를 가지고 있고, 저는 그것을 가르칩니다.[93]

그는 해방신학에 대해서도 많은 강연을 하고 글을 썼다. 이 또한 같은 인터뷰에 실려 있다.

해방신학은 라틴아메리카에서 일어났으면서도 신학의 보편성을 지니고 있습니다. 해방은 성서에서도 가장 중요한 초점이 되어 있습니다. 그렇기 때문에 그만큼 가치를 지니고 있습니다.[94]

구스타보 구티에레즈는 자신의 저서 《해방신학》에서 "세뉘M·Chenu의 주장대로 대중 역시 우리의 '이웃'이다. 따라서 '너와 나의 관계'라는 개인주의적 차원을 훨씬 넘어서게 한다. 비오 12세의 표현을 따른다면, 오늘날의 사랑의 덕은 '정치적 사랑Politcal Charity'이라야 한다"고 썼다.

남미에서 싹이 튼 해방신학이 70~80년대 한국에서는 수구세력에 의해 좌경·용공이념으로 매도되었지만, 본질은 소외되고 핍박받는 서민대중이 인간답게 살도록 하는 신학운동이다. 사회문제에 대해 발언하고 독재정권의 인권탄압에 꾸준히 저항했던 함세웅과 정의구현사제단의 사상적 원류는 여기서 발원한 것이라 해도 과언이 아닐 터이다.

해방신학에 대한 함세웅의 인식을 좀더 알아본다. 다음은 〈해방신학 : 인류 구원을 위한 20세기의 새로운 물결〉이라는 논문의 결론 부분이다.

우리는 요사이 해방신학에 관한 보도를 접하면서 해방신학은 공산주의 사상에 기초했다느니, 마르크스주의 경향의 것이라느니, 또는 가톨릭교회를 분열시키기 위하여 소련에서 침투시킨 공작의 일환이라는 모함을 듣고 있다. 모함과 중상은 말하는 사람의 장기이다. 그러나 그 모함자들의 정체가 무엇인지 우리는 늘 눈여겨볼 필요가 있다.

사실 예수 그리스도는 당시 유다의 반대자들로부터 큰 모함을 받았다. 예수의 업적을 반대자들은 마귀의 짓이라고 헐뜯었다. 어이없는 모략에 예수는 의연하게 대처했다. (중략) 오늘도 진실과 정의를 이야기하고 실천하는 사람들이 매 맞아 죽어가고 있지만, 바로 거기에서 부활과 희망이 싹튼다는 확신을 우리는 더욱 굳게 지닐 수 있는 것이다.

자유와 해방을 위한 새로운 물결, 이 물결은 바로 인류를 구원하시는 하느님의 힘이며 은총이다. 그 누구도 이 물결을 막을 수 없다. 그것은 인간 내부로 끊임없이 솟구치는 영원한 샘에 기인하고 있기 때문이다.[95]

09

대안언론으로 탈바꿈한 서울교구의 주보

사람이 사는 세상 어디라도 갈등과 시샘이 있기 마련이다. 천주교 역시 마찬가지다. 보수성이 짙은 주교 등 간부들 중에는 함세웅의 개혁성향과 사회참여를 영 내켜하지 않는 이들이 적지 않았다. 구의동성당 주임신부로 발령된 지 1년여가 되는 1985년 8월, 그가 여름방학을 이용하여 하와이수도원에 머물고 있는데, 갑자기 서울교구 홍보국장으로 인사 명령이 났다.

독립된 성당의 주임신부로서 거침없이 활동하는 그를 본부에 예속시키려는 삿된 의도였을까, 아니면 그의 역량을 높이 평가하여 중앙에서 주요 임무를 맡기려는 선의였을까. 함세웅은 알 수 없는 의도와 배경에 한편으로 주저하면서도, 주보를 만드는 홍보국이어서 한편으로는 의욕이 생겼다. 당시 서울교구에서는 주보를 25만부가량 발행하고 있었다.

5공 정권의 언론탄압과 '알아서 기는' 언론인들의 비겁함으로 인해 제도언론이 이른바 '땡전 뉴스'[96]로 불릴 만큼 불신을 받던 시절이었다. 매주 25만 부의 주보를 정론지로 만들면 언론매체로서 큰 역할을 하고 언로의 숨통이 트일 것이라고 함세웅은 생각했다. 자유언론에 대한 그의 애착은 실로 남다른 면이 있었다.

당시 서울교구장은 김수환 추기경이고 총대리는 김옥균 주교였다. 김 주교는 함세웅에 대해 비판적이었다. 함세웅이 달려들기 전까지만 해도 홍보국은 달리 하는 일이 없었고, 주보를 발행하는 일이 업무의 전부였다.

함세웅은 4면짜리 주보를 8면으로 증면하고 기획과 편집을 완전히 일신했다. 그는 1면과 2면에 무기명으로 글을 쓰고 정달영(언론인), 구중서(문학평론가), 한용희(교수) 등으로 편집위원회를 구성하여 주목할 만한 기획물을 잇달아 게재했다. 일반 신문에 나지 않는 내용들이 실리면서 주보에 사람들의 관심이 쏠리기 시작했다. 군종 신부들이 주일에 군인들에게 주보를 나눠주었다가 보안사에 끌려가 구타를 당하는 일도 일어났다.

주보가 명성을 얻고 성가가 높아지자 김옥균 주교와 이석충 신부 등이 선두에 나서 주보를 비판했다. 그럴수록 함세웅은 구체적으로 어떤 내용에 문제가 있느냐, 시대의 징표를 말하는데 뭐가 문제냐고 당당하게 맞섰다.

왜 자꾸 정치를 거론하느냐고 해서 "성경은 하느님의 정치다. 구약에서 정치를 빼봐라. 성경에 뭐가 남느냐. 정치가 현실이고 정치를 구원해야 한다. 구약의 예언자들이 현실 정치를 늘 비판하고 그러지 않느냐." 이렇게 논지를 전개했지요.[97]

한번은 칼럼난에 제목만 있고 내용은 빈칸인 주보를 발행했다. 1950년대 장준하 선생이 자유당의 탄압에 맞서 월간 《사상계》의 권두언을 백지로 만들며 저항했고, 1975년 동아일보가 광고탄압 때 광고란을 백지로 내보냈던 역사를 떠올렸던 것이다.

안팎으로 파문이 일기 시작했다. 신자들은 백지의 의미에 대해 궁금해했고 국무총리실, 안기부, 문공부에서 부처 소속의 천주교 신자들을 보내 사정도 하고 협박도 하였다. 김옥균 주교 등의 압박 또한 나날이 심해졌다. 독수리를 좁은 새장에 가두려 했는데, 오히려 철창을 부수고 넓은 광장으로 날아오르는 형국이 되고 말았다. 외압이 강하면 강할수록 주보는 알찬 내용으로 채워졌고, 찾는 독자가 더욱 많아졌다.

그때 제가 주보에 전력을 쏟았어요. 그러면서 매일 명동수녀원의 미사를 봉헌했어요. 샬트르 성바오로 수녀원이라고, 수녀원 미사가 오전 6시인데 그 미사를 신부님들이 힘들어하세요. 아침 6시에 매일 빠지지 않고 봉헌해야 하는데, 그래서 제가 자원했어요. 아침에 일찍 일어나 빠지지 않으려 했어요. 당시 명동수녀원에 좋은 수녀님이 계셨어요. 지학순 주교님이 추천해서 수녀원 가신 분이에요. 뜻도 잘 맞았고요. 150명 수녀님들하고 미사를 하니까, 저는 거기서 은혜도 입고 수녀님들께 강론도 해드렸어요.

　새벽 미사가 끝나고 나면 제의방에 가서 강론을 썼어요. 제의방은 기도하는 자리니까 거기서 2시간 동안 자리 잡고 다음 주의 주보를 쓰는 거예요. 1독서, 2독서, 복음… 3년 동안 매일 썼어요. 그것을 묶어서 낸 게《약자의 벗, 약자의 하느님》《말씀이 뭉치가 되어》《불을 지르러 오신 예수》입니다.

함세웅이 서울교구 홍보국장으로 힘겹게 주보를 제작하는 동안 5공 정권의 탄압은 더욱 강경해지고 민주세력의 저항 또한 나날이 격화되었다. 1986년 2월에는 야당인 신민당이 대통령 직선제를 요구하는 '1천만 명 개헌 서명운동'에 돌입했고, 4월 28일에는 서울대생 김세진과 이재호가 신림사거리에서 독재권력에 항거하여 분신했다. 5월 3일 인천에서는 야당과 시민, 학생, 노동자들의 대규모 연합시위인 이른바 '5·3사태'가 발생하여 양측에서 부상자들이 속출했다.

　5공 독재의 타락상은 7월의 부천경찰서 성고문 사건에서 절정에 달했다. 서울대 출신 노동운동가 권인숙에게 담당형사인 문귀동이 차마 입에 담을 수 없는 추악한 성고문을 자행했던 것이다.

　사건의 본질도 추악하지만 은폐·조작은 더욱 용서받기 어려운 만행이었다. 언론기관에 보도지침을 내려 '부천서 성고문 사건'이라 쓰지 말고 그냥 '부천서 사건'으로 표현할 것을 지시하는가 하면, 출입기자들에게 거액의 촌지를 뿌려 사건을 축소하려 시도했다. 검찰과 공안 당국은 권인숙 씨의 성폭행 주장을 "혁명을 위해 성性까지 도구화하는 급진 좌경세력의 상습적인 전술"이라고 매도했다.

함세웅은 주보에 이 사건과 관련된 전후 사실을 상세히 보도했다. 그리고 정의구현사제단은 8월 4일 성고문 등을 규탄하는 성명서를 발표했다.

권력과 민중의 치열한 대결은 하반기에도 잦아들지 않았다. 9월에는 세계 언론사에서 유례를 찾아보기 힘든 독재권력의 언론탄압 실상이 월간 《말》을 통해 폭로되었다. 10월말에는 '전국 반외세 반독재 애국학생투쟁연합(애학투련)' 결성식이 열린 건국대 주변을 경찰이 3박 4일간 봉쇄하고, 헬기까지 동원한 진압작전 끝에 1,500여 명을 연행하는 초유의 사태가 발생했다. 이 사건으로 무려 1,289명의 대학생들이 한꺼번에 구속된다. 정부는 이들에 대해 '좌경 용공'이라는 이념의 굴레를 덧씌우면서, 한편으로는 북한의 금강산댐 위협에 맞서 평화의 댐을 건설한다는 계획을 발표했다.

그렇게 1980년대 중반이 지나갔다.

5공 정권의 종말이 서서히 다가오고 있었다.

10

박종철 고문치사의 진실을 폭로하다

갈수록 심해지던 전두환 정권의 말기적 타락은 급기야 1987년 1월 14일 서울대생 박종철 군 고문치사 사건으로 이어졌다. 박종철이 남영동의 대공분실 조사실에서 물고문으로 사망하자 경찰은 이를 심장마비에 의한 사망으로 위장하려 했다. "책상을 탁 치니까 억 하고 죽었다"(강민창 치안본부장)는 황당무계한 거짓말로 온 세상을 속이려 했던 것이다. 부검을 맡았던 의사의 증언을 통해 고문치사임이 명백하게 드러난 뒤에도 경찰은 고문 하수인 2명만 구속하고 사건을 서둘러 덮어버렸다.

고문에 가담했던 범인이 더 있다는 사실은 당시 고문 경관들과 같은 감옥(영등포교도소)에 수감돼 있던 해직기자 이부영(전 국회의원)이 수배 중이던 재야인사 김정남(전 청와대 수석비서관)에게 몰래

남영동 대공분실 전경. 지금은 민주인권기념관으로 바뀌어 아픈 역사를 증언하고 있다. ⓒ김명식

전해줌으로써 드러났다. 하지만 언론통제가 극심한 상황에서 그 내용이 세상에 알려지기까지는 많은 우여곡절이 있었다. 그리고 그 중심에 함세웅과 정의구현사제단이 있었다.

이 사건은 그동안 교구 업무에 열정을 바치고 있던 함세웅을 다시 역사의 현장으로 불러냈다. 그해 5월 사제단 내부의 긴박했던 상황을 30여 년 뒤의 언론 인터뷰를 통해 유추해본다.

"처음에는 사제들이 안 나서는 것으로 얘기가 되기도 했었는데?"
박종철 사건에 대한 문건을 그해 3월부터 김정남 선생한테 받아서 준비하고 있었다. 그런데 나도 좀 버겁고, 핑계이긴 하지만 당시 교

정의의 길, 세 개의 십자가

박종철 고문치사의 현장이었던 남영동 대공분실 509호는 오늘날 박종철 추모공간이 되어 방문객을 맞고 있다. ⓒ김명식

구에서 일하고 있어서 교회에 누가 되지 않을까 하는 생각에서 미적거리고 있었다. 그런데 김정남 선생이 "면책특권이 있는 야당, 김영삼 씨의 통일민주당 의원이 국회에서 폭로하기로 했다"고 하더라. 잘됐다고 안도하고 있는데 어느 날 김정남 선생이 "야당 의원이 못 하겠다고 한다. 그러니 사제단이 맡아줘야겠다"고 다시 연락해 왔다.

김수환 추기경한테 얘기했더니 "1975년 인혁당 사건 때 8명이 사형당하지 않았느냐. 잘못하면 이번에도 정권에서 그 경찰관들을 죽이지 않을까"라고 걱정하면서 선뜻 받지 못하시더라. 유현석, 황인철 변호사와 함께 최종 발표문을 준비해놓았지만 최종 결정을 못 내리고 있었다. 그러면서 5월 17일 주일을 맞았다.

당시 저는 주일마다 구파발성당에 가서 미사를 도와주고 있었는데, 고영구 변호사의 부인(고 황숙자)이 김정남 선생 편지를 거기로 가져왔다. 그걸 보니까 이게 구약성서의 요나더라. 우리에게 돌아온 십자가를 피할 수가 없더라. 편지를 없애버려서 원본은 없지만 지금도 내용이 선명하게 기억이 난다. 전두환의 불의한 정권이 망하느냐 않느냐에 대해 여러분들이 십자가를 져야 하지 않겠느냐는 논리였다.

"그래서 당시 사제단 단장이던 김승훈 신부한테 바로 갔었나?"
미사가 끝나자마자 당시 홍제동성당으로 김 신부님을 찾아갔다. 편지를 같이 읽고 기도하면서 대화를 나눴다. 제가 "이번에는 신부님이 십자가를 지셔야 한다. 제 얘기는 일체 하지 마시라. 이번에는 신부님이 감옥 가셔야 한다"고 했더니 "알아, 알아" 하면서 흔쾌히 수락했다.

"감옥행을 떠민 셈이다."(웃음)
우리 사제들은 서로 끈끈하기도 하지만, 그런 시대명령을 따르느라 고난받는 것은 우리에게는 아무것도 아니다. 게다가 1976년 3·1구국선언 사건 때 나는 구속됐고 당신은 불구속된 데 대해 부채감을 늘 갖고 계셨다.[98]

이튿날인 18일 저녁, 광주민주화운동 7주년 기념미사가 명동성당에서 열렸다. 추기경의 강론에 이어 진행된 2부 행사에서 김승훈 신부가 〈박종철 군 고문치사 사건의 진상이 조작되었다〉는 성명서를 발표했다. 전날 함세웅과 약속했던 대로 기꺼이 십자가를 짊어지고 나섰던 것이다. 함세웅은 추기경에게 누를 끼칠까봐 이를 사전에 보고하지 않았고, 강론을 마친 후 곧장 퇴장하였다.

정의구현사제단 명의로 발표된 그날 성명서의 골자는 다음과 같다.

1. 박종철 군을 직접 고문하여 죽게 한 하수인은 따로 있다.
2. 범인 조작의 각본은 경찰에 의해 짜여졌고 현재도 진행 중에 있다.
3. 사건의 조작을 담당하고 연출한 사람들은 다음과 같다.
4. 검찰은 사건의 조작 내용을 알고 있으면서도 밝히지 않고 있다.
5. 이 사건 및 범인의 조작 책임은 현 정권 전체에 있다.
6. 박종철 고문치사 사건의 진상은 다시 규명되어야 한다.
7. 조한경 경위와 강진규 형사에 대한 재판은 공개되어야 한다.
8. 이 사건의 조작에 개입한 모든 사람은 처벌되어야 한다.
9. 박종철 군의 죽음은 결코 헛되지 않도록 해야 한다.
10. 이는 우리 사회의 양심의 척도가 될 것이다.[99]

사제단의 폭로는 엄청난 후폭풍을 불러일으켰다. 말 그대로 한국 사회가 발칵 뒤집힌 것이다. 이쯤 되자 제도권 언론들도 그 내용을 상세히 보도하지 않을 수 없었다. 전두환 정권의 몰락을 부르는 시한폭탄이었다.

5월 19일, 경찰은 결국 물고문 사실을 자백하지 않을 수 없게 되었고, 고문 경관 조한경과 강진규를 고문치사 혐의로 구속했다. 이때 수감되는 두 사람의 얼굴을 감춰주기 위해 똑같은 방한복을 입고 마스크로 얼굴을 가린 경관 10여 명을 차에 태웠다. 신문에 일제히 실린 이 기괴한 모습은 마치 할리우드의 갱스터 영화 장면을 연상케 했다.

야당은 자체 진상조사단을 구성해 정확한 사인 규명에 들어가고, 오랜 반독재 투쟁 과정에서 주력군이 대부분 투옥된 상태였던 민주화운동 세력은 종로5가 기독교회관과 명동성당에 다시 집결해 대책을 논의한다.[100]

6월항쟁의 도화선이 된 이 사건에서 뇌관 역할을 했던 함세웅은 정의구현사제단의 성명서가 발표되기까지의 드라마틱했던 과정을 '섭리의 오묘한 작용'이라고 볼 수 있지 않느냐는 질문에 이렇게 대답한다.

저희들이 일을 할 때 인간적으로 두렵기도 하여 피하고 싶지만 '꼭 해야 한다'는 것을 성서적 틀 안에서 해석하니까 섭리라는 말이 나올 법도 하지요. 요나 예언자가 늘 저희들에게 묵상의 귀감이 되는 거죠. 그리고 발표의 짐을 떠맡은 김승훈 신부님! 믿음이 참 소박하고 단순해요. 무슨 일을 부탁드리면 묻지도 않으세요. 그러고는 "그래!" 하고 대답을 편안하게 해주세요.

후배들이 걱정하면 "걱정하지 마. 하느님이 다 해주시는데. 우리는 우리 할 것만 하면 돼" 늘 이러세요. 사람들이 할 것을 제대로 하고 그래야지, 무조건 하느님이 해주신다고 하면 되느냐고 제가 논박하면 껄껄 웃으면서 "아, 그래도 하느님이 다 해주셔" 그래요. 그분 특유의 표현이에요.

그 참 소박한 믿음! 후배들에게는 참으로 큰 가르침을 주셨어요.[101]

11

6월항쟁의 불씨가 된 명동성당 시위

3·1혁명과 4월혁명 그리고 반유신운동과 광주민주화운동을 겪은 이 땅의 국민들은 전두환 세력의 폭압통치 앞에서 내내 침묵하지 않았다. 부천서 성고문 사건과 박종철 고문치사 사건은 많은 여성들과 '넥타이 부대'들까지 한꺼번에 분기시켰다.

3월 3일 박종철 49재와 '고문 추방 평화대행진'이 경찰의 저지로 무산되자 전국 주요 도시에서 격렬한 가두시위가 잇따랐다. 그러나 전두환은 대다수 국민들의 요구였던 직선제 개헌을 거부하며 현행 법대로 선거인단에 의한 대통령 선거를 실시하겠다는 '4·13 호헌 조치'를 발표했다. 5월 27일, 서울 중구 태평로의 대한성공회에서 재야와 야권의 연합기구인 '민주헌법쟁취국민운동본부'(이하 '국민운동본부')가 결성되었다.

정의의 길, 세 개의 십자가

6월항쟁의 불씨가 된 명동성당 시위

민주세력은 '4·13 호헌조치'에 대한 반대의 의미로 민정당 전당대회가 열리는 6월 10일 같은 시각에 서울을 비롯한 전국 22개 도시에서 일제히 〈박종철 군 고문살인 은폐조작 규탄 및 호헌철폐 국민대회〉를 열었다. 각 대학들은 출정식을 갖고 "호헌철폐" "독재타도"를 외치며 도심으로 몰려들었다.

6월 10일 오후 6시. 국민대회가 열리는 대한성공회 종탑 스피커에서 애국가가 울려 퍼지고 성당의 종이 42번 울리는 것을 신호로 성당 구내에 있던 차량들이 경적을 울리자 도심을 지나던 수많은 차량들도 일제히 경적을 울렸다. 당시에는 '6·10대회'라 불렸고 오늘날에는 '6월항쟁'이라 불리는 역사적 항쟁이 공식적으로(?) 막을 올린 것이다.

대한성공회의 6·10대회 현장은 아침부터 전경들에게 에워싸여 시민들의 접근이 불가능한 상태였다. 그러자 학생들은 오후 5시경부터 을지로 2가 로터리와 을지로 네거리를 점거한 채 연좌농성을 벌였고, 이를 지켜보던 시민들이 박수를 치며 학생들을 격려했다. 경찰은 최루탄과 사과탄을 마구 쏘아대며 시위대를 강제 해산시켰다. 이에 학생들은 소규모로 흩어져 신세계백화점, 남대문시장, 퇴계로 2가, 을지로 입구 등지에서 동시다발적인 가두시위를 벌였다.

항쟁의 물꼬는 삽시간에 사방으로 퍼져 나갔다. 평소 같으면 시위 때문에 장사를 망친다며 울상을 지었을 시장 상인들도 그날은 경찰에 쫓기는 학생들을 숨겨주며 정부를 비난했다. 시내의 주요 도로들은 시위에 동조하는 자동차 경적소리로 가득했고, 버스 승

정의의 길, 세 개의 십자가

객들은 창밖으로 몸을 내민 채 박수를 치고 손수건을 흔들며 시위대를 격려했다. 수많은 사람들이 시위대를 위해 물과 도시락을 가져다주었다. 학생들과 야당 의원들은 여기저기서 약식 규탄대회를 열고 시민들과 함께 "호헌철폐" "독재타도" "직선제 쟁취" 등을 외쳤다.

오후 6시가 지나자 학생들의 시위는 점차 격렬해지고 퇴근길 시민들의 합세도 점점 늘어났다. 서울역, 만리동 입구, 신세계 앞, 서부역 등에서 최루탄과 돌멩이가 난무했다. 퇴계로 2가 파출소를 지키던 전경들이 시위대의 급습을 받고 무장을 해제당한 채 감금되기도 했다. 저녁에는 가두시위를 벌이던 학생과 시민 등 3천여 명이 경찰에 쫓겨 명동성당 안으로 들어가서 시위를 벌였다. 그중 600여 명은 밤에도 귀가하지 않고 성당 안에 남아 농성을 이어갔다.

　명동성당 점거농성은 6월항쟁의 '태풍의 눈'이 되었다. 그날부터 15일까지 5박6일 동안 농성이 계속되는 가운데, 성당 밖에서는 대학생들과 합세한 인근 사무직 노동자들의 지원 시위가 연일 끊이지 않았다. 경찰이 성당 구내에까지 최루탄을 발사하자 학생들도 화염병을 던지며 맞서는 등 일촉즉발의 대치가 계속되었다.

　7년 전 광주에서 수백 명을 학살한 정권이었다. 바로 한 해 전인 1986년 10월에 건국대학교에서 전국 26개 대학생들이 집회를 벌이자 경찰 8,000여 명을 동원하여 최루탄과 소이탄(헬기에서 발사)을 쏘면서 1,525명을 연행하고 그중 1,287명을 국가보안법 위반 등의 혐의로 구속한 정권이었다. 명동성당 시위 진압을 위해 대규모 병력

명동성당 시위 현장. 중앙에 서 있는 사람들 중 맨 우측이 함세웅이다.

이 투입될 경우 자칫 광주학살과 유사한 대량살상 사태가 벌어질
수도 있었다. 실제로 전방에서 병력 이동이 감지되었다느니, 군사쿠
데타와 계엄령 선포가 임박했다느니 하는 흉흉한 소문이 나돌기도
했다. 김수환 추기경은 만약 경찰이나 군인을 명동성당에 투입하면
자신이 맨 앞에 가서 누워 있겠다며 단호한 모습을 보였다.

우여곡절 끝에 함세웅이 정부와 대화 창구로 선정되었다.

정의의 길, 세 개의 십자가

제가 꼭 필요해서라기보다는 교구청 홍보국 일을 했으니까… 조그만 공동체에서는 저희들이 한가족이죠. 한집에 살고 있으니 늘 보게 되고, 아무 때나 만나면서 말씀드리고 보고드리는 사이였습니다. 추기경은 명동성당에 공권력이 투입되면 절대 안 된다는 확신을 갖고 계셨고, 광주 비극을 늘 염두에 두고 계셨어요. 그래서 그런 물리적 진압 방식은 꼭 막아야겠다고 확신하고 계셨고요.

나중에 교황청 대사한테 들은 건데, 전두환 정권에서는 88올림픽을 앞두고 만일 명동성당에 공권력이 투입되면 가톨릭 국가들, 남미와 유럽의 가톨릭 국가에서 88올림픽에 참가하지 않겠다고 통보할 것을 우려했다고 해요. 한국 정부에 그 사람들이 압박을 가했더라고요. 제 생각에도 88올림픽이 자승자박이야. 무리하게 돈을 써서 한국에 유치했는데, 그 올림픽 때문에 자기 존재를 걸고 광주처럼 그런 비극을 자행할 수가 없었던 거니까요. 이게 국제적인 사안이 되었기 때문에 그런 게 자승자박이구나, 그렇게 해석했어요. 외교관들도 저희들한테 정보를 많이 줬습니다.[102]

당시 명동성당 내부는 숨 막히는 나날이었다. 치안당국은 첩자를 잠입시켜 갖은 유언비어로 시위대를 분열, 이간시키고 계엄령 선포나 공수부대 투입 따위의 유언비어를 퍼뜨렸다. 농성이 길어지면서 "계속하느냐, 일단 해산하느냐"를 두고 의견이 분분했다.

결국 세 차례의 투표 끝에 해산 결의를 하게 되었다. 이 과정에서 함세웅과 사제들은 혼신의 노력을 다해 희생자가 생기지 않도록 조정하였다.

함세웅은 김수환 추기경의 지시에 따라 안기부 등 당국자들과 물밑대화를 계속했다. 그는 일찍이 서울교구 신부들의 지지선언을 이끌어내는 것으로 경찰의 강경진압 움직임을 잠재운 터였다. 그는 평화적인 해결책을 찾아내기 위해 온 힘을 쏟았다. 하지만 15일까지는 안전을 보장하되, 그 이후에도 농성을 해산하지 않으면 강경진압할 수밖에 없다는 전두환의 뜻을 안기부 차장으로부터 전해 들었다.[103]

함세웅은 포기하지 않았다. 한편으로는 농성자들을 설득하고, 한편으로는 정부 측 인사들과 계속 만나 공권력 투입 자제를 요청했다.

성당 근처에 있는 로얄호텔 커피숍에서 만났어요. 시경국장을 주로 만나고, 이상연 안기부 차장도 만나고요. 그분들이 명동성당에 들어오기 거북해하니까요. 추기경의 뜻이기도 하고 우리 교구의 뜻은 '이분들의 안전귀가를 보장하고 성당에 공권력 투입은 있을 수 없는 일이다'라는 것이었어요. 그분들은 주동자 몇 사람의 구속수사가 불가피하다고 했는데, 우리는 그건 절대로 안 된다고 강하게 대응하고 설득도 했고요. 정부쪽도 저희 뜻이 얼마나 확고한지 알았고요.[104]

6월 15일 오전 10시, 농성대는 대형 태극기를 앞세우고 문화관을 나섰다. 단 한 사람의 구속자도 없이 5박 6일의 투쟁을 마감한 것이다. 6·10 대투쟁의 불씨를 껴안고 엿새 동안 벌인 이 농성투쟁은 이후의 6·18과 6·26 대폭발로 가는 징검다리이자, 민주주의의 폭풍을 일으킨 진앙의 역할을 해냈다. 한 시민이 성당에 떨어뜨리고 간 비닐 봉투에 성금과 함께 들어 있던 쪽지는 민주주의를 갈망하는 온 국민의 마음을 이렇게 대변했다.

"당신들을 사랑합니다. 나는 자신 있게 말합니다. 당신들은 진정 우리의 희망이라고."[105]

12

야당의 패배와 군사정권의 연장

6월항쟁은 6·18 최루탄 추방대회를 거쳐 6·26 국민평화대행진으로 이어지며 절정으로 치달았다. 항쟁 초기만 해도 경찰력을 총동원하여 강경대응에 나섰지만 100만 명을 헤아리는 대규모 시위대 앞에서는 그야말로 속수무책이었다. 그로부터 3일 뒤, 지난 6·10 전당대회에서 민정당 대표로 선출된 노태우가 직선제 개헌과 김대중 석방 등을 담은 '6·29선언'을 발표했다.

　그것은 위기에 몰린 5공 세력이 감행한 일종의 출구 전략이었다. 시민들 사이에서는 '속이구 선언'이라는 비아냥이 나왔지만, 총력전을 펼치던 민주화 세력의 입장에서는 상당히 갑작스러웠고, 적절한 대처를 하기가 쉽지 않았다.

놀라기는 했는데 좀 허탈했어요. 6·29선언 처음에 들을 때, '어? 이게 아닌데' 하는 느낌이었어요. 왜냐하면 전두환이 항복해야 하는데, 후보로 나온 노태우가 나선 거예요. 기쁘면서도 조금 허탈하다고나 할까. 뭔가 마무리가 제대로 안 된 것 같은 거예요. '전두환이 이 문서를 내야지, 아직 대통령이 되지 않은 후보가 무슨 약속을 하냐. 이것은 어쩌면 국민을 속이는 의미가 있다. 이게 전두환의 뜻이냐. 노태우가 과연 자발적으로 한 거냐, 둘이 짜고 하는 것 아니냐 같은 의문들⋯. 그런데 노태우는 자기가 독자적으로 했다는 거 아니에요? 그러니까 더욱 신뢰할 수 없다고 제가 조금 비판적으로 해석했어요.

"일단은 기쁘지만 우리의 뜻이 완전히 수렴된 것은 아니다. 전두환 본인이 직접 해야 한다." 그렇게 KBS와 인터뷰했는데, 제 말은 소개도 안 되었어요.[106]

어찌 보면 약간 어정쩡하게 마무리된 항쟁이었다. 어제까지 타도의 대상이었던 신군부 세력과 표 대결을 벌어야 하는 기이한 상황이 되어버렸기 때문이다. 항쟁의 주역이었던 시민들은 반신반의하면서 하나둘씩 일상으로 되돌아갔다.

7월 5일, 연세대생 이한열 군의 사망 소식이 전해졌다. 6월 9일 연세대 시위에서 경찰의 최루탄에 맞아 쓰러진 지 한 달 만이었다. 7월 9일 시청 앞에서 열린 노제에 또다시 100만 인파가 모였지만, 그것은 항쟁의 연장이라기보다는 일종의 '해단식'에 가까웠다. 7월 5일 울산 현대엔진 노동자들의 노동조합 결성식을 시작으로 이른바 '7, 8월 노동자 대투쟁'[107]이 들불처럼 퍼져 나갔지만 6·29선언으로 촉발된 '개량 국면'을 뒤집지는 못했다. 1987년 하반기는 개헌을 둘러싼 여야 논쟁과 야당의 이합집산으로 내내 소란스러웠고, 10월 12일 국회에서 직선제 개헌안이 통과되면서 세간의 관심은 온통 12월의 대통령 선거로 쏠리기 시작했다.

야권이 단결한다면 선거는 당연히 필승일 터였다. 문제는 그 단결이 쉽지 않다는 데 있었다. 정의구현사제단은 야권 후보 단일화를 위해 천호동성당에 김영삼과 김대중을 차례로 초청해서 논의를 진행했지만 단일화는 끝내 성사되지 못했다. 그토록 우려했던 분열이 현실화된 것이다. 이후 사제단 일부에서 김대중을 공개적으로 지지했지만, 함세웅은 서울교구 홍보국장이라는 직책을 맡고 있었기 때문에 지지 서명에 참여하지 않았다.

12월 16일. 결국 민정당의 노태우 후보가 대한민국의 제13대 대통령으로 당선되었다. 야당의 두 김씨가 유효투표의 55%를 얻고도 36.6%를 득표한 노태우에게 정권을 넘겨주게 된 것이다. 죽 써서 뭐 준다고, 그토록 치열하게 싸워서 쟁취했던 직선제가 어이없게도 전두환의 후계자에게 법률적 정통성을 부여해주는 수단이 되었다. 야권 분열이 군사정권 연장의 기회를 마련해준 꼴이 되어버린 것이다.

야권의 대선 패배는 민주진영에 큰 충격이고 타격이었다. 이와 관련하여 함세웅은 언론이나 정치학자들이 미처 하지 못했던 새로운 분석을 내놓는다.

양김 중 한 명이 집권했다고 하면, 군부는 두세 차례 쿠데타를 시도했을 것으로 생각합니다. 아르헨티나와 필리핀, 스페인의 민주화 과정을 보면, 군부가 두어 차례 쿠데타를 일으킵니다. 1987년 이후 한국의 민주화 과정에서 가장 결정적인 점은 군사쿠데타가 일어나지 않았다는 사실이지요. 다른 나라 학자들과 대화하면 이 점을 제일 궁금해해요.[108]

군사정권이 선거를 통해 연장되면서 천주교 내의 보수 측이 힘을 받았는지 정의구현사제단과 함세웅에 대한 박해가 심해졌다. 새삼스럽게 정의구현사제단이 주교회의 공인을 거치지 않은 임의단체라는 비판도 나왔다. 사제단을 공격함으로써 궁극적으로 함세웅을 겨냥하는 듯한 모양새였다.

그러나 함세웅은 원칙에 대해서만큼은 누구보다도 단호한 사람이다.

우리 정의구현사제단에 대해서는, 이를 역사가 공인해주고 시대가 공인했는데 다시 누구한테 공인을 받느냐? 독재와 맞서 싸웠던 우리들의 삶이 있고 그것을 토대로 민중이 공인했는데, 그러지도 못한 자들이 뭘 공인 운운하느냐 하면서 정면으로 이의를 제기했죠.

아직도 좀 유치한 교우들은 정의구현사제단이 주교회의에서 인정받지 않았다고 이야기해요. 아니, 그 당시는 우리가 천주교를 대표하는 기관이었는데 누구한테 공인을 받습니까? 그래서 항상 신학적으로 부딪칩니다.[109]

6월항쟁은 미완성으로 끝났지만 이른바 '87년 체제'는 지금까지도 한국 사회의 근간이 되고 있다. 2007년 6월항쟁 20주년 행사에 참석한 함세웅.

함세웅은 1985년 1월부터 천주교 정의평화위원회(정평위)의 중앙위원을 맡고 있었다. 정평위는 정의구현사제단과 더불어 전두환 정권을 날카롭게 비판하는 천주교의 두 날개 중 하나였다. 초기의 대표는 지학순 주교였고, 그의 구속으로 한때 박상래 신부가 책임을 맡기도 했다. 이돈명, 유현석, 황인철 등 쟁쟁한 인권변호사들이 정평위 위원으로서 활동에 참여하고 있었다.

그런데 1988년 봄 주교회의에서 느닷없이 "모든 커뮤니티의 위원장은 주교로 한다"라고 정관을 바꿨다. 다른 모든 기관의 위원장은 주교인데 왜 정평위만 평신자가 맡고 있느냐는 것이었다. 당시 정평위 위원장은 이돈명 변호사였다. 이 정관개정으로 인해 이돈명을

정의의 길, 세 개의 십자가

비롯한 민간인 위원(변호사)들은 모두 정평위를 떠나고 말았다.

함세웅도 얼마 뒤 정평위원을 물러나면서 한마디 '증언'을 남겼다.

일반사회 같으면 이런 일은 칼부림이 날 사건이다. 어떻게 규정도 어기며 사전에 논의도 없이 주교회의에서 정관을 바꿔버리느냐. 신자 회장 체제로 14년 이어졌으면 관습법으로 굳어진 것 아니냐.[110]

신군부의 등장으로 시작되었던 고난의 80년대는 찬란한 항쟁의 기억을 뒤로한 채 이렇게 저물어갔다. 야당의 패배와 군사정권의 연장, 천주교 내부의 박해라는 몇 겹의 시련 속에서.

그러나 함세웅에게는 해야 할 일들이 아직 많이 남아 있었다.

역사적으로, 새로운 사상과 종교는 언제나 기존의 가치와 수구적 문화권에 의해 거부되고 제동받아 왔다. 18세기 말 천주교가 이 땅에 수용될 당시의 경우도 예외는 아니었다. 어쨌든 당시천주교는 많은 구도자들에게 신선한 청량제가 되었다. 특히 양반, 상민 등이 엄존한 계급사회에 만민이 평등한 형제자매라는 가르침은 충격적인 매력이었으며 또 한편으로는 당시 권력층에 의해 천주교가 거부되고 박해받는 중요한 이유가 되기도 했다. 이른바 서학사상은 초기 남인의 소장학자를 중심으로 연구의 대상이 되다가 서민 대중, 곧 중류와 상민층에 뿌리를 내리게 되는데 이는 만민평등사상이라는 획기적 가르침에 크게 기인한 것으로 여겨진다. 믿음이란무엇인가? 하느님에 대한 철저한 신뢰를 말한다. 보다 구체적으로 믿음이란 하느님을 설파한,그리고 하느님 나라를 선포한 예수에 대한 철저한 추종을 뜻한다. 예수에의 추종, 그리스도를철저히 따른다는 것은 결국 무엇인가? 그것은 예수를 본받는 것이다. 예수의 삶을 반복하는 것이다. 예수의 삶이란 십자가의 죽음을 통해서 이룩된 부활의 삶이다. 때문에 사도교부인 안띠오키아의 이냐시우스는 그리스도를 추종한다는 것은 필연적으로 순교의 길을 걷는 것이라고역설했다. 순교란 하느님께 대한 철저한 신뢰의 완성된 결실이다. 1945년 8월 15일을 우리는일제로부터의 해방이라 불러왔고 그렇게 배우고 가르쳐 왔다. 그러나 과연 8.15가 해방인가?아니다. 그것은 공허한 개념뿐이다. 1945년 8월 15일은 일제의 자리를 미군정이 이어받았을뿐, 결코 우리 민족의 해방이 아니었다는 사실을 우리는 이제야 깨닫게 된 것이다. 일본의 패전소식을 듣고 우리의 손으로 조국의 독립과 해방을 이룩하지 못했던 김구는 바로 이를 예견했기에 땅을 치며 울었다. 김구의 예견은 적중했다. 상해 임시정부는 민족의 희망이며 꿈이었다.그런데 미군정에 의해 임시정부는 주권을 상실한 채 내 나라 내 땅에서도 여전히 망명정부일뿐이었다. 아니, 해체되어 존재마저도 잃고 말았다. 민족의 긍지와 자존심이 여지없이 짓밟힌또 하나의 수치며 죽음이었다. 일제의 잔재를 청산치 못해 역사의식과 민족의식이 결여된 남한사회는 이러한 원죄 때문에 아직도 중병을 앓고 있다.

제 4 장

민족사적 반성과
남북통일의 꿈

1988~2000

《평화신문》과 《평화방송》을 설립하다

함세웅은 지식인보다 지성인을 선호한다. 많이 아는 것도 중요하지만, 아는 것을 그대로 실행하는 지행일치의 지성인이 되어야 한다는 것이다. 이는 타인에 대한 평가 기준일 뿐만 아니라 스스로의 삶의 원칙이기도 하다.

특유의 실행력은 역사의 격랑 속에서도 결코 사그라들지 않았다. 민주주의를 회복하고 토착화시키려면 무엇보다 자유언론이 중요하다는 사실을 민주화운동 과정에서 뼈저리게 느껴왔던 터였다. 지난 몇 년간 서울교구 주보를 발행하면서 제대로 된 매체의 효과를 더욱 실감할 수 있었다. 100만 신자를 안고 있는 한국 천주교에 제대로 된 신문과 방송이 없다는 것은 그만큼 소통이 부족하고 공동체 의식이 빈약하다는 반증이었다.

홍보국 일을 하면서 신문과 방송을 만들자고 생각하게 됐어요. 늘 기독교방송국에 가서 인터뷰하고 출연도 하지 않았습니까. 인권과 민주화를 위해 참여하면서 '아, 우리 가톨릭도 이런 선교를 위한 방송매체, 언론매체가 있으면 좋겠다'는 생각이 들었어요. 신문과 방송을 통해 복음도 선포하지만 인권과 민주화, 독재에 대한 도덕적 비판… 이런 목소리도 낼 수 있지 않을까 하는 생각을 늘 갖고 있다가 홍보국에서 그 계획을 세웠어요.

홍보국 예산을 제가 독자적으로 운영하면서 주보 수익금을 저축해서 얼마가량을 모아놓았고요. 그를 기초로 사무처장 김병도 신부하고 늘 말씀을 나눴습니다.[111]

일을 추진하기 위해서는 김수환 추기경의 재가에 앞서 총대리인 김옥균 주교의 허락을 먼저 받아야 했다. 교구의 돈을 쓰지 않고 자력으로 비용을 마련할 테니 동의만 해달라고 설득해서 어렵게 동의를 받았다고 한다.

맨 먼저 해야 할 일은 언론사가 사용할 건물을 마련하는 것이었다. 그즈음 성모병원이 여의도와 강남으로 이사를 가면서 별관 한 채가 비어 있었는데, 병원장 김대균 신부와 협의 끝에 "교구에서 허락하면 시세의 반값인 30억 원에 넘겨주겠다"는 약속을 받아냈다. 돈을 마련할 길이 막막하긴 했지만 어쨌든 첫 걸음은 뗀 셈이었다. 가톨릭 신협으로부터 대출받은 10억이 종잣돈이 되었다.

그렇게 《평화신문》과 《평화방송》 설립이 구체화되기 시작했다. 1988년 1월에 구성된 '평화방송설립추진위원회'에서 김병도 신부가

1988년 5월 15일에 발행된 《평화신문》 창간호.

위원장을 맡고 함세웅은 부위원장이 되었다. 그리고 전국의 성당을 돌며 모금을 진행했다. 성당 지을 때 돈을 잘 내는 가톨릭 신도들의 특성에 착안하여 "신문과 방송이 곧 교회다. 지금 우리는 성당을 짓는 것이다. 눈에 보이는 건물만 성당이 아니고 말씀으로 나가는 성당, 문자로 나가는 신문성당·방송성당이다"라는 강론 초안을 만들었다고 한다.[112]

여러 곡절을 거치며 기금을 모으고 기구를 만드는 과정에서, 어느 날 추기경이 함세웅을 불렀다. 성심여대 학장으로 갈 생각이 없냐는 것이었다. 천주교 내부의 반대 세력이 《평화신문》과 《평화방송》의 설립을 저지하려고 추기경을 움직였던 것이다. 그러나 함세웅은 그 제안을 받아들이지 않았다.

방송국 이사회의 초대 이사장이었던 김 추기경은 얼마 후 김옥균 주교에게 이사장직을 넘겼다. 그때부터 김 주교는 회의에서 함세웅에게 면박을 주거나 핀잔을 하는 등 사사건건 딴죽을 걸었다. 결국 견디다 못한 함세웅이 추기경을 만나 전후 사정을 고하게 된다.

그래서 제 고민을 김수환 추기경께 말씀드리고 서면으로도 제출했습니다. 이건 사실 개인에 대한 면담이잖아요. 그런데 김수환 추기경하고 제가 틀어진 게 그때부터인데… 그 글을 김옥균 주교한테 준 거예요. 김옥균 주교에 대한 이야기를 다 썼는데 상담자 격인 추기경이 그걸 바로 당사자에게 준 겁니다. 김옥균 주교가 저를 만나자고 그러더니 "자네가 쓴 거 추기경한테 받아서 다 읽었네" 하시더라고요. 그러니 무슨 이야기를 더 하겠어요.[113]

이런 역경에도 불구하고 함세웅은 다부진 추진력을 발휘하며 1988년 5월 15일 기어이 《평화신문》(주간) 창간을 성사시켰고, 이어서 《평화방송》 설립에 나섰다. 당시 그는 두 매체의 사장을 맡고 있었다. 그런데 전혀 예기치 못한 사태가 일어났다.

평화방송을 만드는 중에 노조가 결성되었어요. 제가 노조 만든 사람들을 불러서 "아직 회사가 채 구성도 안 되었고 지금 모금 중에 있는데 노조부터 만들면 내가 힘들지 않느냐. 지금 내가 나무에 올라가려고 그러는데 너희들이 내 다리를 잡으면 내가 나무에 어떻게 올라가느냐. 지금 김옥균 주교하고도 부딪히고 넘어야 할 산이 많은데, 여러분들까지 방해가 되면 어떡하느냐. 다 된 다음에 내가 노조하라고 그럴 테니까…" 하며 만류했어요. 그런데 이 사람들이 이해를 못 하는 거예요. 그러더니 몇 사람이 노조 신고하고 왔대요. 그러니까 여러모로 어렵더라고요.[114]

상황은 갈수록 악화되었다. "사장이 노조를 탄압한다"는 노동자들의 현수막이 내걸리고 《한겨레신문》에 함세웅을 비난하는 기사가 실렸다. 그의 생애에서 첫손에 꼽힐 만큼 가슴 아픈 일이었다. 결국 조합원 4명이 해고되는 진통을 겪었다. 결과론이긴 하지만, 그가 사용자의 입장에서 노동자를 해고한 것이다. 지금껏 걸어온 삶과 완전히 상치되는 사건이었다.

지금 같으면 경험이 있으니까 제가 그 불만들을 다 녹일 수 있을 것 같아요. 그때는 세상을 몰랐고 그저 순수한 열정만 있었으니 노조가 안 된다고만 생각한 거죠. 노조 사람들과 대화를 제대로 못 했어요. 위의 간부들은 제가 직접 나서면 안 된다고 하니 나설 수가 없고, 실무자 신부는 기자들하고 싸우고… 그게 저한테 큰 아픔이고 부끄러움이에요.[115]

힘겹게 시작했지만 성과는 눈부셨다. 《평화신문》은 창간 직후부터 품위 있는 글과 신랄한 기사들을 잇달아 쏟아냈다. 서울법대 최종길 교수가 중앙정보부에서 조사를 받다 의문사한 사건(1973. 10)에 대한 기사도 그중 하나다. 장준하와 더불어 유신시대의 대표적 의문사로 꼽히는 최종길 교수의 죽음[116]을 한국 언론 최초로 본격적으로 파헤쳤던 것이다. 그 기사가 실렸던 1988년 10월은 당시 15년이던 살인죄의 공소시효 만료를 코앞에 둔 시점이기도 했다.

02

무기수 신영복의 옥중 편지

《평화신문》은 1988년 7월 10일자를 시작으로 네 차례에 걸쳐 '통혁당 사건의 무기수 신영복 씨의 편지'를 실었다. 연재가 시작되자마자 그 글에 공감한 시민과 독자들의 성원이 빗발쳤다.

간첩단 사건에 연루되어 무기징역을 선고받은 사람의 글을 연재한다는 것은 보통 용기가 없이는 불가능한 일이었다. 지금도 그러한데, 하물며 그때는 5공 독재의 후계자인 노태우 정권 시절이 아니던가! 당시《평화신문》의 결단은 드레퓌스 사건을 폭로한 프랑스 작가 에밀 졸라의 용기에 비견될 만하다.

유태인 출신 프랑스 장교 알프레드 드레퓌스(1850~1935)는 독일 측에 기밀문서를 넘겨주었다는 혐의로 체포되어 군사재판에 회부되었다. 군부가 조작한 가짜 서류와 위증이 이어진 불공정한 재판

끝에 결국 유죄판결을 받았고, 1895년 1월 기니 소재의 '악마의 섬'으로 유배되었다.

이후 드레퓌스의 형 마티브가 동생의 억울함을 호소하는 진정서를 제출했고, 문제가 되었던 문서의 필적이 다른 장교의 것으로 드러났다. 에밀 졸라와 조레스를 비롯한 양심적 지식인들이 재심을 요구하는 등 진실 규명에 나서면서 프랑스에서는 양심적인 '드레퓌스주의자'들과 진실을 묻으려는 '반 드레퓌스주의자'들의 치열한 진실 공방이 펼쳐졌다. 그것은 곧 프랑스 진보세력과 보수반동세력 간의 전면 대결이기도 했다.

동서 어디서나 독재자와 그에 부역하는 공권력은 진실보다 거짓에 능숙하고, 필요하면 범인마저도 조작하려 든다. 진실이 드러나도 과오를 인정하지 않고 외려 새로운 조작을 시도하기도 한다. 그리고 진실을 영원히 땅속에 묻으려 한다.

독재권력에 맞서 진실을 밝히는 작업은 쉽지 않다. 자기희생이 요구되고, 조작된 가짜 증언, 권력과 유착된 언론의 진실 은폐가 사람들을 현혹시키기 때문이다. 인류사에서 얼마나 많은 진실이 묻히고 거짓이 행세했는지. 얼마나 많은 사람이 억울한 죄를 뒤집어쓰고 형장에 서거나 옥살이를 했는지. 역사는 이에 침묵하는 경우가 적지 않았다. 그러나 예외가 없는 것은 아니다. 소수이지만 용기 있는 지성인과 진실을 밝히려는 언론인이 있었기에 가능했던 일이다. 진실의 맥은 이렇게 하여 지켜지고, 정의는 여전히 인류의 소중한 보편적 가치로 존중받는다.[117]

《평화신문》에 연재되었던 신영복의 옥중 편지를 엮은 《감옥으로부터의 사색》 초판본 표지. 손글씨 위로 '검열필'이라는 도장이 또렷이 보인다.

다음은 대표적인 드레퓌스주의자였던 에밀 졸라의 "나는 고발한다"라는 글의 일부다. 1898년 1월 13일 진보매체 《로로르L'Aurore》에 실렸던 이 글은 당시 프랑스 대통령이던 펠릭스 포르에게 보내는 공개 편지의 형식을 띠고 있다.

저는 진실을 말할 것입니다. 법적인 권한을 부여받은 사법부가 완전무결한 진실을 말하지 않는다면 제가 말할 것을 맹세했습니다. 이것은 제 의무이기도 합니다. 공범이 되고 싶지 않기 때문입니다. 그러지 않으면 세상을 잃어버린 먼 곳에서 결코 저지르지 않은 범죄의 대가로 고통을 겪고 있는 저 불행한 자의 망령이 밤마다 저를 찾아올 것입니다. 대통령 각하! 각하를 위해 저는 이 진실을 온 세

정의의 길, 세 개의 십자가

계로 외칠 것입니다.

온 힘을 다해 정직한 한 인간의 외침을 세계로 전할 것입니다. 각하의 명예를 생각해볼 때 저는 각하가 사실을 알지 못한다고 확신합니다. 그러나 누구 앞에서 제가 범인의 악행을 규탄할 수 있겠습니까?

이 땅에서 최고의 권위를 가지고 있는 각하 앞이 아니라면?[118]

에밀 졸라의 글이 그랬듯 신영복의 글도 독자들의 열렬한 반응을 이끌어냈다. 이에 대해 《평화신문》은 이렇게 밝힌 바 있다.

처음에 신 선생의 글을 《평화신문》에 싣기에 앞서 다소 망설였던 것을 고백하지 않을 수 없다. 안 그래도 《평화신문》이 소외되거나 인권이 유린된 사람들의 이야기만을 실어 어둡고 그늘지다는 얘기를 듣고 있는 터에 감옥에서 보낸 편지, 그것도 언제 나올지 모르는 무기수(이렇게 말하는 것을 용서받을 수 있다면)의 글을 싣는다고 짜증 섞인 항변은 없을는지 걱정하지 않을 수 없었던 것이다.

그러나 그것은 우리의 기우였다. 가장 고통스러운 속에서 나오는 평화의 메시지로서, 인간의 마음 가장 깊은 곳에 가 닿는 조용한 호소력이 신 선생의 글에는 있었던 것이다. 신문에 실린 편지를 읽고 울었다는 사람도 있고 온몸으로 쓰는 글이기 때문에 심금에 와 닿는다고 하는 사람도, 신 선생을 위하여 기도한다는 사람도, 주소를 묻는 사람도 있었다.[119]

신영복은 그해 8월 15일 광복절 특사로 20년 만에 출소했고, 9월에는 그의 옥중 서간집 《감옥으로부터의 사색》이 출간되었다. 위 인용문은 당시 그 책에 '평화신문' 명의로 실렸던 서문의 일부다. '감옥으로부터의 사색에 부쳐'라는 제목의 그 서문에는 신영복의 글을 신문에 실을 때의 고뇌뿐 아니라, 출간에 대한 남다른 감회도 담겨 있다.

이제 우리가 감히 앞을 자르고 위를 쳐서 겨우 신 선생의 참뜻을 일부(교도소 검열을 거친 것이기에 사전에 여과된 것까지 치면, 더욱 그렇다)만을 전한 것이 늘 죄송스럽더니 이제 신 선생 편지의 전문이 비교적 다 살려진 채로 세상에 한 권의 책이 되어 나온다고 한다. 우리가 못다 한 일이 마침내 이루어지는 것 같아서 여간 반가운 것이 아니다.

이제 《평화신문》을 통해서 겨우 신 선생의 절제된 체취와 사색의 일단만을 보아온 독자들이 보다 가깝게 신 선생 내면의 사색을 접근할 수 있게 된 데 대해 만세를 부르고 싶은 심정이다. 더구나 지금은 신 선생이 밖에 나와 있지 않은가.[120]

정의의 길, 세 개의 십자가

"멍에는 부수고 십자가는 짊어져야"

목수가 집을 짓는 건 자기가 살기 위해서가 아니다. 《평화신문》과
《평화방송》이 어느 정도 궤도에 오르면서 그는 지체 없이 경영 일선
에서 물러났다. 혼신을 다해 창간한 매체를 떠난다는 별리의 감정
보다는, 애초의 구상에서 변질한 것에 대한 아쉬움이 묻어난다.

저 개인으로 볼 때는, 거기 있었다면 제도권의 한 사람으로 남았
을 수밖에 없잖아요. 경영인으로서 부자유스러울 수도 있었는데
결국엔 그런 과정을 잠시 거쳐 자유인으로 돌아왔기에 그저 편안
합니다. 그래도 방송의 방향에는 아쉬움이 여전하죠. 창립정신 그
대로 교회도 자성하고 역사와 함께 나아가면서 세상을 껴안고, 제
2차 바티칸 공의회가 말한 대로 시대적 징표를 안고 가는 언론과

1993년에 출간된《멍에와 십자가》표지.
함세웅이 서문을 쓴 날짜는 14년 전 김재규의 '거사'
일과 똑같은 10월 26일이다.

방송이 되었다면 참 좋았을 텐데… 교구장이나 주교들의 행사, 신
부들의 축일이나 알려주는 그런 관보형이 되어선 곤란하지요. 두
드리면 그저 울리기만 하는 꽹과리같이 말입니다.[121]

1992년 10월, 함세웅은 가톨릭대학을 떠나 장위동성당 주임신부가
되었다. 바티칸 체제에 대해 비판한 것 등이 문제가 된 데다 이런저
런 학내 사정들까지 얽히면서, 1984년부터 일해온 강단을 떠난 것
이다. 오리의 짧은 다리만 보아온 사람들의 눈에 학의 긴 다리는 위
태로울 수밖에 없을 터였다.

그는 일터가 어디든 멈추지 않는다. 1993년에는 교회가 사회비판

정의의 길, 세 개의 십자가

적 기능을 해야 한다는 평소의 신념을 담은 책《멍에와 십자가》를 빛두레에서 출간했다. 표지 다음 장에 인쇄되어 있는 두 문장이 이 채롭다.

> 엘리야가 백성들에게 소리쳤다. "바알의 예언자들을 하나도 놓치지 말고 모조리 사로잡으시오." 엘리야는 백성들이 사로잡아 온 그 예언자들을 키손 개울로 끌고 가 거기에서 죽였다. <열왕> 상 18:40

> 암울했던 시대에 희망을 예시한 김재규(1926~1980) 의인義人을 기리며 이 책을 그의 영전에 바칩니다.[122]

이 책은 '전환의 계기'라는 제목의 머리글에 이어 제1부 '인간과 교회의 정치', 제2부 '우리 시대의 신학', 제3부 '교회의 민족사적 반성과 신학적 고찰', 제4부 '신앙의 스승들', 그리고 부록인 '사목 대담'으로 구성되어 있다. 머리글 말미의 '멍에는 부수고 십자가는 짊어져야'에서 함세웅은 이렇게 쓴다.

> 신앙이란 무엇인가. 매순간 매일 하느님을 생각하며 보다 옳고 참된 것을 선택하는 결단의 행위 그리고 반복이다. 때문에 다소 다른 기회와 장소에서 얘기되고 집필된 나의 말과 글에는 늘 반복되는 주제가 있다. 끊임없는 선택과 투신, 그리고 성찰과 자기반성의 작업이다. 때문에 교회에 대한 성찰 부분에서 일제 치하에서의 부끄러운 교회의 모습과 그 이후의 기계적 반공논리, 현실 개혁에

투신해야 할 신앙인의 임무 등에 대해서는 같은 내용이 중복되고 있다.

왜냐하면 우리 시대의 긴박한 주제와 과제는 마땅히 청산해야 할 부끄러운 과거를 말끔히 씻어내는 것이라 생각되어 이 점이 더욱 분명히 밝혀져야 한다는 뜻에서 기회 있을 때마다 이 점을 강조하고 반성키 위해서였다. 반성과 성찰은 마땅히 반복해야 할 그리스도인의 기본 전제며 회개 바로 그것이기 때문이다.

우리 모두 진지하게 나 자신, 사회와 교회, 그리고 민족의 문제를 깊이 성찰해보자. 진지한 성찰은 큰 힘, 새로운 창조력을 안겨준다.[123]

유독 눈에 띄는 것은 이 서문의 마지막에 적힌 날짜다. 공교롭게도 김재규가 '거사'를 감행했던 날과 똑같은 10월 26일이다. 그래서일까. 그는 서문 말미에 이렇게 적어놓았다.

1993년 10월 26일
미완성의 혁명, 그날의 의미를 되새기며
장위동에서 함세웅[124]

교회의 민족사적 반성과 신학적 성찰

《멍에와 십자가》에는 지금 읽어도 통절한 내용들이 담겨 있다. 제2
부 '우리 시대의 신학'에서는 해방신학, 평화사상, 여성신학 등에 대
한 그의 소신을 확인할 수 있고 제3부 '교회의 민족사적 반성과 신
학적 고찰'에서는 민족통일을 위한 신학적 모색, 광주민중항쟁에 대
한 신학적 고찰과 같은 묵직하면서도 예민한 주제들이 다뤄진다.

　제3부의 글들 중에서 '한국 천주교회에 대한 민족사적 반성과
신학적 성찰'이라는 논설을 잠시 살펴본다. 천주교 신부의 위치에서
이런 글을 쓴다는 건 보통 용기와 식견이 없이는 가능하지 않았을
것이다. 어떤 집단이건 내부의 비판은 당장은 아픔이지만, 길게 보
면 집단의 건강성을 유지하는 데 큰 도움이 된다.

　이 논설은 ①역사적 성찰 ②현실적 반성 : 철저한 회개, 철저한

믿음 ③미청산의 현실, 미청산의 교회 ④교회의 거듭된 변신 ⑤광주민중항쟁 시기의 교회 ⑥민족통일을 위한 교회의 노력으로 구성되어 있다. 그중 몇 대목을 인용한다.

역사적으로, 새로운 사상과 종교는 언제나 기존의 가치와 수구적 문화권에 의해 거부되고 제동받아왔다. 18세기 말 천주교가 이 땅에 수용될 당시의 경우도 예외는 아니었다. 어쨌든 당시 천주교는 많은 구도자들에게 신선한 청량제가 되었다. 특히 양반, 상민 등이 엄존한 계급사회에 만민이 평등한 형제자매라는 가르침은 충격적인 매력이었으며 또 한편으로는 당시 권력층에 의해 천주교가 거부되고 박해받는 중요한 이유가 되기도 했다. 이른바 서학사상은 초기 남인의 소장학자를 중심으로 연구의 대상이 되다가 서민 대중, 곧 중류와 상민층에 뿌리를 내리게 되는데 이는 만민평등사상이라는 획기적 가르침에 크게 기인한 것으로 여겨진다.

믿음이란 무엇인가? 하느님에 대한 철저한 신뢰를 말한다. 보다 구체적으로 믿음이란 하느님을 설파한, 그리고 하느님 나라를 선포한 예수에 대한 철저한 추종을 뜻한다. 예수에의 추종, 그리스도를 철저히 따른다는 것은 결국 무엇인가? 그것은 예수를 본받는 것이다. 예수의 삶을 반복하는 것이다. 예수의 삶이란 십자가의 죽음을 통해서 이룩된 부활의 삶이다. 때문에 사도교부인 안띠오키아의 이냐시우스는 그리스도를 추종한다는 것은 필연적으로 순교의 길을 걷는 것이라고 역설했다. 순교란 하느님께 대한 철저한 신

정의의 길, 세 개의 십자가

뢰의 완성된 결실이다.

1945년 8월 15일을 우리는 일제로부터의 해방이라 불러왔고 그렇게 배우고 가르쳐왔다. 그러나 과연 8·15가 해방인가? 아니다. 그것은 공허한 개념뿐이다. 1945년 8월 15일은 일제의 자리를 미군정이 이어받았을 뿐, 결코 우리 민족의 해방이 아니었다는 사실을 우리는 이제야 깨닫게 된 것이다. 일본의 패전 소식을 듣고 우리의 손으로 조국의 독립과 해방을 이룩하지 못했던 김구는 바로 이를 예견했기에 땅을 치며 울었다. 김구의 예견은 적중했다. 상해 임시정부는 민족의 희망이며 꿈이었다. 그런데 미군정에 의해 임시정부는 주권을 상실한 채 내 나라 내 땅에서도 여전히 망명정부일뿐이었다. 아니, 해체되어 존재마저도 잃고 말았다. 민족의 긍지와 자존심이 여지없이 짓밟힌 또 하나의 수치며 죽음이었다.

일제의 잔재를 청산치 못해 역사의식과 민족의식이 결여된 남한사회는 이러한 원죄 때문에 아직도 중병을 앓고 있다. 되돌아온 악령의 비유(마태오복음 12:44 참조)에서는 말끔히 치워지고 잘 정돈되어 있는 곳에도 다시 더 흉악한 악령 일곱을 데리고 온다 했거늘 하물며 치워지지도 않고 정돈도 안 된, 청산되지 않은 한국사회에 일제보다 더한 악령이 얼마나 더 많이 쉽게 침입해 오겠는가 하는 무서운 생각이 든다.

쇄신의 노력과 증언의 삶을 펼치는 이들에게 장애가 만만치 않았

다. 대구에서 발간되는 《가톨릭 시보》의 왜곡된 보도와 거짓 정보
는 오원춘 사건의 보도가 그 대표적인 것으로 교회를 분열시켜 많
은 이들을 혼란시켰다. 주교단 또한 시국과 관련하여서는 꼭 특정
한 지역의 입김을 강하게 받은 양의적 문건을 결정적 시기에 발표
하여 민주세력을 방해하는 이중적 입장을 취했다. 그러나 국민적
열망과 신자들의 열정은 이 모든 장애를 극복하고 올바른 내용을
파악하여 뜻있는 사제, 수도자, 평신도들이 보여준 한국교회의 현
실개혁의 노력에 찬사를 아끼지 않았다. 이 시기는 참으로 시대적
요청과 국민의 바람이 교회의 제도를 넘어 교회의 참된 자기실현
을 가능하게 했던 때라고 생각된다.

2천년대를 위한 복음화는 민족사적인 반성과 민족과의 합일이라
는 그리스도 강생에 대한 올바른 신앙고백과 그 실천을 통해서만
실현된다. 복음화란 결코 공허한 개념이나 신자들의 물량적 증가
또는 행사 중심의 구호운동이어서는 안 된다. 복음화란 예수 추종
의 장엄한 고백과 선언이며 올바른 가치관의 설정이다. 그것은 잘
못된 과거에 대한 분명한 청산을 전제로 한다. 따라서 2천년대 복
음화를 외치기에 앞서 우리는 잘못된 우리의 삶, 잘못된 우리의 과
거를 공개적으로 성찰하고 고백해야 한다. 사실 20세기 교회의 새
로운 모습을 일구어내고 새로운 방향을 설정한 제2차 바티칸 공의
회의 기본정신인 아죠르나멘또Aggiornamento와 쇄신, 갈라진 형제
와 세상에 대한 개방적 자세, 특히 봉사와 대화 등을 바탕으로 한
국교회가 새로 태어나야 한다.[125]

정의구현사제단 창립 20주년

1994년은 함세웅에게 유난히 분주한 해였다. 정의구현사제단 창립 20주년을 맞아 서울, 광주, 부산, 의정부 수련장 등에서 심포지엄을 갖고 9월 26일에는 명동성당에서 기념미사를 봉헌했다. 20주년을 맞아 발표한 사제단의 〈20주년 선언〉에서 그의 의지의 일단이 엿보인다.

우리는 민중이 스스로의 운명의 열쇠를 가질 때 모든 문제가 올바른 해결로 귀결되고 위대한 민주의 날이 올 것이라고 믿는다. 우리는 민족성원 각자가 제몫을 하게 하는 데 헌신하고 이 민족, 이 민중 속의 교회에 몸담고 있는 사제로서 우리들 몫으로서의 십자가를 지고 나아가고자 한다. 우리는 이 겨레와 역사 앞에 진리를 증

언하려고 났으며 진리를 증언하려고 왔다고 언제나 말할 수 있게
되기를 바란다.[126]

함세웅과 함께 정의구현사제단 활동을 해온 문규현 신부가 그해
《한국천주교교회사》를 출간했다. 문 신부는 '책머리'에 사제단 창립
20주년을 기념하는 헌시를 실었다.

천주교정의구현전국사제단.
부족하고 엉성한 모양새로
민족의 희망과 빛나는 미래에 기대고 의지하며 20년.
이제 다 컸습니다.
세상을 다 짊어져도 너끈할 어른이 되었습니다.
이 청춘의 기세로,
끊임없는 고백 가운데
민족 안의 참신앙 공동체로 단단히 자리매김할 것을
깊이 소망합니다.
'겨자씨라도 될 수 있다면' 하는 마음으로
거기 함께 아파하고 함께 자라온 이가
이 글을 드립니다.
더불어,
진리 안에서 자유로운 벗들,
모자라기만 한 능력을 메꾸어주느라
보이게 보이지 않게 애를 써준 고마운 손길들,

그 모든 이들과 서로 가슴 부비며

또 한 걸음,

앞으로 나아가려 합니다.[127]

함세웅은 이 책의 추천사 격인 '함께하는 글'에서 사제단 20주년의
의미와 사제로서의 성찰을 이렇게 정리하고 있다.

올해로 천주교 정의구현전국사제단은 창립 20주년을 맞이합니다.
우리는 한국교회의 부끄러웠던 모습을 다 깨닫지도 못한 채 우리
교회가 민족을 위해 나름대로 큰일을 해왔었다는 긍지와 함께 소
박한 마음으로 지학순 주교님을 비롯한 수많은 학생, 시민, 노동
자, 농민, 법조인, 교수, 언론인, 문인 등 민주화를 위해 고뇌하고
고통당하는 분들의 자리에 함께하고자 했습니다. 그리고 우리는
나름대로 신앙인으로서 또 같은 민족 구성원으로서 할 일을 했다
고 자부도 해봅니다.
　그런데 이런 자부심도 결국 한국교회의 부끄러움의 찌꺼기임을
이제야 깨닫습니다. 그래서 우리는 민족과 함께하는 교회의 길을
다짐하면서 우리 교회가 걸어온 부끄러운 발자취를 반성합니다.
민족 앞에 고백합니다. 그리고 다시 시작하고 새롭게 출발합니다.
　분단의 벽을 부수고 민족의 통일을 이룩하려 합니다. 교회의 분
열, 종교의 배타적 자세, 그 고질적 병폐를 송두리째 뿌리 뽑고 공
존의 삶, 수용의 자세, 합일적 완성의 보편해방의 구원을 실현하도
록 다짐합니다. 하늘과 땅, 그것은 모두가 함께 살고 함께 나누어

야 함을 일깨워주는 교사입니다. 공유共有의 원리로, 민족의 역사,
민족의 구성, 민족의 삶, 그 자리에서 신앙인의 임무와 역할, 그리
고 교회의 존재 이유를 분명히 깨닫습니다.[128]

06

평양으로 가는 먼 길 : '밀입북'에서 '공식 방북'까지

노태우와 김영삼이 집권했던 10년(1988~1997)은 남북관계에 있어 혼돈과 격정의 시기였다. 1988년 7월 7일 노태우의 '7·7선언' 발표, 1989년 3월 20일 소설가 황석영 방북, 3월 25일 문익환 목사 방북, 6월 30일 임수경의 평양 세계청년학생축전 참가 등 굵직한 일들이 잇달아 일어났다.

전국대학생대표자협의회(전대협)에서 감행한 임수경 방북은 한국 사회에 강렬한 충격과 논란을 불러일으켰다. 북한의 선전에 놀아나는 이적행위라는 주장과 민족통일을 향한 순수한 열망의 표현이라는 주장이 충돌하는 가운데, 정의구현사제단은 천주교 신자인 임수경을 보호하기 위한 방안을 비밀리에 마련했다. 당시 미국에 있던 문규현 신부를 사제단 대표로 평양에 파견하기로 한 것이

다. 문규현 신부는 베이징을 거쳐 7월 26일 평양에 도착했고, 약 3
주 뒤 임수경과 함께 휴전선을 넘어 서울로 귀환했다.

광복절인 8월 15일 오후 2시 20분, 태극기를 몸에 두른 임수경
과 문규현 신부가 손을 꼭 맞잡은 채 군사분계선을 넘었다. 평양
으로 가는 길은 꼬박 열흘이 걸렸지만 돌아오는 길은 너무도 짧았
다.[129] 판문점에 도착한 두 사람은 불과 몇 초 만에 반세기 동안 이
어져온 분단의 장벽을 통과했다. 그들은 분단 이후 판문점을 통해
북에서 남으로 넘어온 최초의 민간인으로 기록되었다. 비록 그 경
계선을 넘는 순간 곧바로 안기부 수사관들에게 체포되고 말았지만.

두 사람에게 적용된 건 수많은 민주화운동가들을 옭아맸던 희대
의 악법, 국가보안법이었다. 그들에겐 반국가단체의 지령 수수, 잠
입 탈출, 찬양고무 혐의 등이 적용되었고, 9월에 대법원에서 각각
징역 5년, 자격정지 5년이 확정되었다. 그리고 3년여 동안 복역하다
가 1992년 12월 24일 성탄절 특사로 풀려나게 된다.

이 사건으로 남국현, 구일모, 박병준, 문규현 등 네 명의 사제들
이 구속되었다. 7월 26일 사제단에서 문규현 신부 평양 파견을 발
표한 직후에 곧바로 사전구속영장이 발부된 터였다. 함세웅은 구속
은 면했으나 정신적 고통은 이만저만이 아니었다. 임수경이 감옥에
있을 때는 면회를 다녔고, 뒷날 국회의원이 되었을 때는 후원회장
을 맡았다.

청주여자교도소에 있을 때 종종 면회를 갔어요. 가톨릭 신자니까
요. 성체를 모시고 갔는데, 힘들어하더라고요. 신앙으로 이겨내라

정의의 길, 세 개의 십자가

1989년 판문점을 넘어 함께 귀환했던 임수경 전 의원과 문규현 신부가 30년 뒤인 2019년 '평화와 통일을 여는 사람들'(평통사) 행사에서 함께 무대에 올랐다. 맨 오른쪽 마이크를 잡은 사람이 함세웅이다.

고 했는데 고초를 많이 겪었어요. 임수경이 국회의원 할 때 제가 후원회 회장이 되었어요. 상징적으로 해달라고 해서 후원회 회장을 맡았지요.[130]

임수경, 문규현 방북 사건은 사제단을 위축시키기는커녕 오히려 발분의 계기가 되었다. 1994~95년 북한에 큰 홍수가 났을 때 사제단은 모금을 해서 자선단체인 홍콩 까리타스CARITAS를 통해 이재민을 도왔다. 그렇게 길이 트이면서 북쪽의 천주교 중앙협의회 앞으로 자전거, 목욕용품, 쌀 등을 잇달아 후원했다. 자전거는 중국산 제품을 구입하여 현지에서 바로 보냈다. 정의구현사제단의 통일위원회가 이런 일들을 주로 수행했다.

함세웅은 1998년 8월 북한의 장충성당 건립 10주년을 맞아 그

곳에서 미사를 봉헌하기 위해 김승훈, 문정현, 리수현, 안충석, 박승원, 문규현, 박기호, 전종훈 신부와 함께 평양으로 갔다. 분단 이후 처음으로 천주교 신부 9명의 방북이 성사된 것이다. 밀입북이 아니고 정식으로 정부의 승인 절차를 밟은 행사였다. 김대중 정부 시절이어서 가능했던 일이다.

예상대로 북한에서의 활동은 자유롭지 못했다. 당국의 지나친 통제에 대해 여러 차례 항의하고 관계자들과 언쟁을 벌였지만 '자유여행'은 허락되지 않았다. 8월 15일 장충성당에서 미사가 열렸을 때 함세웅은 아주 긴 강론을 했다. 북한 관계자들이 미사 내용을 현장에서 체크했으나 발언을 막지는 않았다.

김승훈 신부님이 주례를 하시고 저는 강론을 했어요. 북한에서 봉헌하는 첫 번째 미사니까 강론을 좀 길게 했어요. 이 사람들이 하도 모르니까 교리를 좀 가르치겠다는 생각도 하면서요. 일제로부터 해방된 광복절의 기쁨도 이야기하고, 성모승천축일인데 성모님이 하늘로 올라가신 의미가 무엇인지를 말해주었고요.

루카복음에서 성모님에 관한 부분을 골라서 마리아의 믿음, 예수님 돌아가셨을 때 십자가 밑에 계셨던 성모님의 고통은 찢긴 민족의 아픔과 똑같다…. 이렇게 성모 마리아의 축일과 민족사를 함께 엮어 교리를 설명했어요. 그분들에게는 아직 해방신학 같은 것 이야기하면 안 돼요. 그저 성경대로만 해도 해방적 의미가 다분하지요.[131]

정의의 길, 세 개의 십자가

07

겨레의 하나됨을 위한 기도

사제단 일행은 방북 일정을 마치고 중국 다롄을 거쳐 베이징에서 귀국길에 올랐다. 귀환 후 국정원 요원들이 문규현, 전종훈 두 신부를 연행해갔다. 강제로 안내된 평양의 금수산 궁전(김일성 주석의 시신이 안치된 곳)에서 방명록에 쓴 문구와 북한 방송에서 한 의례적인 발언이 그 이유였다. 문규현 신부의 경우, 방북 사제단의 대표 자격으로 떠밀리다시피 했던 발언을 국정원이 문제 삼은 것이다.

결국 함세웅이 해결사로 나섰다. 오래전부터 연이 있었던 김대중 대통령의 아들 김홍일 의원을 통해서였다.

국정원에서 문규현과 전종훈 신부 둘을 연행해갔어요. 김대중 정권 때인데, 김홍일 의원에게 전화를 했어요. "내가 증인인데, 여기서 보고받은 것과 사실이 다르다'라고 설명했어요. 그때 신건 씨가 국정원 2차장이었어요. 그분과 연결이 되어 제가 국정원에 가서 수사국장을 만났어요. 모든 걸 다 얘기해줬어요. 그런데 라종일 당시 국정원 제1차장은 쓰윽 빠지는 거야. 처음엔 신부님들 맘대로 하라고 해놓고서는….

문규현과 전종훈 신부는 라종일의 보장이 있었으니까 그걸 믿고 그렇게 행동한 거였어요. 나중에 일이 꼬이니까 라종일이 발뺌을 하고, 우리가 도착하는 아침에 정진석 교구장을 찾아가서 저희들에 대한 보고를 다 한 거예요. 그러니까 서로 오래된 사이였던 거죠. 저는 그날 12시에 지구회합에서 북한 갔다 온 얘기를 죽 했어요.

정진석 교구장 옆에 앉아 북한 얘기를 하는데 정 교구장은 아예 듣지를 않으려고 해요. 그게 좀 이상하다고 생각했는데, 나중에 알고 보니까 라종일이 교구장에게 사전에 왜곡된 보고를 해서 선입견이 있었음을 알게 됐어요.[132]

방북과 귀국 후에 여러 가지 곡절이 뒤따랐지만 통일을 향한 함세웅의 신념에는 변함이 없었다.《멍에와 십자가》맨 뒷장에 쓴 '겨레의 하나됨을 위한 기도'는 그의 한결같은 통일정신과 소망을 담고 있다.

겨레의 하나됨을 위한 기도

일치의 하느님!
분단체제에 안주해온 지난날들을 깊이 뉘우치며
천만 이산가족의 아픔,
칠천만 갈라진 겨레의 아픔을
저희의 아픔으로 삼게 하소서.
분단 반세기가 되도록
불신과 미움을 강요당하며,
가난과 억압, 슬픔과 좌절을 살아온
온 겨레의 한 맺힌 아픔을
저희의 아픔으로 삼게 하소서.
믿음과 희망과 사랑의 하느님!
겨레의 사랑이 곧 하느님 사랑이며,
인류의 사랑임을 알게 하시고
겨레의 일치와 하나된 조국을 확신케 하소서.
불신의 우상을 부수고,
맺히고 꼬인 것을 풀어
평화를 이루는 그리스도의 삶을
우리 모두 살게 하소서.
그리하여 하나된 조국과 마음을
당신께 향기로운 제물로 바치게 하소서.
우리 주 그리스도의 이름으로 비나이다. 아멘.[133]

08

상대가 누구이건 할 말을 한다

함세웅의 말과 글은 논리적이지만 매우 날카롭다. 사회적 강자를 상대할 때 특히 그러하다. 상대가 아무리 높은 위치라도 할 말을 하고 주저 없이 잘못을 지적한다.

김대중 대통령이 집권하고 얼마 뒤 함세웅은 청와대의 초청을 받았다. 김승훈, 김택암, 안충석, 문규현 신부와 함께였다. 김대중은 민주화운동의 동지이자 '옥중 동지'였다. 취임 초기에 정부가 '제2건국위원회'를 준비하면서 함세웅에게 참여를 요청했으나, 신부는 그런 데 들어가는 게 아니라며 사양했다. 다음은 그가 청와대에서 직언했던 내용이다.

인사에 대해서도 이렇게 언급했어요. "호남 분들을 잘 기용하는 것

함세웅은 오랜 동지였던 김대중 대통령 앞에서도 직언을 망설이지 않았다. 2009년 8월 19일 김대중 대통령 장례미사에서 강론하는 함세웅.

은 좋은데 대통령께서 쓰시는 호남 인사들은 사실 과거 정권 때다 공직을 맡으신 분들입니다. 출신은 호남이지만 사실상 호남인들을 짓밟고 고통을 준 분들인데, 호남인이라는 이유 때문에 다시 승승장구하게 하는 건 조금 잘못된 것 같습니다.

동진정책 쓰신다고도 하셨는데 그럼 영남이나 대구에서 민주화를 위해 애썼던 분들을 써야지, 김중권을 비서실장으로 중용한다든지 정보부에서 인권탄압의 대명사였던 이용택 같은 사람들을 기용하는 건 안 됩니다. 우리가 참 가슴이 아픕니다. 그리고 외교면에서 훌륭하시고 경제정책도 잘하신다는 평이 있지만, 많은 분들이 김영삼 대통령 때의 인사정책과 김대중 대통령의 인사정책이 조금도 다르지 않다고 불평합니다. 그런 이야기를 들으면 저희들 마음이 참 아픕니다.[134]

그의 직언은 안팎을 가리지 않는다. 가톨릭 내부의 김수환 추기경을 비롯한 김옥균, 정진석 주교 등과의 갈등은 바깥사회에도 널리 알려진 바 있다. 정확히 말하면 '갈등'이라기보다는 고분고분하지 않는 '이의 제기' 또는 '반론'이라 해야 할 것이다.

김수환 추기경과는 로마 유학시절부터 그가 로마에 오면 시중을 드는 등 좋은 관계로 시작했고 추기경도 그를 무척 아꼈다.

위치와 역할은 다르지만 마음속으로는 한 시대를 같이했다고 생각해요. 추기경하고 논쟁할 때나 신학교를 떠나올 때 이런 말씀을 드렸어요.

"추기경님은 교구장으로 저와 위계관계에 있지만, 하느님 앞에서 한 형제입니다. 예수님의 가르침 안에서는 항상 형제애를 앞세우면서 대화해야 합니다."

이러면서 제가 신학교의 문제점을 자세히 이야기했어요. 본인은 전혀 몰랐대요.

"몰랐으면 고치시면 좋겠다"라고 했는데 안 고쳐요. 그런 내용들로 서로 마음 아픈 대화를 종종 하고…."[135]

김 추기경과 사이가 벌어진 것은 시국관과 대처 방식의 차이 때문이었던 것 같다. 함세웅은 유신과 5공 체제가 가톨릭이 추구하는 하느님의 정의와 배치된다고 보았기 때문에 이를 거세게 비판하고 저항에 앞장섰다. 그때까지는 별문제가 없었지만 1990년대부터 추기경과의 관계가 조금씩 벌어지기 시작한다.

> 이전에는 추기경이 저희들이나 인권변호사들과 자주 만나고 상의 했잖아요. 그런데 1990년 전후부터 추기경과의 접촉이 지속되지 않았어요. 이분이 은퇴하고 혜화동에 계셨는데 변호사들이 안 가신 거예요. 우리 쪽과는 접촉이 안 되는 사이에 추기경께 정보를 주는 이들이 맨날 그렇고 그런 사람들이니까, 뭔가 조금씩 변질되기 시작했어요.
> 촛불시위[136] 할 때인가 추기경이 "시위는 안 된다"라고 한 발언을, 정치적 의도에 맞다고 신문들이 대서특필했잖아요. 그래서 제가 시대착오적인 발언이라고 몇 마디 반박했더니 《조선일보》가 크게 싸움 붙이고 이간질하고 그랬어요.[137]

1991년 12월에 월간 《사목》이 특별 기획으로 김남수 주교(주교회의 의장), 함세웅 신부, 진교훈 교수(서울대 철학과), 김정수 신부(《사목》 주간) 등이 참석한 가운데 '1990년대에 즈음한 한국 천주교회의 실상'이라는 주제의 대담을 진행했다. 그 자리에서 함세웅은 김남수 주교와 시국관, 노동문제, 교회의 역할 등에서 줄곧 충돌했다. 다음은 당시 함세웅의 발언 중 일부다.

대화의 초점이 흐려지는군요. 어쨌든 부분부분 부딪치는 것 같아 죄송한데, 성직자들의 본래 임무, 정치인들의 본래 임무를 구별해야 한다는 주장 이면에는 기계적 선입견과 정직하지 못한 저의가 깔려 있습니다. 우선 고정된 관념과 선입견의 틀에서 벗어나야 합니다. 구원은 보편성과 총체성을 지니고 있는 복음적 요구입니다. 때문에 모든 영역이 구원의 대상입니다.

만일 정치가 썩고 부패했다면, 정치적 영역을 제외한 인간 구원이 가능합니까? 정치적 영역이 바로 정화와 구원의 대상입니다. 정치란 무엇입니까? 개인과 공동체가 보다 쉽고 완전하게 자기완성을 이루게 하는 공동선 실현을 위한 보조적 장치입니다. 따라서 인권 구원은 정치 영역을 포괄하고 있습니다. 부패한 정치, 불의한 정치인들에 대한 고발과 회개의 재촉은 교회가 지닌 예언자적 소명의 하나일 뿐입니다.[138]

세속적인 기준에서 보자면 그의 이런 돌직구 스타일이 '출세'의 걸림돌이 되었을 수도 있다. 실제로 2006년 정진석 주교가 추기경이 될 즈음에 세간에는 "함세웅이 김수환 추기경이나 교회 안에서 세력이 있는 주교들에게 고분고분하고 반독재 투쟁을 접었으면 주교를 거쳐 추기경이 되었을 것"이라는 말이 회자되었다.

함세웅 본인은 어떻게 생각할까? 훗날 어느 언론인과 주고받았던 대화 속에서 그에 대한 답변을 찾을 수 있다.

"고위 사제가 되는 등 다른 길로도 갈 수 있었지 않았나?"

그런 가능성은 있었겠지만, 그랬다면 관료체제에 찌들고 어용화된, 지금의 저와는 많이 다른 사람이 되어 있을지도 모른다. 그것보다는 저는 시대의 부름에 응답해서 그때마다 최선을 다해서 동료들과 뜻깊게 보낸 것이 기쁘다. 하느님과의 바른 관계를 유지하자는 신학교 때의 초심을 늘 간직하려고 노력했고, 어느 정도 지킨 것 같아서 감사하다.[139]

09

여성신학 탐구 : 남성 중심 교회에서 평등의 교회로

함세웅은 학구열이 대단하다. 근본주의 교리만 추종하는 대속신앙, 기복과 황금만능주의에 빠져 있는 교계에서 끊임없이 탈주를 감행하며 돌파구를 찾는다. 여성신학의 탐구에 나선 것도 그런 노력의 하나다. 해방신학에 이어 전개된 새로운 신학사상이다.

반달이 반쪽이어서 반달이 아니라 반쪽만 보여서 반달이듯이, 인간 세상에도 가리워진 절반이 있다. 여성은 인류의 절반임에도 오랫동안 남성의 그늘에서 빛을 잃은 채 살아왔다. 만민평등의 천주교에서도 여성은 여전히 종속적인 존재였다.

함세웅은 1991년 잠시 미국의 메리놀 신학교에 공부하러 갔다가 여성신학을 처음 접했고, 이후 스스로 책과 자료들을 탐독하며 공부에 몰두했다. 귀국 후에 쓴 〈여성신학의 논리와 근거〉라는 논문에서 그는 "여성신학은 이제까지의 신학이 모두 남성 위주의 가부장적 사고와 남성 중심의 언어로 이룩되었다는 것을 날카롭게 비판하면서 소외된 여성을 신학의 한복판에 자리 잡게 하여 여성의 관점에서 체험한 하느님, 계시, 성서, 신학, 교회, 사회, 문화 등 전반적 문제를 다루면서 탈脫가부장제를 통한 전인적 구원관을 이룩해내고자 한다"[140]고 설파한다. 2001년에는 엘리자벳 A. 존슨의 여성신학서 《하느님의 백한 번째 이름》(바오로딸)을 번역 출간하기도 했다.

여성신학이 여성의 시각에서 하느님 그리고 역사, 우주, 문화, 성경을 새로 바라보자는 입장이라는 걸 배웠어요. 그때 《In Memory of Her》(한국어 번역서 《크리스찬 기원의 여성신학적 재건》, 김애영 옮김, 종로서적, 1986)라는 엘리자베스 쉬슬러 피오렌자Elisabeth Sch?ssler Fiorenza의 책에 나오는 마르코복음 14장에 관한 설명을 보면서 깨달았어요. 마르코복음 14장을 보면 예수님이 수난 전에 사도들하고 모여서 식사를 하는데, 어떤 여인이 300데나리온어치의 향유를 예수님 머리에 부어서 존경을 표하는 예식이 나와요. 그때 유다가 "저렇게 비싼 것을 왜 낭비하는가. 팔아서 가난한 사람을 줘야지"라고 했더니 "아니다. 이 여자는 좋은 일을 하고 있다. 나에 대한 장례를 준비하고 있다. 나에 대한 복음이 전해지는 곳마다 이 여자의 행업도 함께 전해지리라." 이렇게 쓰어 있어요.[141]

그의 지칠 줄 모르는 학구열은 탐구심으로 이어진다. 이제껏 무심히 지나쳤던 성당의 인적 구조부터가 '남성 우월, 여성 차별'로 제도화되어 있었다. 따지고 보면 자신의 전공인 교부신학의 교부^{教父}도 '기독교의 아버지'라는 뜻이니까 남성 위주의 신학사상인 셈이다.

깨달음은 곧바로 실천으로 이어졌다. 우선 사용하는 언어를 바꾸었다. 미사봉헌 때면 반드시 "형제자매 여러분"이라고 한다. 하느님에 대한 호칭도 '아버지 하느님' 대신에 '하늘에 계신 아버지이시며 어머니이신 하느님'이라 한다.

수녀들과도 많은 대화를 하고 자주 세미나를 열었다. 수녀들은 "오래전부터 사제들이 가부장적인 권위를 갖고 군림해왔다"며 성당의 남성중심주의를 비판했다. 지금껏 그 어디서도 꺼내지 못했던, 그러나 턱밑까지 차올라 있던 말이었다.

함세웅이 대학에서 여성신학을 강의하고 각종 미사에서 이를 강조하면서 일각에서는 그 '저의'를 의심하기 시작했다. 보수성이 짙은 천주교에서 여성신학은 마치 해방신학의 연장처럼 인식되었다. "저놈이 정의구현을 하다하다 안 되니까 이제 여자를 선동한다"는 악담이 어떤 신부의 입을 통해 전파되기도 했다.

그럴수록 그는 성서의 정신과 인권의 본질에서 이 문제에 접근하고 근거를 제시한다. 앞의 논문 중 몇 부분을 소개한다.

따라서 여성신학은 인간과 세상, 문화와 종교에 대한 새로운 이해를 꾀하여 여성문화를 통해 참된 인간문화를 이룩하자는 운동이다. 인간 생명체의 약해지고 마비된 부위를 계속된 치료와 운동을 통해 살려내야 온몸이 건강하듯, 여성이 소외된 남성 위주의 권위적 반쪽 문화는 여성문화의 회복과 활성화를 통해서만 완성될 수 있는 것이다. 여성신학은 이같이 잊혀지고 짓밟히고 소외된 여성의 위치를 건강한 제자리로 찾아주는 회복의 가치를 강조한다. 여성에 대한 인식과 역사, 문화적 배경이 다양한 만큼 그 해방의 노력도 다양하다.

또한 미국의 평등구현 사제단Priests for Equality이 펴낸 《마리암의 노래》는 여성학자들의 논문을 담고 있는데, 이제는 여성 스스로 여성이 지닌 충만성과 능력으로 가부장적 권위문화를 넘어 여성이 중심이 된 문화를 통해 남성 위주의 문화를 타파하고 전인적 문화, 평등문화를 형성해야 할 때라 주장하고 있다.

이들은 특히 여성의 자기완성, 자기실현을 위한 우리시대의 최대의 장애는 가부장적 교회, 성직 중심의 교계제도 교회 바로 그것이라는 것이다. 따라서 오늘의 교회가 속죄하고 실천에 옮길 회개의 첫 단계는 가부장적 문화, 남성 위주의 권위문화, 성직자 중심의 여성차별문화를 극복하고 청산하여, 참된 인간평등 문화를 교회 안에 뿌리내리게 해야 한다는 것이다.

어쨌든 이제 여성들의 깊은 사색, 성서 전승에 대한 창조적 재발견, 기존 문화질서에 대한 근원적 회의들을 통해 여성신학은 미래를 위한 공동적 가치들을 수렴하고 있는 중이다. 여성들의 아픔과 고민, 사색과 깊은 성찰은 분명히 교회와 사회 등 모든 기존 문화를 정화시키고 높여주며 풍요롭게 하는 창조적 계기를 마련하고 있다. 이것이 바로 여성신학이 지닌 창조적 가치다.[142]

10

도마 안중근의 이름으로 남북을 잇다

함세웅은 안중근 의사를 무척 존경한다. 안 의사가 천주교 신자라는 이유도 있지만 무엇보다 그분의 살신성인 정신과 평화사상이 그를 매료시켰다. 1995년 9월 5일 '안중근 의사 기념사업회'를 설립한 건 그런 이유에서다. 안 의사를 추모하는 숭모회가 그전부터 있었지만, 박정희의 '특별 배려'로 조직된 그 단체는 안중근 정신과는 격과 결이 다른 사람들이 이끌고 있다고 판단해서 새로운 기념사업회를 만든 것이다.

가톨릭 신부가 천주교 순교자들을 놔두고 굳이 안 의사의 기념사업회를 조직한 데는 한국 천주교의 과오를 속죄하는 의미도 깔려 있었다. 선대들의 죄업을 통절하게 반성하면서 안 의사의 정신을 선양하고 바르게 잇고자 했던 것이다.

프랑스 선교사들이 사목 행정을 주도했다는 시대적 상황과 한계가 있긴 했지만, 일제 치하 교회의 모습은 민족사적 관점에서 볼 때 배신과 반역 그 자체였다. 이토 히로부미를 사살한 안중근 의사를 "천주교 신자는 살인할 수 없다"는 기계적 논리를 내세워 교회 밖으로 쫓아낸 것만 봐도 그렇다. 존경은커녕 그를 향한 일말의 애정도 찾아볼 수 없었다는 사실이 우리를 더욱 슬프게 한다.

일제의 비위를 맞추기 위해 이토 히로부미의 영결식에 참석했던 뮈텔 주교가 제단 한가운데 놓인 조화와 그 밑에 적힌 '천주교회'라는 글자를 생생히 기억하여 일기에 적었다는 것은 안 의사의 항거와 너무도 대조적인 작태였으며, 당시 교회 지도자들의 대일관과 한국관을 미루어 짐작할 수 있다. (한국교회사연구소,《뮈텔일기》참조)

뮈텔 주교는 또한 의병을 도와준 풍수원의 정규하 신부(1863년 출생, 1896년 서품, 1014년 선종)와 3·1운동에 참여하여 옥고까지 치른 윤예원 신부(1886년 출생, 1914년 서품, 1969년 선종)를 문책했다. 서울 용산신학교에서는 3·1운동과 관련하여 여러 신학생을 퇴학시켰고 대구신학교는 자진 휴교를 해서 학교 문을 닫아버렸다. 심지어 교회는 3·1운동을 공식적으로 반대하기까지 했다.[143] 일제강점기 한국 교회의 부끄러운 현실이다.

기념사업회는 안 의사의 추모사업을 폭넓게 진행하였다. 2002년 중국 다롄에서 안 의사 순국 92주기 남북공동행사를 거행했고, '안중근 평화상'을 제정했으며, 해마다 학술대회와 추모공연을 열었다. 2004년에는 부설기관인 '안중근 연구원'을 결성하여 조광 고려대 교수를 소장으로 위촉했다.

1910년 3월 26일 교수형을 당한 안중근 의사의
순국 직전 모습. ⓒ나무위키

　이후에도 안중근 자료집 발간 준비위원회 구성, 의거 100주년 국제학술대회, 시민음악회, 순국 100주년 남북공동행사, 신新을사 5적 발표, 안 의사 북한 유적지 방문, 생가복원 남북관계자 협의, 《안중근과 동양평화론》중국어판 발간, 청년위원회 '청년 안중근' 발족, 문화예술위원회 발족, 한중일 청년 동양평화회의 개최,《안중근 전집》발간 등 실로 다양한 활동을 이어오고 있다. 함세웅이 이사장으로서 재임하면서 최대한의 인적, 물적 자원을 이끌어냈기에 가능했던 성과였다.

　함세웅은 2012년 11월 13일부터 17일까지 북한을 방문했다. 조선가톨릭협회 중앙위원장을 맡고 있는 장재언 조선적십자사 위원

애국렬사 안중근 선생 기념비

북한 남포공원에 세워져 있는 '애국렬사 안중근 선생 기념비'. ⓒ안중근의사기념사업회장의 안내로 황해남도 신천군 청계동 안 의사의 생가 터와 인근 청계성당 터 등을 두루 둘러봤다고 한다. 그는 이렇게 말한다.

"생가 터에서는 다 함께 통일을 염원하는 기도를 드렸다. 생가는 물론이고 인근 청계동성당도 복원하자고 제안했더니 북쪽도 긍정적으로 검토하겠다고 했다."

구한말 안 의사의 어린 시절에 70가구가 모여 살았다는 청계동 마을은 다 허물어져 벽돌만 남아 있었고, 청계동성당은 6·25 때 폭격으로 무너진 것으로 알려졌다. 그럼에도 불구하고 복원은 충분히 가능하다는 게 그의 설명이다.

"다행히 생가와 성당은 1910년대 독일 신부들이 찍어놓은 사진이 있어 복원할 수 있다. 평양 등에 복원을 하면 이름을 안중근성당으로 해도 좋겠다."

기념사업회는 앞으로 안 의사의 북녘 독립운동 행로를 추적해 답사하고, 현재 6권까지 나온 《안중근 전집》을 북한과 공동으로 출간하는 사업도 추진할 예정이다.[144]

함세웅은 생가 복원을 계기로 남북관계도 복원되길 기대했다. 그러나 박근혜 정부의 대북 적대정책으로 인해 남북관계는 꽁꽁 얼어붙었고, 그가 의욕적으로 추진했던 안 의사 생가 복원 등은 물거품이 되고 말았다.

　　　　　　　　　　정의의 길, 세 개의 십자가

안중근 의사 기념사업회 괴산연수원 준공식(2022. 7. 29)에 참석한 함세웅 이사장 ⓒ안중근의사기념
사업회

함세웅은 지금도 붓글씨 공부를 열심히 한다. 정신수련과 학습을 위해서다. 그가 서예 공부를 하게 된 계기가 있었다. 2012년 현장 사목에서 은퇴하고 제 나름의 시간표대로 생활하고 있을 때입니다. 또다시 권유를 받았지만, 선뜻 답을 못 했습니다. 그러다 자택에서 투병 중인 김홍일 전 국회의원을 위해 한 달에 한 번 방문하여 봉성체 기도를 올릴 때였습니다. 김 전 의원의 부인이 제게 붓글씨를 쓰냐고 물었습니다. 남편이 간직했던 귀한 문방사우를 제게 주고 싶다는 것이었습니다. 문방사우를 들고 돌아오는 길, 팔에 전해지는 묵직함은 일종의 암시나 의무처럼 느껴졌습니다. 그 느낌이 사라지기 전에 그분께 연락을 취했습니다. 저의 붓글씨 선생님인 이동천 박사 말입니다. 예전에 제가 한 번 거절했던 전력이 있었던지라 조심스럽게 청했는데, 고맙게도 이 박사는 흔쾌히 응해 주었습니다. 이동천 박사는 미술품 감정으로 유명하지만, 사실 서예 분야에서 더 출중한 분입니다. 지금도 토요일 아침이면 어김없이 붓글씨를 배우러 나선다. 하기로 한 것은 매우 잘 지키는 사람인 그는 배우고 쓰는 데 열심이었다. 취미 삼아 시작했던 일인데 엄격한 스승을 만나 강훈련이 시작되었고, 마침내 일가를 이루었다. 제가 처음 쓴 글자는 제 이름 가운데 글자인 '세(世)' 자입니다. 그런데 이동천 박사가 묘한 이야기를 했습니다. '세' 자를 에서로 쓰면 땅 위에 세워진 3개의 십자가 형태라는 겁니다. 참으로 신기하다는 생각과 함께 내적 감흥, 영적 전율이 일었습니다. 섭리, 운명이란 단어가 머리를 스치고 지나갔습니다. 그 순간 '목숨 걸고' 온 힘을 다해 썼습니다. 이 박사는 글씨를 보더니 "신부님, 살아 있는 글씨가 뭐냐고 하셨죠? 바로 이겁니다"라고 했습니다. 저는 비로소 붓글씨란 바로 흐트러짐 없이 전심전력해야 한다는 신학교의 교육, 온몸을 던지는 순교적 결단과 일치한다는 생각을 가지게 되었습니다.

제 5 장

세 개의 십자가
2000년 대 이후

민주화운동기념사업회 이사장이 되다

2001년, 함세웅은 60세가 되었다. 1973년에 로마 유학을 마치고 귀국한 뒤부터 숨 가쁘게 달려온 세월이었다. 하지만 그에게 나이는 숫자에 불과했다.

1997년 9월에 상도동성당 주임신부로 발령받아 봉직하다가 2003년에 제기동성당 주임신부로 부임했다. 통상 5년에 한 번씩 옮기는 내부 규칙에 따른 것이었다. 사회가 점차 민주화되면서 과거와 같은 정보기관의 뒷조사나 공작 따위는 자취를 감추었다. 그러나 교계 일각의 차가운 시선은 여전히 가시지 않았다.

2004년 10월 함세웅은 민주화운동기념사업회의 제2대 이사장에 천거되었다. 김대중 정부 시절인 2001년에 특수법인으로 설립된 기관으로, 민주화운동을 기념하고 그 정신을 계승하는 사업을 수

6월항쟁 18주년인 2007년 6월 10일 '민주화운동기념관 건립 범국민추진위원회' 결성을 알리는 기자회견이 열렸다. 가운데가 함세웅이다.

행함으로써 민주주의 발전에 이바지하는 것을 목적으로 하고 있었다. 초대 이사장은 개신교의 민주화운동 지도자 박형규 목사였다.

이사장은 비상근일 뿐 아니라 급여도 없는 일종의 명예직이었다. 하지만 함세웅은 명함만 파놓고 뒷짐을 지는 성격이 아니었다. 자신이 20년 넘게 몸바쳐온 민주화운동을 기리고 계승하는 일을 게을리할 수는 없었다. 그는 열과 성을 다해서 자신에게 주어진 역할을 제대로 수행하고자 했다.

가장 시급하고 중요한 일은 민주화운동기념관 건립이었다. 기념사업회 측에서는 수많은 민주인사들이 고문당하고 박종철이 목숨을 잃었던 남영동 대공분실을 활용하고자 했지만 경찰의 완강한 반대에 부딪혔다. 노무현 정부에서 한남동 미군 휴양지를 대안으로

2018년 12월 26일에 열린 '옛 남영동 대공분실 이관식'. 인권탄압의 대명사였던 이곳이 민주인권기념관
으로 재탄생하는 순간이다. ©민주인권기념관

제시했으나 환경 훼손 우려 등으로 인해 기념사업회 측에서 거절
의사를 밝혔다. 광화문에서 가까운 덕수초등학교 터가 국유지여서
잠깐 이곳이 거론되기도 했다. 그러나 수구언론들이 학교 운동장을
뺏는다고 줄기차게 비난하여 결국 취소되고 말았다.

함세웅은 기념관 건립을 일단 미뤄둔 채 기념사업회의 목적이기
도 한 민주화운동의 사료 수집, 전산화, 홍보, 조사, 연구, 유적의 보
존관리, 민주발전을 위한 각종 행사와 지원 등에 역량을 쏟았다. 그
러던 중 정권이 교체되고 2008년 이명박 정부가 들어섰다. 그들은
마치 점령군처럼 행세하면서, 임기가 남아 있는 비정치 전문분야의
기관장들까지 쫓아내고자 했다.

정의의 길, 세 개의 십자가

이명박이 대통령 된 뒤에 계속 압력이 들어오고 감사도 세게 받았어요. 문국주 상임이사를 쫓아내고, 그다음엔 유영표 부이사장을 나가라고 했고요. 정권이 바뀌었으니 나가는 게 당연하지 않느냐는 식이에요. 그에 대해서 사업회는 특수한 단체고 정권과 관련되는 게 아니라고 좋게 이야기를 했는데 "함 신부님도 그만두셔야 한다고 생각합니다"라고 얘기하는 사람도 있었어요.

내부에 들어와 분란을 조장하기도 하니 그때는 좀 힘들었어요. 이명박 때는 기념관 짓는 게 문제가 아니라 기념사업회의 생존 자체가 문제였지요.[145]

정부 기관에서 기념사업회의 뒷조사를 하고 실무자들의 경리장부를 샅샅이 뒤졌으나 비리가 나타나지 않았다. 그럼에도 퇴진 압박이 갈수록 강해졌지만, 그는 독하게 버텨냈다. 6월항쟁 기념식에서는 이명박 정부가 의욕적으로 추진하는 '4대강 사업'과 정권의 독선 등을 매섭게 비판했다. 그러다가 후임 이사장으로 거론되던 정성헌 씨(현 한국DMZ평화생명동산 이사장)가 믿을 만한 인물이어서 2010년 11월에 이사장직을 사임했다. 보람도 있었지만 아쉬움이 클 수밖에 없었다.

첫째는 민주화운동 기념관인데, 그게 지어지지 않은 아쉬움이 늘 있고요. 둘째는 자료 정리 부분인데, 지금 80만 건 정도의 자료가 수집되었어요. 그리고 민주시민 교육, 다음엔 아시아 네트워크를 조금이나마 넓힌 부분… 특히 박정희 정권과 전두환 정권 때 고통

받던 분들에 대한 위로의 자리를 마련하고, 한국의 민주화운동을 도와주신 해외 민주인사들과의 내왕 등 민주화운동의 외연을 좀 더 넓혔다고나 할까요.[146]

민주화운동기념사업회는 2011년에 옛 안기부 건물인 서울시청 남산별관을 기념관(한국민주주의전당) 부지로 제안하고 2012년 6월 서울시와 장기임대 MOU까지 맺었으나, 이명박 정부가 이를 예산에 반영하지 않아 무산되고 말았다. 2018년 6월 10일, 문재인 대통령이 6월항쟁 31주년 기념사에서 남영동 대공분실을 활용한 민주인권기념관 건립을 발표하면서 민주화운동 기념관을 둘러싼 오랜 진통에 마침표를 찍었다.

정의의 길, 세 개의 십자가

기 구 한 운 명 의 여 인 , 어 머 니 의 소 천

제기동성당 주임신부로 일하던 2007년, 어머니가 돌아가셨다. 향년 98세로 장수하셨지만 불운한 일생이었다. 한국전쟁 때 두 아들을 잃고 젊어서 남편과 사별하면서 평생을 외롭게 사셨다. 외아들이 된 함세웅의 긴 유학생활, 두 차례의 투옥과 그치지 않는 정보기관의 감시, 그리고 사제로서의 삶은 어머니에게 여느 가정과 같은 살뜰함을 선사할 수 없었다. 아들이 신학교에 있었을 때는 줄곧 떨어져 원효로에서 홀로 지냈고, 노후에는 심한 우울증을 앓기도 했다.

함세웅은 예수의 어머니 마리아를 '기구한 운명의 여인'이라 불렀다. 자신의 어머니 또한 기구한 운명의 여인이었다. 늙어서 며느리의 보살핌도 받지 못하고 손주들을 안아보지도 못하셨다.

사제들은 자신의 가족사에 관해 별로 언급하지 않는다고 한다.

상도동성당 주임신부 시절, 늙은 어머니와 함께.

함세웅 역시 그런 편이지만 그래도 어머니 관련 글이 몇 대목 있다. 예수의 어머니에 대해 쓴 글에 담겨 있는데, 좀 길지만 흔치 않은 내용이라서 여기에 소개한다.

나는 여기서 나의 어머니에 대한 두 가지 이야기를 전하고 싶다. 나는 외아들이다. 처음에 내가 신학교에 가겠다고 어머니에게 말씀드렸을 때에 어머니는 억지로 허락하였다. 그리고 틀림없이 내가 중도에서 길을 바꿀 것이라고 믿고 또한 기대하고 있었다. 몇 년의 신학교 생활 뒤에 나는 군복무를 마치고 또 학업을 계속했다. 그런데 어느 방학 때에 어머니는 옆집의 할머니 이야기를 하며, 그 할머니는 아들이 장가를 들어 손자를 보았는데 그 귀염둥이 손자를 안고 기뻐하더라는 것이었다. 나는 이런 이야기가 나올 때마다 재빠르게 화제를 바꾸며 어머니의 고독한 마음을 달래드리곤 했다.

그런데 성직에 첫발을 내딛는 삭발례의 예식일이 다가왔다. 예절이 끝난 뒤 나는 수단(사제들이 입는 검은색의 긴 옷)을 입고 기념 촬영을 하며 어머니를 따로 뵐 수 있었다. 그때 어머니는 미사 동안 울면서 기도를 바치셨다는 말씀과 함께, 다음과 같은 당부를 들려주셨다.

"그래. 남자가 한 번 택한 길, 변함이 있어서야 되겠느냐? 오늘부터는 다른 걱정이 생겼다. 네가 중도에서 길을 바꿀까봐 걱정이 되는구나. 네가 택한 그 사제의 길을 충실히 걷도록 내가 기도하마!" 그래서 나는 감격스러운 기쁨을 맛보았다.

로마 유학 때의 일이다. 이때는 편지가 가장 반가웠고 특히 어머니의 편지는 꿈을 키워주는 원천이기도 했다. 당시에 나는 담배를 피웠었다. 어머니는 가끔 고추장과 아리랑 담배를 보내주셨다. 그런데 그 담배와 함께 편지가 한 장 끼여 있었다. 편지의 내용은 담배는 해로우니 가능하면 피우지 말고 끊으라는 당부였다. 담배를 끊으라 당부하면서 담배를 부쳐주는 엄마의 마음, 이것이 바로 사랑의 모순인가 보다. 이것은 아마도 동양인만이 이해할 수 있는 정감情感의 세계일 것이다. 그리고 편지 끝에는 담배 피우는 사람에게는 복숭아가 좋다니 가능한 한 복숭아를 많이 먹도록 하라고 또 당부를 하셨다. 나는 담배와 그 편지를 들고 많은 것을 생각했다.

엄마의 마음, 그것은 논리를 뛰어넘는 초월적인 그 무엇이다. 사랑만이 지닌 모순이라고 할까, 위대함이라고 할까. 엄마의 마음, 그것은 자녀에게 가장 귀중한 영원한 선물인 것이다. 그리고 그것은 또한 자식을 길들일 수 있는 가장 큰 권위 있는 교훈인 것이다.[147]

함세웅의 이 글은 폭압적인 군사독재 시절 민주화운동 과정에서 아들딸의 생명을 빼앗기거나 철창 속으로 보내고 고통 속에 신음하는 수많은 어머니들의 아픔을 공유하는 내용일 터이다. 이어지는 대목은 자신을 포함한 정의의 사도들이 결코 불효자가 아님을 설파한다.

예수는 불효자였을까? 그렇지 않다. 기구한 운명의 여인을 엄마로 둔 예수가 결코 불효자일 수는 없다. 예수는 시대를 위한 인물이다. 그와 같이 마리아도 시대의 어머니인 것이다. 시대의 어머니가 되기 위하여 예수는 개인이 아니다. 그는 마리아 개인의 아들이어서는 안 된다. 예수는 이것을 익히 알고 자기 어머니 마리아를 객관의 대상으로 삼는다. 예수는 여기서 진실된 모성, 시대의 어머니, 인류의 어머니가 되기 위한 내적 가치, 즉 그 영성성靈性性을 강조하고 있는 것이다.[148]

심장에 남는 사람들

그는 여러 분야에서 활동하고 많은 글을 썼다. 학자나 전문작가, 직업언론인 못지않게 많은 작품을 남겼다. 70세가 된 2011년 6월에는 신앙생활과 자기성찰을 담은 《심장에 남는 사람들》을 빛두레에서 펴냈다.

그의 글은 어떤 때는 현실의 비리를 파헤치는 날카로운 시론時論이 되고, 어떤 때는 시대를 통찰하는 사론史論이 된다. 때로는 경건한 강론講論이 되기도 하고, 다정다감한 산문散文이 되기도 한다. 이 책에 실린 53편은 그렇게 시·사·강·산時史講散을 넘나들면서 쓴 '시대의 온도계'라 할 것이다.

광주민중항쟁 31주년 기념일(2011년 5월 18일)에 쓴 서문 '감사의 글'에서 그는 이렇게 성찰한다.

사람은 누구나 이 세상 현실의 모순과 불의에 대해 고민하고 있습니다. 특히 불의한 정치·사회·경제체제. 경직된 교회문화의 구조, 일그러진 신문방송의 행태 등 구조적 악에 대하여 더욱 고민합니다. 우리는 이러한 고민과 갈등, 짓눌린 이상과 꿈을 신앙 안에서 확인하고 무엇보다도 '하느님 나라와 그 정의'를 찾고자(마태 6:33) 노력하고 있습니다.[149]

이 책은 제1부 '심장을 찢어라', 제2부 '부끄러움의 자각', 제3부 '아 사람아!', 제4부 '일상, 그분 안에서' 등으로 구성되어 있다. 표제로 삼은 글 〈심장에 남는 사람〉은 북녘 사람들의 애창곡 제목이다. "예수님의 사랑, 성체성혈의 신비를 묵상한 결실인 것 같다"는 설명과 함께, 이 노래를 잘 부르는 영덕의 김영식 신부님께 전화를 걸어 가사 전문을 알려달라고 하여 쓴 글이다.

노래 가사는 북측 표기법을 따랐다고 한다.

1.
인생의 길에 상봉과 리별
그 얼마나 많으랴
헤여진대도 헤여진대도
심장 속에 남는 이 있네
아, 그런 사람 나는 못 잊어

2.

오랜 세월을 같이 있어도
기억 속에 없는 이 있고
잠간 만나도 잠간 만나도
심장 속에 남는 이 있네
아, 그런 사람 나는 귀중해

'심장에 남는 사람'이 과연 나에게는 어떤 분일까, 하고 곰곰이 생각해봅니다. 역사시편을 읊으며 제가 살아온 과정 속에서 많은 분들을 생각해봅니다. 많은 분들 덕분으로 이제까지 살아왔고 이렇게 살고 있습니다. 심장에 남아 있는 숱한 분들을 한 분 한 분 떠올리며 기도합니다.[150]

퇴임은 은퇴가 아니다 : 민족문제연구소 이사장으로

71세 때인 2012년 8월 28일, 청구성당 주임신부를 끝으로 함세웅은 현장 사목에서 물러났다. 정년퇴임을 한 것이다. 때로 보호막이고 때로는 굴레가 되기도 했던 사제생활 44년의 마무리다. 하지만 그는 "너는 멜키세덱의 사제 직분을 잇는 영원한 사제이다"(히브리 5:6)라는 성경말씀대로 영원히 사제일 뿐이다.

퇴임을 앞두고 가졌던 언론 인터뷰에서 "한국사회에서 지금 시급한 일은 뭐라고 보십니까?"라는 질문에 그는 이렇게 답한다.

가치관 정립을 했으면 좋겠어요. 가까이는 친일잔재를 청산하지 못한 그게 가장 큰 문제가 아니었나. 결국 박정희 같은 친일자가 대통령이 되고 박근혜까지 이어오고 있잖아요.[151]

함세웅은 2012년 8월 청구성당 주임신부를 마지막으로 현장 사목에서 퇴임했다. 8월 26일 은퇴 미사를 집전하는 함세웅 아우구스티노 사제.

퇴임 5개월 후인 2013년 1월 31일, 그는 친일잔재 청산의 전위단체인 민족문제연구소 이사장으로 취임한다. 남다른 의협심 없이는 가능하지 않은 자리였다. 조·중·동을 비롯한 족벌언론과 수구세력이 가장 적대시하는 단체이고, 검찰과 사법부가 박근혜 정권의 사냥꾼 노릇을 하던 시절이다.

정의의 길, 세 개의 십자가

민족문제연구소의 임헌영 소장은 "함 신부는 1970년대부터 한국 민주화운동에 핵심적인 역할을 해오셨고, 민주주의와 역사 정의에 대한 굳은 신념을 가지고 있다"면서 "회원들의 만장일치로 추대한 함 신부의 활동으로 역사 정의를 바로 세우는 일이 더욱 활발해질 것으로 기대한다"고 말했다.

함세웅은 1991년 민족문제연구소 지도위원으로 위촉되었고 1993년에는 후원회장을 맡는 등 그전부터 끈끈한 인연을 맺어왔다. 이돈명 변호사, 조문기 독립운동가, 김병상 신부에 이어 4대 이사장에 취임한 그는 언론과의 인터뷰에서 이렇게 소신을 밝혔다. "한국은 지금 '역사전쟁' 중입니다. 친일잔재를 청산하지 못한 게 가장 큰 잘못입니다. 바로잡지 못한 역사는 다시 되풀이된다고 하지요. 민족문제연구소가 역사를 무기로 새로운 역사를 만드는 데 앞장설 겁니다."

주임신부로 봉직했던 상도동성당에서 만난 함 이사장은 "이명박 정부 들어 노골화한 역사 왜곡을 바로잡는 데 힘을 보탤 생각"이라고 말했다.

"박정희 대 반反 박정희 구도로 치러진 지난 대선은 많은 국민들에게 후유증을 남겼다. 함 이사장은 "수구 보수 신문이나 방송이 한 개인의 역사인식을 공적으로 강요한 것이 가장 큰 문제였다"고 말했다. 함 이사장은 이어서 "식민지 시기를 빼놓고는 우리 역사를 이야기할 수 없어요. 그런데도 식민역사를 제대로 보여주는 기념관 한 곳이 없다는 게 말이 됩니까. 식민역사박물관이 건립되면 일제 청산이 얼마나 중요한 과업이고 우리 삶과 얼마나 밀접히 연관돼 있는지 보여줄 겁니다.

민족의 얼이 없으면 그 민족은 죽은 거나 마찬가지죠. 이 때문에 자유와 해방, 독립을 위해서 몸 바친 사람들을 기억해야 합니다. 항일운동가들, 민주주의와 통일을 위해 애쓰신 순국선열들의 뜻을 기려 정말 아름다운 민족공동체를 만들었으면 좋겠습니다"라는 포부를 밝혔다.[152]

천주교는 민족문제연구소와 '악연'의 고리가 있었다. 2008년 4월 29일, 연구소 소속기관인 '친일인명사전 편찬위원회'에서는 출간을 앞둔 친일인명사전에 수록할 친일 인물 4,800여 명의 명단을 공개했다. 천주교(가톨릭) 인사는 노기남 대주교, 김명제, 김윤근, 신인식, 오기선 신부, 장면, 남상철 등 7명이었다.

이에 천주교는 다음 날인 4월 30일 천주교 서울대교구 대변인이자 문화홍보국장인 허영업 신부 명의로 〈가톨릭 인사 '친일명단' 발표에 유감을 표한다〉는 성명을 발표했다.

일제강점기 당시 서울대교구에 한국인인 노기남 주교가 계신 것은 가톨릭 신자뿐만 아니라 우리 민족에게 큰 자부심을 주었던 것이 사실이다. 일제 치하에서 한국 가톨릭교회 최초로 한국인 주교가 임명되었다는 점은 민족적으로 대단히 뜻깊은 사건이 아닐 수 없었다. 겉으로 드러나는 단편적인 면만을 보고, 실제로 그분들이 일제 치하에서 어떤 희생과 노력을 기울였는지에 대한 깊은 성찰

　　　　　　　　　　　　　정의의 길, 세 개의 십자가

2013년 5월 9일 민족문제연구소의 '근현대사 진실찾기 프로젝트 백년전쟁' 관련 기자회견. 가운데가 함세웅 이사장, 왼쪽이 임헌영 소장, 오른쪽이 윤경로 친일인명사전 편찬위원회 위원장이다.

과 판단, 올바른 조사가 결여된 것 같아 심히 유감스럽다.

함세웅이 창간했던 《평화신문》은 연일 노기남 주교 등의 '업적'을 소개하면서 '친일 명단, 숨겨진 진실을 살펴라'라는 사설을 통해 "가톨릭교회를 지키고자 불가피하게 친일처럼 보이는 행동을 할 수밖에 없었던 역사의 이면을 완전히 무시했다는 점에서 이번 발표는 반쪽짜리에 불과하다"[153]라고 폄훼했다.

그러나 친일인명사전 편찬위원회는 인물 선정에 대한 엄격한 원칙을 갖고 있었다. 대상자의 자발성과 적극성, 지속성 그리고 객관성과 엄밀성을 편찬의 기준으로 삼고 엄격한 증거주의 아래 집필하였으며, 확증이 없는 사람은 판단을 유보하였다. 또 친일행위를 한 인물들의 경력과 행적 등 사실관계만을 수록하고, 가치 판단과 주관적 서술은 배제했다. 이런 연유로 이 사전은 이 분야의 '고전'으로 평가받고 있다.

아무튼, 교계 안팎의 이런 정황으로 볼 때 함세웅의 민족문제연구소 이사장 취임은 웬만한 의협심과 용기 없이는 어려운 결단이었다.

따지고 보면 정의구현사제단 창립, 민주회복국민회의 대변인, 진보적 신학연구기관인 '기쁨과 희망 사목연구원', 고문 피해자를 돕고 의학의 인권 측면을 생각하는 인권의학연구소 설립, '10·26 재평가와 김재규 장군 명예회복 추진위원회' 설립 등은 하나같이 사제로서는 '돌출'로 여겨지는 행동이었다.

하지만 그 모든 것들은 '긍정의 사제'들과 '미네르바의 부엉이' 지식인들이 보신에 급급할 때 그가 실천해낸 역사의 당위였을 뿐이다. 그의 '돌출'은 때로 고독했지만 결코 고립은 아니었다.

김재규 재평가와 명예회복 운동

함세웅은 박정희와 싸우다 감옥에서 그의 피살 소식을 들었다.

1975년 4월 인혁당 희생자 추모 성명서를 발표했다는 이유로 중앙정보부에 끌려가고, 5월에는 천주교정의구현청년전국연합 사건의 배후로 지목되어 1주일 조사를 받는 등 중앙정보부와는 악연이 얽힌 그였다. 당시 중정의 수장이 김재규 부장이었다. 그리고 그 김재규가 박정희를 사살한 사건이 1979년의 10·26이다.

1980년 초 명동성당의 사순절 특별강론에서 함세웅은 김재규 부장을 살려야 한다고 주장했다. 그리고 곧바로 구명운동에 나섰다.

제가 79년 12월에 감옥에서 나오자마자 이돈명 변호사 요청으로 김재규 구명활동을 하고 다녔어요. 그때 김대중, 김영삼 씨가 김재

법정에서 최후진술을 하는 김재규 전 중앙정보부장.

규 구명청원서에 서명을 하지 않는 거예요. 그리고 박정희 암살이 없었으면 민주주의가 더 빨리 이뤄졌을 거라 이런 말이나 하고, 그때 이희호 여사만 서명을 했어요.

심지어 당시 김영삼 씨는 "내가, 신민당이 민주주의를 이뤄내겠습니다" 하는데 진짜로 해야 할 말은 "정치인들이 제대로 못해서 박정희 독재에 희생된 학생, 시민, 성직자 여러분 죄송합니다" 아닌가요?

김재규 재판기록에도 나오지만 박정희가 부마항쟁 나는 것을 보고 그랬다고 해요. "100만이건 200만이건 죽이면 된다. 캄보디아 봐라." 그래서 김재규가 이래서는 안 된다 생각해서 박정희를

金載圭・金桂元사형

김재규 사형선고 기사가 실린 신문. 김재규는 1980년 1월 28일 사형선고를 받고 그해 5월 24일 서대문 형무소에서 처형되었다.

쏜 것이기 때문에 10·26은 유신을 끝장낸 민주혁명이거든요. 그때 김재규 장군을 구했으면 우리나라가 민주화가 됐을 겁니다.[154]

1980년, 전두환 신군부는 광주 학살을 자행하는 와중에 5월 24일 서대문형무소에서 김재규 장군을 처형했다. 함세웅은 2000년 10

정의의 길, 세 개의 십자가

월 강신옥 변호사, 김상근 목사, 안동일 변호사, 청화 스님과 함께 '10·26 재평가와 김재규 장군 명예회복 추진위원회'를 결성하고 공동대표를 맡았다. 대법원에 재심 청구를 했으나 판결은 부지하세월이다.

추진위원회는 해마다 기일인 5월 24일을 전후하여 추도식을 거행하고, 때로는 '10·26 의거 기념 학술토론회'를 열었다. 2010년부터는 김재규, 박선호, 박흥주, 유성옥, 김태원, 이기주 등 당시 사형되었던 이들을 기리는 '10·26 의인 합동추모식'을 매년 거행했다. 장소는 사형이 집행된 서대문형무소 역사관이었다.

함세웅은 매년 빠지지 않고 행사를 준비하면서 추모사를 통해 10·26의 의미와 재평가를 역설하였다. 30년 전 명동성당의 사순절 강론에서 했던 발언의 초지는 세월이 흐른 뒤에도 전혀 변함이 없었다.

김재규 부장이 공동체 차원에서 유신의 핵인 독재자를 제거했고, 즉 사익을 위해 그런 것이 아니라는 점을 높이 평가해야 한다. 그분이 다소 힘든 일이 있고 차지철로부터 모욕을 당했다 하더라도 박정희 다음의 최고위 권력자 권한을 누릴 수 있었다. 시민들의 항의쯤이야 그냥 외면하고 망각하고 침묵을 지키면 되는 것이다. 그런데 그 직책과 목숨을 걸고 그 일을 감행했다. 이것은 대단한 일 아닌가.

더 큰 의義를 위해 자기 목숨을 던진 것. 이것은 이웃사랑이다. 또한 윤리신학의 원칙에서 보면 더 큰 재앙과 악을 막기 위해서 작은 악은 허락된다. 민주주의 파괴라는 더 큰 재앙을 막기 위해 박정희 살해라는 작은 악을 저지르는 것은 공동선을 위해서는 가능하지 않은가.[155]

정의의 길, 세 개의 십자가

06

남은 이들의 치유, 그리고 37년 만의 무죄 판결

함세웅은 대단히 폭넓은 식견의 소유자이다. 깊이 있는 역사인식으로 소속의 경계와 울타리를 넘어선다. 초超교파적이다. 목사나 스님들과도 교분이 두텁다. 그 시초는 오래전 민주회복국민회의 시절까지 거슬러 올라간다.

그는 만해 한용운 선사에게 남다른 경외심을 갖고 있었다. 독립운동에 참여하고 불교유신을 통해 불교를 개혁하고자 했던 실천성, 그리고 현대문학의 개척자로서 새로운 시詩 문화를 일구었던 선구성을 높이 평가한다.

만해는 참으로 선구자, 선각자셨습니다. 천주교 정의구현전국사제단을 모형으로 해 설립된 실천불교승가회의 사실상 주보는 만해

한용운 스님인 셈입니다. 어려웠던 시절, 참으로 살벌하고 무서웠던 박정희 유신독재 시절과 그 하수인 격인 전두환, 노태우 등 군부독재 때에 자유, 인권, 민주화 그리고 민족통일 등 인간의 기본권과 국민으로서의 주체성을 지니며 산다는 것은 그 자체가 위험한 일이었습니다.[156]

그의 존경과 비판정신은 자신이 서 있는 터전을 성찰하는 데서 여느 엘리트와 다른 모습을 보인다. '내로남불'은 정치권뿐만 아니라 대부분의 집단이나 조직에서 일상적으로 목격되는 현상이다. 종교계도 다르지 않았다. 자신들의 치부는 덮어두고 상대의 허물에는 과민하다. 함세웅은 기회 있을 때마다 자기성찰을 잊지 않는다.

그 당시 우리 가톨릭은 프랑스 선교사들의 사목 하에 있었던 이유도 있었지만 안중근 의사와 같은 기적적 인물 외에 그 누구도 감히 조국 독립, 가톨릭의 대중화, 민족과 함께하는 교회 등을 생각하지도 못했던 우물 안의 개구리와 같은 삶을 살았던 때였습니다. 그런데 만해 스님은 스스로 민족과 함께 하는 결단을 내리시면서 일제의 퇴치와 조국 해방을 위해서 전심전력하시고, 또한 불교권으로부터는 마치 이단처럼 취급받으면서도 산 속의 불교가 도시 속의 불교, 법당의 불교가 대중 속의 불교가 되어야 한다고 외치셨으니 참으로 우리네의 예언자를 연상시킵니다.[157]

2005년 8월 만해기념사업회는 제9회 만해대상 실천부문 상을 함

2005년 8월 '만해기념사업회'에서 선정하는 만해대상 실천부문 상을 수상한 함세웅. 상금 전액을 북한 천주교회에 봉헌했다.

세웅에게 시상하였다. 그는 적잖은 상금 전액을 정의구현사제단을 통해 북한 천주교회에 봉헌했다. 이후 청암 송건호 언론상을 비롯하여 여러 인권단체와 기관 등에서 그를 수상자로 선정하였으나 모두 사절하였다. 헌신을 사명으로 하는 사제로서 당연히 해야 할 일을 했다는 생각에서다.

2012년 12월 29일 마석 모란공원에서 거행된 '민주주의자 김근태 1주기 묘역 참배' 행사. 함세웅은 고문 피해자들의 정신적 치유를 위해 '인권의학연구소'와 '김근태 기념 치유센터'를 설립했다. ⓒ김근태기념 치유센터

　그가 은퇴를 앞두고 서둘렀으며 은퇴 뒤에도 열심히 관여했던 일이 있다. 2006년부터 꾸준히 논의되다가 2013년 6월에 김상근 목사, 이창복 6·15 공동준비위원회 위원장, 이석태 변호사, 인재근 의원 등과 함께 설립한 '김근태 기념 치유센터'가 그것이다. 함세웅은 초대 이사장으로 선임되었다.

　유신과 5공 시대에 고문을 당한 민주인사들 중에는 출감 이후 극심한 정신적 트라우마에 시달리는 사람들이 많다. 스스로 목숨을 끊은 이들도 여럿이다. 함세웅은 그들을 치유할 목적으로 2009년 인권의학연구소를 설립했는데, 김근태 기념 치유센터는 그 연장선상에서 진행된 후속사업이었다. 명칭에 김근태의 이름을 넣은 것

정의의 길, 세 개의 십자가

은 그가 1980년대 남영동 대공분실 고문 피해자의 대명사이기 때문이다.

> 명동성당에서 김근태 의장 추모 미사를 열게 되었어요. 성당 측은 처음엔 거절했다가 시민들의 뜨거운 추모 열기를 보고는 명동성당 미사를 다시 수락했어요. 제가 주관하면서 강론을 두 번 했어요. 김근태는 한 사람의 개인이 아니라 고통받았던 사람들, 고문당한 사람들의 대명사였고, 죽음이라는 것은 화해라는 의미가 있으니 그를 추모하는 것은 하느님과의 화해, 마음 상한 사람들과의 화해, 원수들과의 화해, 가족들과 화해라는 의미가 있습니다. 이를 성서 적으로 해석하고는 전야 행사 때에 이렇게 말했습니다.[158]

2013년 7월 3일, 함세웅은 3·1민주구국선언 사건 재심에서 무죄판결을 받았다. 처음에는 재심 청구에 다소 소극적이었다고 한다. "그 당시에도 악법 자체를 거부했고 유신체제에 항거해 싸웠는데 지금 그것을 확인할 필요가 있겠는가 하는 생각이었다. 그런데 다른 분들도 함께하는데 사제들만 안 하면 어색하니 함께하자는 의견에 따랐다"는 게 그의 설명이다.

다시 법정에 선 그는 재판부의 판사와 검사들에게 부드럽게 '최후진술'을 했다. 그러나 내용은 매우 준열한 것이었다. 지체된 정의는 정의가 아니라는 말이 있지만, 뒤늦게나마 정의가 구현된 것은 그나마 다행이라 할 것이다.

우리가 유신헌법 자체를 인정하지 않고 싸웠던 당사자였는데, 유신헌법에 의해서 재판을 받는다든지, 유신헌법에 의해 발동한 긴급조치가 위헌이라든지 하는 건 사실 우리에겐 큰 의미는 없다. 이미 40년 전에 그렇게 주장했던 사람들이니까. 그래도 공동체 안에서 절차에 따라 재판을 진행하는 것은 기쁘게 받아들이는데 이것이 '재심=무죄'라는 것만 중요한 게 아니다.

당연히 위헌인 긴급조치를 발동한 당사자 박정희, 그에 따라 조사했던 중앙정보부, 기소했던 검사, 재판했던 판사, 또 거기에 직접 간접으로 관련했던 공직자들은 책임을 지고 속죄해야 한다. 그것이 위헌의 참된 뜻이지, 절차적으로 이렇게 하는 것이 별 뜻 있겠느냐. 이미 사법부에서 많은 분들에 대해서 무죄판결을 내리고 사과했는데… 우리는 나름 알려진 사람들이지만 알려지지 않은 분들, 무명의 많은 희생자들, 고문당하신 분들, 그 가족들에게 속죄하는 방법을 찾아야 할 것이다.

사법부가 나름대로 그 역할을 해야 하지 않을까. 구상권이라는 제도가 있다는데, 공무원이 직무상 잘못이 있으면 국가가 책임져야 하지만, 관여한 공무원 스스로 책임져야 하는 부분 또한 있다. 이 사건은 박정희 전 대통령과 딸 박근혜 씨가 책임져야 한다. 우선 법무부가 나서서 시작해야 하는데 그 일을 해줬으면 좋겠다.[159]

정의의 길, 세 개의 십자가

07

지칠 줄 모르는 영원한 현역

은퇴 후에도 함세웅은 여전히 할 일이 많았고 찾는 이들도 줄지 않았다. 여전히 활발하고 생기가 넘쳤다.

2016년에는 주진우 기자와 함께 진행한 문답 형식의 현대사 강의를 묶은 《악마 기자, 정의 사제》(시사IN북)가 일약 베스트셀러의 자리에 올랐다. 책을 엮은 주진우 기자의 머리말 한 대목이다.

신부님과의 만남은 제게는 가장 큰 축복이었습니다. 존경하는 인물과 동시대를 살아가고, 함께 무언가를 하고 있다니… 시간이 지날수록 존경심이 더했습니다. 첫사랑을 만나러 갈 때가 이랬을까요? 신부님과 약속이 잡힌 날은 떨리고 설레었습니다. 아예 신부님이 사시는 동대문구 제기동으로 이사를 하기도 했습니다. 제가 여자가 아니길 다행이라는 생각까지 들었습니다.

이 책은 사랑하고 존경하는 신부님에 대한 제 마음의 표현이기
도 합니다. 능력이 부족해 다 담아내기엔 모자라지만.[160]

다음은 '악마 기자'로부터 '정의 사제'라는 '작위'를 받은 함세웅의
글 〈민주주의는 정의실현입니다〉의 한 대목이다.

"너희는 무엇보다도 먼저 하느님의 나라와 정의를 구하여라. 그러
면 그 외 모든 것은 덤으로 받을 것이다." 마태오 6 : 33

그렇습니다. 톨스토이는 《부활》에서 이 성경 말씀을 결론의 주제
어로 선택했습니다. 사람들은 먼저 구해야 할 정의는 뒤로한 채 덤
에만 매몰되어 있으니 이 세상이 온통 범죄와 탐욕, 전쟁과 싸움으
로 점철되어 있음을 지적하고 있습니다. 그렇습니다. 정의가 하느
님의 대표적 속성이며 사회공동체의 기본 핵심요소입니다. 그 때
문에 아우구스티누스는 《신국론》에서 "정의가 없는 국가는 거대
한 강도 집단"이라고 했습니다.

친일과 독재를 정당화하는 수단으로 역사를 왜곡하고, 권력을
유지하기 위해 재벌을 옹호하고, 경제독점을 통해 노동자와 국민
을 수탈의 대상으로 하는 모든 사회제도는 혁파하고 개혁해야 합
니다. 1인당 국민소득이 3만 달러 수준에 이른다고 합니다. 경제협
력개발기구OECD 가입국 중에서 한국의 경제성장률은 최상위입니
다. 그럼에도 불구하고 절대다수 국민의 삶이 갈수록 어려워지고

있습니다. 나눌 재화가 부족한 것이 아니라 부의 잘못된 분배 정책으로 불평등을 조장하는 정책이 문제입니다. 모든 국민의 교육, 의료, 주거와 생존은 사회가 보호해야 하는 보편적인 인권입니다."[161]

이명박 시대에 그는 교당이 아닌 거리에서 미사를 드리는 사제가 되었다. 용산 참사 현장, 쌍용차 해고노동자 농성장, 제주 강정마을 해군기지 반대시위 현장 등을 찾아 평화적 해결을 염원하는 미사를 집전했다. 박근혜 시대에는 국정농단을 비판하는 광화문 촛불집회에 빠지지 않고 참여했으며, 민주시민단체들의 초청 강연은 경향 각지를 가리지 않고 참여하였다.

지칠 줄 모르는 영원한 현역이다.

08

붓글씨 공부 중에 전율을 느꼈던 이유

함세웅은 지금도 붓글씨 공부를 열심히 한다. 정신수련과 학습을
위해서다. 그가 서예 공부를 하게 된 계기가 있었다.

2012년 현장 사목에서 은퇴하고 제 나름의 시간표대로 생활하고
있을 때입니다. 또다시 권유를 받았지만, 선뜻 답을 못 했습니다.
그러다 자택에서 투병 중인 김홍일 전 국회의원을 위해 한 달에 한
번 방문하여 봉성체 기도를 올릴 때였습니다. 김 전 의원의 부인이
제게 붓글씨를 쓰냐고 물었습니다. 남편이 간직했던 귀한 문방사
우를 제게 주고 싶다는 것이었습니다.
　문방사우를 들고 돌아오는 길, 팔에 전해지는 묵직함은 일종의
암시나 의무처럼 느껴졌습니다. 그 느낌이 사라지기 전에 그분께

연락을 취했습니다. 저의 붓글씨 선생님인 이동천 박사 말입니다. 예전에 제가 한 번 거절했던 전력이 있었던지라 조심스럽게 청했는데, 고맙게도 이 박사는 흔쾌히 응해주었습니다. 이동천 박사는 미술품 감정으로 유명하지만, 사실 서예 분야에서 더 출중한 분입니다.[162]

지금도 토요일 아침이면 어김없이 붓글씨를 배우러 나선다. 하기로 한 것은 매우 잘 지키는 사람인 그는 배우고 쓰는 데 열심이었다. 취미 삼아 시작했던 일인데 엄격한 스승을 만나 강훈련이 시작되었고, 마침내 일가를 이루었다.

제가 처음 쓴 글자는 제 이름 가운데 글자인 '세世' 자입니다. 그런데 이동천 박사가 묘한 이야기를 했습니다. '세' 자를 예서로 쓰면 땅 위에 세워진 3개의 십자가 형태라는 겁니다. 참으로 신기하다는 생각과 함께 내적 감흥, 영적 전율이 일었습니다. 섭리, 운명이란 단어가 머리를 스치고 지나갔습니다. 그 순간 '목숨 걸고' 온 힘을 다해 썼습니다. 이 박사는 글씨를 보더니 "신부님, 살아 있는 글씨가 뭐냐고 하셨죠? 바로 이겁니다"라고 했습니다. 저는 비로소 붓글씨란 바로 흐트러짐 없이 전심전력해야 한다는 신학교의 교육, 온몸을 던지는 순교적 결단과 일치한다는 생각을 가지게 되었습니다.[163]

제자가 사제이니 붓글씨로 성서 말씀을 쓰는 게 좋겠다고 스승이 조언했고, 제자 또한 생각이 같아서 주로 기도와 묵상할 때 주제어를 뽑곤 하는데, 이 기회에 성경 말씀에 대한 성서적 해석을 새로이 하고자 하였다.

2020년 10월에는 윤형중 신부 추모 전시회를 열었다. 전시회의 제목을 〈암흑 속의 횃불〉로 정했다. 50여 점을 출품했고, 이 작품들은 빛두레 출판사에서 《암흑 속의 횃불》이란 제호의 '참스승 윤형중(마태오) 신부 추모집'으로 간행되었다.

성경 말씀을 한글과 한자로 쓴 휘호들 중 한글의 목록은 아래와 같다.

정의
천주교정의구현사제단
암흑 속의 횃불
너 어디 있느냐 창세 3:9
나, 주 너희 하느님이 거룩하니 너희도 거룩한 사람이 되어라 레위 19:2
인권 회복 기도
민족 화해
반갑습니다
기쁨과 희망사목 연구원
오 하느님, 이 죄인을 불쌍히 여겨주소서
심장을 찢어라
죽게 되면 기꺼이 죽으리라
행복하여라, 옳은 일을 하다가 박해를 받는 사람들, 하늘나라가

정의의 길, 세 개의 십자가

그들의 것이니

힘과 용기를 내어라, 무서워하지 말고 놀라지도 마라

하느님께서 우리 편이신데 누가 우리를 대적하겠습니까

주님을 사랑하는 이들은 힘차게 떠오르는 해처럼 되게 해주소서

주님께서 저를 기억해주소서, 이번 한 번만 제게 다시 힘을 주소서

오 하느님, 오 하느님, 저희의 기도를 들어주소서

귀를 기울이시고 눈을 뜨시어 주님의 종이 울리는 기도를 들어주소서

주님 말씀하십시오, 당신 종이 듣고 있나이다

이제는 내가 사는 게 아니라 내 안에 그리스도께서 사시는 것입니다

매 맞는 너보다 때리는 내가 더 아프다

서예 작품에는 반드시 이름 가운데 글자인 한자 '世'를 형상화하여 낙관처럼 썼다. 이렇게 시작된 붓글씨는 매주 월요일 《한겨레》 누리 집에 '함세웅의 붓으로 쓰는 역사기도'로 이어졌다. "역사에 헌신했던 사람들을 기억하고 과거를 현재화시켜 시대의 정신을 벼리기 위해 붓글씨로 '역사기도'를 써보자는 결심"[164]을 하게 된 것이다.

《한겨레》에 연재되었던 내용은 이후 《함세웅의 붓으로 쓴 역사기도》(라의눈, 2022)라는 제목의 두툼한 단행본으로 엮여 출간되었다. 맨 앞에는 문재인 전 대통령의 추천사가 실려 있다. 추천사 제목은 '양심을 깨우는 시대의 선지자'이다.

09

역사의 세 줄기, 그리고 세 개의 십자가

이명박, 박근혜 정부에서 민족문제는 역진현상이 두드러지게 나타났다. 일본에는 굴욕적인 자세를 보이며 위안부 문제를 졸속적으로 처리하고, 시대착오적인 국정교과서를 발행하여 국민적 분노를 불러일으켰다. 노무현 정부에서 추진했던 친일재산 환수에 제동이 걸리고, 친일파 후손들이 잇따라 소송을 걸었다. 독립운동가들을 기리는 각급 기념사업회는 대부분 유명무실해졌다.

2017년 4월, 항일독립선열선양단체연합(항단연)는 제2대 회장으로 함세웅을 위촉하였다. 3·1혁명과 임시정부 수립 100주년, 조선의열단 창립 100주년을 앞두고 독립운동 정신을 기리고 각급 기념사업회의 연대를 통해 역사를 바로세우기 위해서였다.

항단연은 선열들의 독립정신과 평화정신을 계승하며 친일청산을

독립운동가들의 사진을 들고 일본대사관 앞에 모여서 일본의 경제보복을 규탄하는 항단연 회원들. 평화의소녀상 뒤에 서 있는 함세웅 회장의 모습이 보인다. ⓒ항일독립선열선양단체연합

통해 바른 역사를 후손들에게 물려주자는 목적으로 설립되었다. 국가보훈처에 등록된 25개 기념사업회의 연합단체로 2006년 12월 출범했으며, 초대 회장은 전 광복회 회장이었던 김원웅 조선의열단 기념사업회 대표였다.

독립운동에 애정과 관심이 많은 함세웅은 항단연 회장이라는 새로운 역할을 맡아서 동분서주했다. 행사가 없는 주일이 거의 없다시피 했다. 소속 단체가 대부분 영세하고 독립운동가 후손들은 경제적으로 어려운 사람들이 많아서 행사 한번 열기도 쉽지 않았지만, 그는 특유의 뚝심으로 많은 일들을 해냈다. 함세웅이 회장으로 취임한 이후 항단연의 주요 활동은 다음과 같다.

- 친일파 김성수의 호를 따라 명명한 '인촌로'에 대한 개명요청 등 인촌 청산 활동
- 친일파 민영휘 가옥 문화재 자료지정 해지 요청
- 애국지사 민영환 동상 이동 요청
- 독도공유론의 실상과 문제점에 대한 학술회의
- 대한민국 역사박물관의 올바른 방향 정립을 위한 학술대회
- 국방부 소속기관인 국립서울현충원 국가보훈처로 이관 협조 요청
- 고려대학교 인촌 동상 철거 기자회견
- 효창공원 민족공원화 조성 추진
- 친일파 김성수 고택 '종로고택' 서울 미래유산 해제 요청
- 제1회 항일 독립운동 선양체험 사진전 개최
- 친일반민족행위자 서훈 취소 및 상훈법 개정 촉구 기자회견
- 조선의열단 100주년 기념사업추진위원회 발족
- 일본의 경제보복 규탄 기자회견과 일본대사관 항의 방문
- 한일군사정보보호협정 파기 촉구 기자회견
- 조선의열단 100주년 기념 학술회의 〈조선의열단과 약산 김원봉, 100년을 기억하다〉
- 조선의열단 100주년 기념 한중일 국제학술회의 〈무장투쟁과 한중연대〉
- 조선의열단 100주년 기념식(서울시청 광장), 기념음악제, 기념 뮤지컬 공연
- 친일반민족행위자 백선엽 국립대전현충원 안장 취소촉구 성명서 발표

정의의 길, 세 개의 십자가

- 애국가 작곡가 안익태 친일행적 규명을 통한 서훈취소 요청
- 국민의힘 윤석열 후보의 "유사시 일본군대 한반도 개입" 망언 규탄

함세웅의 역사인식의 단면을 알 수 있는 사례가 하나 있다. 2019년 8월 13일 국회의원 송영길, 안민석, 이상민 등 여야 의원 11명이 추진하고 사단법인 '운암 김성숙 선생 기념사업회'가 주관한 〈상훈법, 국립묘지법 개정을 위한 국회공청회〉에서 했던 격려 발언이다.

"국립묘지에 안장된 친일 매국노 중에서 자신의 친일 행위를 고백하고 사죄한 사실이 있습니까? 일제에 부역하면서 나라와 민족을 배신한 적극적 행위자를 처벌한 사실이 있습니까? 악질적인 친일 반민족 행위와 권력을 유지하기 위해 무고한 사람들을 고문하고 죽였던 독재자들의 행적은 좌우 이념의 문제가 아닙니다. 옳고 그름의 단순한 문제입니다.

언론이 친일 문제로 이념 갈등을 조장하여 여야 의원님들을 자극하더라도 국회에서는 나라와 공동체 구성원들을 위해 바른 역사관과 가치관이 형성되도록 모범을 보여야 합니다. 오늘 이 자리가 국회에서부터 친일파 독재의 잔영이 청산되는 계기가 되기를 진심으로 당부드립니다."

정의구현사제단의 열혈 사제에서 남북화해와 통일을 위한 활동, 그리고 민족문제연구소와 항단연에 이르기까지 실로 다양한 활동을 한 것 같지만 사실 그로서는 일관된 원칙과 소신을 실천해온 것이

었다. 그는 늘 항일독립운동, 민주화운동, 통일운동을 일직선으로 연결하는 조직과 연대를 추구해왔다. 장엄하게 흘러온 역사의 세 줄기를 하나로 잇는 것! 바로 그것이 그가 평생을 두고 추구해온 스스로의 소명이기 때문이다.

> 민주화운동기념사업회에 있으면서 하고자 하는 일 중의 하나는 항일투쟁, 민주화운동, 통일운동의 큰 세 줄기를 연결하는 거예요. 사실 민주화운동의 첫 물줄기는 항일독립투쟁이고, 이 순국선열들의 삶은 바로 '원源 민주주의', 즉 민주주의의 첫 물줄기예요. 바로 그 물줄기를 기반으로 해서 이승만 독재에 항거하고, 박정희 전두환 군부정권에 항거했던 반독재투쟁, 민주주의와 인권을 위한 투쟁을 벌였죠. 이것이 바로 우리 시대가 요구하는 기본적인 물줄기이고요. 그 물줄기가 분단을 넘어서 다시 통일로 이어져야 합니다.
>
> 이 세 물줄기가 우리 민족사회의 같은 물줄기라는 것을 깨달을 때 비로소 민족에 대한 성숙한 사랑, 민주주의와 통일에 대한 확인이 이뤄지지 않느냐고 늘 이야기했어요.[165]

그의 이름에 들어 있는 세 개의 십자가는 어쩌면 그 세 개의 역사적 물줄기를 상징하는 것인지도 모르겠다. 그가 그 글자를 쓰면서 느꼈던 '영적 전율'은 어쩌면, 자신의 숙명적 삶에 대한 뒤늦은 자각이 아니었을까.

마 침 표 없 는 쉼 표

1.

금욕적인 단조로운 일상. 이것이 사제에 대한 일반인의 인식일 것이다.

하지만 그는 많이 달랐다. '단조로움' 대신에 '다양한' 가치를 추구하며 살았다. 천당 가기 위해 예수 믿는다는 유아기적 기복사상에 물든 교계에서, 그리고 신神 위에 물신物神이 자리 잡은 사회에서 그는 남들이 마다하고 기피하는 다양한 활동을 해왔다.

80세의 그를 30대의 모습 옆에 세워도 본질적인 면은 변하지 않았다. 단지 세월의 풍화작용만이 깃든 것 같다. 야만성이 짙었던 엄혹한 시대에 자신의 정체성을 지키며 누구보다도 일관되고 올곧은 삶을 살아왔다.

옹근 반세기! 그가 지나온 시대는 양심적인 사제가 온전한 정신으로 버티기에 너무도 힘겨운 격동기였다. 30대에 정의구현사제단을 조직하고 민주회복국민회의 대변인으로 역사의 무대에 섰을 때나 50년이 지난 지금이나, 여전히 생기 있고 활기차게 활동하는 그의 모습은 우리 사회에서 거의 '유일무이唯一無二'라 해도 과언이 아니다. 세월의 강하江河에서 익사하거나 변신하거나 제 잇속을 찾느라 신발을 거꾸로 신은 '명사'들이 얼마나 많았던가.

그의 주조음主調音은 '정의'다. 이를 구현하고자 직선으로 걷는 길에서 과거에 머물지 않았고, 소속 교계와의 불화를 두려워하지 않았다. 또한 남들의 희생에 기대어 무임승차를 하지도 않았고, 단 한 번도 자신의 도정에서 뒷걸음치지 않았다. 세속에 살면서도 세상의 일부이기보다 의연히 시대의 징표를 찾는 구도자이기를 바랐다.

'참사람'은 삼기三氣가 있어야 한다고 했다. 의기, 용기, 결기를 말한다. "너희는 하늘의 징조는 분별할 줄 알면서 시대의 징표는 분별하지 못하느냐"는 예수관에 따라 감옥행을 은총으로 여겼고, 박해의 늪 속을 걸으면서도 인간적 따뜻함과 온화함을 잃지 않으려 부단히 노력했다. 투철한 역사관과 깊게 체화된 '삼기'가 아니었다면 결코 가능하지 않았을 일이다.

현대사의 궂은비를 온몸으로 맞으면서도 여전히 맑은 성정을 간직하고 넉넉한 양덕陽德을 지켜낸 그의 삶은, 시대적 사표를 찾기 어려운 암흑의 시대에 홀로 별빛처럼 빛나고 있다. "민주화운동에서 질적인 면에서나 양적인 면에서 가장 크게 기여한 사람." 민주화 운동의 막후 대부로 알려진 전 청와대 교육문화수석 김정남의 증언이다.

2.

어느덧 팔십을 넘어선 함세웅을 세상에서는 '원로'라 부른다. 신문에 그의 이름이 등장할 때면 예외 없이 이런 표현들이 따라 붙곤 한다. 시민사회 원로, 진보진영 원로, 종교계 원로 등등.

'원로元老'는 '한 가지 일에 오래 종사하여 경험과 공로가 많은 사람'이다(표준국어대사전). 뜻만 놓고 보면 사회적 존경을 받아야 마땅하지만 실제로는 그렇지 않은 경우가 많다. 딱히 하는 일도 없으면서 나이만 앞세우는 사람, 왕년의 경력을 내세우며 옛 이야기만 늘어놓는 사람, 별로 도움도 안 되면서 대접받는 데만 익숙한 사람…. '원로'라는 단어에는 이런 부정적 이미지들이 덧씌워져 있다. 후인들로부터 존경받는 어른이 드문 우리 사회의 현실과도 무관하지 않을 것이다.

여전히 현역이고자 하는 함세웅이 '원로'라는 말을 썩 반길 것 같지는 않다. 그럼에도 굳이 그렇게 부른다면, 그는 매우 예외적인 원로에 속한다. 그 어떤 청년보다 형형한 눈빛으로, 그 어떤 후학보다 선명한 원칙을 고수하며, 그 누구보다도 앞줄에 서서 정의와 민주와 통일을 외치고 있기 때문이다. 골방에서 평론하고 뒷줄에서 방관하는 건 그의 성정에 맞지 않는다. 정의는 결코 입으로 구현할 수 없으며 오직 행동을 통해서만 이뤄낼 수 있다는 것을 온몸으로 입증해온 삶이 아니던가.

컴퓨터 검색창에 '함세웅'이라는 세 글자를 입력해보라. 그러면 금세 드러난다. 그가 얼마나 다양한 영역에서 '행동하는 원로'의 모습을 보여주고 있는지.

함세웅 신부가 30일 오전 서울 종로구 일본 대사관 앞에서 '후쿠시마 핵 오염수 투기 저지' 단식농성을 5일째 이어가고 있는 이정미 정의당 대표를 찾아 대화를 나누고 있다. [166]

함세웅 항일독립선열선양단체연합(항단연) 회장이 29일 오후 서울 노원구 육군사관학교 앞에서 열린 국방부의 항일 독립전쟁 영웅들의 흉상 철거 계획 중단 촉구 기자회견에서 발언하고 있다. [167]

후쿠시마 핵 오염수 투기나 육사 교정의 독립운동가 흉상 철거 시도처럼 민족의 생존을 위협하고 민족정신을 흐리는 나라 안팎의 망발에 대해 그는 칼날 같은 비판을 주저하지 않는다. 안중근의사기념사업회, 민족문제연구소, 항단연 등을 이끌고 있는 그로서는 꿈에도 받아들일 수 없는 반민족적 행태인 까닭이다.

함세웅은 상대에 따라 말을 가리는 사람이 아니다. 힘 있는 자들 앞에서는 더욱 그렇다. 권력자를 향한 서슴없는 일갈은 수십 년 전 청년 함세웅의 목소리와 견주어도 결코 뒤지지 않을 만큼 시퍼렇게 날이 서 있다.

정의의 길, 세 개의 십자가

민주노총과 윤석열정권퇴진운동본부는 이날 서울 종로구 사직로에서 '못살겠다 갈아엎자 윤석열 정권 퇴진하라 7·15 범국민대회'를 열었다. 이날 집회에는 주최 측 추산 2만여명이 참석했다. (중략) 전국비상시국회의추진위원회 상임고문인 함세웅 신부는 윤석열 대통령에게 "사람이 돼라"고 일갈했다. 그는 "윤석열 이 분은 입만 열면 헌법정신을 말하는데 그분 자체가 반헌법적 존재"라며 "그분 자체가 인간이 아니다"라고 강하게 비판했다. 함 신부는 이어 "신학교 때 배웠던 교육을 되새겨보면 은사들이 사제가 되기 전에, 신부가 되기 전에 사람이 먼저 되시오, 라고 가르친다"며 "이 교훈을 검찰과 윤석열에게 전하고 싶다"고 했다. [168]

11월 11일 오후 3시 30분 서울 서대문역 사거리 통일로에서 6만여명의 노동자, 농민, 빈민, 시민이 모인 가운데 '윤석열 정권 퇴진 총궐기'가 진행됐다. (중략) 함세웅 전국비상시국회의(추) 상임고문은 영상 격려사에서 "우리가 모인 목적은 윤석열 대통령을 그 권좌에서 끌어내리기 위한 호소와 외침을 위함이다. 불의한 윤석열 검찰독재를 끌어내고, 탄핵하고 아름다운 민주정권을 이룩했으면 참 좋겠다"고 하면서 "민주주의와 평화, 민족의 일치와 화해를 위한 꿈을 이룩하기를 바란다"고 말했다. [169]

이른바 '사회적 현안'들에 대해서도 함세웅은 선명하게 자신의 입장을 드러낸다. 권력자가 차려준 만찬 테이블에 앉아서 '화합'이나 '국민통합'처럼 뜬구름 같은 단어들만 늘어놓는 여느 '사회 원로'들과는 차원이 다르다. 늘 그래왔듯, 자신의 소신이 곧 민중들의 바람이며 나아가 하느님의 뜻이라는 굳은 믿음이 있기 때문이다.

함세웅 신부 등 시민사회 원로들도 이날 오전 서울 용산 대통령실 앞에서 기자회견을 열고 노란봉투법 즉각 공포를 촉구했다. 이들은 "그동안 비정규직 노동자는 헌법이 보장하는데도 노조할 권리를 제대로 행사하지 못했고, 같은 일을 하면서도 임금을 절반밖에 받는 등 부당한 대우를 받았다"며 "이런 비합리적이고 반헌법적인 상황을 끝내야 한다"라고 성토했다. 이어 "윤 대통령에게 개정된 노조법을 즉각 공포할 것을 요구한다"며 "대통령 거부권은 법률안이 위헌적이거나 집행 불가능할 때만 행사하는 것"이라고 덧붙였다. [170]

사회 각계 원로들이 '진보정치연합 원탁회의' 구성을 진보정치세력과 시민사회단체들에 공개적으로 제안했다. 내년 4월 총선에서 윤석열 정권을 심판하고 정치발전을 이뤄내기 위해서는 진보세력이 힘을 모아야 한다는 취지다. (중략) 종교계 원로인 함세웅 신부(안중근의사기념사업회 이사장)는 "제가 신학을 배우면서, 또 기도하면서 늘 간직하고 있는 가치는 초심"이라며 "초심, 어린이의 순수한 마음을 가지고서 혼탁한 사회공동체를 바꿔야겠다고 다짐하는 게 진보정치연합 원탁회의의 가장 바탕이 되는 가치라고 생각한다"고 말했다. [171]

사석에서 만난 함세웅은 따뜻하고 온화하다. 목소리도 크지 않고

정의의 길, 세 개의 십자가

행동도 조심스럽다. 그러나 '현장'에서 보는 그의 모습은 다르다. 불의한 세력들을 후려치는 그의 사자후를 듣고 있노라면, 그 옛날 독재자의 심장을 겨누었던 불화살이 여전히 활활 타오르고 있음에 문득 전율이 느껴진다. 물론 그 뜨거움 속에는 어떤 경우에도 경솔하게 들끓지 않는 서늘한 이성이 깃들어 있을 것이다.

3.

신에게 배반한 것도 아니요
그렇다고 충실한 것도 아닌
오직 자기만을 위한 저 비열한 천사의 무리들.

단테의 《신곡》 '지옥 편'에 나오는 비열한 '천사'들이 설치는 교계에서, 중독성이 강한 물신사회에서, 불의한 권력과 부패한 재력과 물신화된 교계 지도자를 예찬하는 풍각쟁이들 속에서, 결곡한 자세로 자신의 정체성을 지키며 살기는 쉽지 않았다. 함세웅의 신념과 활동은 그들의 도식이나 문법에는 당최 들어맞지 않았을 것이다. '이단자'라는 비난과 "지가 뭔데"라는 비웃음, 노골적인 따돌림이 50년 내내 그를 따라다녔다. 물안개 같은 외로움이 얼마나 자욱했을지, 우리로서는 그 고통을 가늠하기조차 어렵다.

"인간이 세상에 태어나면 각자 그 책임이 있다. 대장부가 책임을 안다는 것은 인간 구실의 시작이며, 책임을 진다는 것은 인간 구실의 마지막이다."

중국혁명의 선각자 량치차오梁啓超가 방관자를 꾸짖으며 던진 말이다. 함세웅은 세상에 태어난 책임을 다하고자 노력하며 살았다. 그리고 사람(신앙인)이 어찌 살아야 하는지에 대해 가장 모범적인 길을 보여주었다.

《워싱턴 포스트》가 '미국의 양심'으로 선정한 바 있는 존 매케인이 《사람의 품격》에서 했던 말이 문득 떠오른다.

"자신에게 진실했고 다른 사람에게 거짓되지 않았다."

함세웅은 그리 살고자 하였고, 그렇게 살았다. 또한 그렇게 살고 있다.

"(예수의) 부활은 결코 관념적 교리가 아닙니다. 불의와 맞서 싸우는 정의의 실천입니다. (…) 부활은 정의에 대한 열망과 불의와 거짓과의 결별에서 확인됩니다."

그의 말이다.

정의의 길, 세 개의 십자가

함세웅은 50년 동안 변함없이 정의의 한길을 걸어왔으며, 쉼표는 있어도 마침표는 없는 영원한 현역이다.

4.

　시대는 또다시 어지럽다.

　'정의'라는 고전적인, 그리고 보편적인 명제가 진영에 따라 바뀌고 '관제 정의'와 '관제 상식'이 날뛰고 있다.

　"변할수록 옛 모습을 닮아가는" 한국 정치의 비극이 재현되지 않기를 충심으로 바란다. 무엇보다도, 팔순에 접어든 함세웅을 다시 역사의 현장으로 소환하고 싶지 않기 때문이다. 그러나 조금 전에 이미 살펴보았듯, 그의 노년이 평온하길 바라는 우리의 간절한 소망은 아마도 이뤄지기 힘들 것 같다.

　정의로 가는 길은 아득히 멀고, 함세웅의 삶에는 마침표가 없기 때문이다.

주님의 산으로 올라가자

함세웅 신부 연보
주석

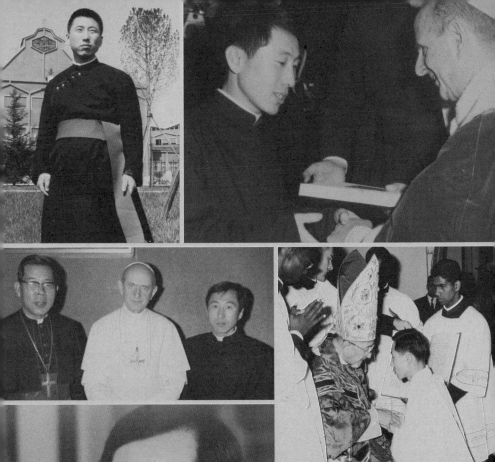

1942년

서울 용산구에서 태어남. 형이 둘 있었으나 한국전쟁 때 모두 사망하고 외아들로 자람.

1954년(13세)

아버지를 여읨.

1957년(16세)

서울 혜화동의 사제후보 양성 기숙학교인 성신고등학교(소신학교) 입학.

1960년(19세)

성신대학(현 가톨릭대학) 입학.

1962년(21세)

육군 입대. 논산훈련소에서 헌병으로 차출되어 영천에서 근무. 이후 경기도 광주시 육군교도소에 발령받아 경비과 및 작업과 근무.

1965년~1968년(24~27세)

가톨릭대학교 로마 유학생으로 선발되어 로마 우르바노대학교 대학원에 진학. 신학석사 학위를 받고 사제로 서품됨.

1968년~1973년(27~32세)

로마 그레고리오대학교 대학원에서 신학박사 학위를 받음.

1973년(32세)

8년간의 유학 생활을 마치고 귀국. 7월에 연희동성당 보좌신부로 부임. 12월에 응암동성당 주임신부로 부임.

1974년(33세)

· 1월 : 귀국 후 처음으로 쓴 글 〈공범자〉를 격월간지 《사목》에 기고.

· 3월 : 《인도의 마더 테레사》(맬컴 마그렛츠)를 성바오로출판사에서 번역 출간.

· 4월 : 가톨릭대학교 신학과 교수로 임용되어 교부학 강의 시작.

· 7월 : 지학순 주교 구속을 계기로 전국의 신부들과 함께 '천주교 정의구현전국사제단'을 결성하여 본격적으로 민주화운동에 나섬. 이후 '민주회복국민회의' 대변인으로 활동.

1975년(34세)

· 4월 : 인민혁명당 추모 성명서 발표를 이유로 중앙정보부에 처음 연행됨.

· 5월 : 명동학생총연맹 사건 배후로 지목되어 중앙정보부에 재차 연행됨.

1976년(35세)

· 1월 : 한국 천주교 정의평화위원회 총회에서 인권위원장으로 선임.

· 3월 : '3·1 민주구국선언 사건'으로 김대중, 문익환 등과 함께 구속됨. 이듬해 3월 대법원 확정판결 이후 여러 교도소를 거치며 투옥생활을 하다가 1977년 12월 25일 형집행정지로 석방.

1978년(37세)

동부이촌동의 한강성당 본당신부로 부임.

1979년(38세)

안동 가톨릭농민회 '오원춘 사건'과 관련하여 권력비판 강론을 했다는 이유로

8월에 구속됨. 박정희 피살 사건(10·26) 이후인 12월 8일 긴급조치 9호가 해제되며 석방.

1980년(39세)
전두환의 5·17 비상계엄 확대조치 이후 '김대중 내란음모 사건'에 연루되어 계엄사 합동수사본부에 연행되었다가 2개월 후 석방.

1982년(41세)
부산미문화원 방화 사건과 관련하여 피의자인 대학생들(문부식, 김은숙 등)을 보호하기 위한 중재 활동을 벌였으나 실패함. 중재를 부탁했던 천주교 원주교구장 최기식 신부가 구속되고 학생들도 구속되어 고문을 당함.

1984년(43세)
· 1월 : 강론집《고난의 땅, 거룩한 땅》(두레) 출간.
· 8월 : 구의동성당에 주임사제로 부임. 2학기부터 성심여자대학교(이후 가톨릭대학교로 통합)에서 종교학 강의 시작.
· 10월 : 정의구현사제단 창립 10주년 기념《삶: 함세웅 신부 묵상강론선집》(제3기획) 출간.

1985년(44세)
천주교 정의평화위원회 중앙위원을 맡았고, 8월에 천주교 서울대교구 홍보국장으로 발령받아 주보 편집 업무를 맡음. 이후 3년간 주보에 익명으로 강론 연재.

1987년(46세)
· 5월 : 명동성당의 5·18 광주항쟁 7주년 기념 미사에서 정의구현사제단을 대표하여 김승훈 신부가 박종철 고문치사 사건 진상 조작에 관한 성명서 발표.
· 6월 : 6월항쟁 당시 명동성당에서 시위대와 성당 측, 정부 사이를 중재하여 시위대 전원의 안전한 해산을 이끌어냄.

정의의 길, 세 개의 십자가

1988년(47세)
서울교구 홍보국장 시절 주보에 썼던 글들을 책으로 펴냄. 1988년 12월 성바오로출판사에서 펴낸《약자의 벗, 약자의 하느님》을 시작으로《말씀이 뭉치가 되어》(성바오로출판사. 1989)《불을 지르러 오신 예수》(성바오로출판사. 1990) 출간. 이후 마지막 강론집을 다듬어《칼을 주러 오신 예수》(빛두레. 1993)로 재출간.

1989년(48세)
평화신문, 평화방송을 창립하고 초대 사장을 지냄.

1991년(50세)
'민족문제연구소' 지도위원을 맡음.

1992년(51세)
바티칸 체제에 대한 비판의 여파와 학내 사정 등이 겹쳐 가톨릭대학 강단을 떠났고 장위동성당 주임신부로 옮김.

1993년(52세)
교회의 사회비판적 기능을 강조한《멍에와 십자가》(빛두레) 출간.

1995년(54세)
민족과 역사와 함께하는 교회를 지향하는 '기쁨과희망사목연구원' 설립.

1997년(56세)
상도동성당 주임신부로 부임.

1998년(57세)
북한의 장충성당 건립 10주년을 맞아 미사를 봉헌하기 위해 김승훈, 문정현, 리수현 신부 등 8명의 사제들과 함께 방북. 12월에 '민주개혁국민연합' 상임대표를 맡음.

1999년(58세)

사제들에게 던지는 질문과 복음을 담은 《왜 사제인가》(생활성서사) 출간.

2000년(59세)

'10·26 재평가와 김재규 장군 명예회복 추진위원회'를 설립하고 공동대표를 맡음.

2001년(60세)

엘리자벳 A. 존슨의 여성신학서 《하느님의 백한번째 이름》(바오로딸) 번역 출간.

2003년(62세)

제기동성당 주임신부로 부임.

2004년(63세)

선교사로 한국에 파견되어 영종도에서 사목한 진 시노트 신부의 소설 《영종도 사람들》(바오로딸) 번역 출간. 10월에 '민주화운동기념사업회' 이사장을 맡음.

2005년(65세)

'만해기념사업회'의 제9회 만해대상 실천부문 수상자로 선정됨.

2007년(66세)

어머니를 여읨.

2008년(67세)

청구성당 주임신부로 부임. 천주교 정의구현전국사제단 고문, '안중근의사기념사업회' 이사장을 맡음.

2009년(68세)

'인권의학연구소' 이사장을 맡음.

정의의 길, 세 개의 십자가

2011년(70세)
신앙인의 자기성찰을 담은《심장에 남는 사람들》(빛두레) 출간.

2012년(71세)
《곽노현 버리기》(공저, 책으로보는세상),《껍데기는 가라》(공저, 알마),《세상을 품은 영성》(빛두레) 등 여러 권의 책을 펴냄. 청구성당을 끝으로 현장사목에서 은퇴.

2013년(72세)
'민족문제연구소' 이사장으로 취임. '김근태 기념 치유센터'를 설립하고 초대 이사장을 맡음. '3·1 민주구국선언 사건' 재심에서 무죄 판결을 받음.

2016년(75세)
주진우 기자와 함께 진행한 현대사 강의를 엮은《악마 기자, 정의 사제》(시사IN 북) 출간.

2017년(76세)
국가보훈처 등록 연합단체인 '항일독립선열선양단체연합'(항단연) 회장을 맡음.

2018년(77세)
한인섭 교수와의 대담을 엮은《이 땅에 정의를 : 함세웅 신부의 시대 증언》(창비) 출간.

2022년(81세)
역사적 사건들에 대한 본인의 붓글씨와 역사 해석을 담은《함세웅의 붓으로 쓰는 역사 기도》(라의눈) 출간.

2023년(82세)
'검찰독재, 민생파탄, 전쟁위기를 막기 위한 전국비상시국회의' 추진위원회 상임고문을 맡음.

1   한인섭,《함세웅 신부의 시대증언 : 이 땅에 정의를》, 창비, 2018, 31쪽.

2   함세웅, 〈가정〉,《멍에와 십자가》, 빛두레, 1993.

3   이인우, 〈'사제인생' 40년 함세웅 신부〉,《한겨레》 2011. 2. 7.

4   주슬기, 〈천주교 정의구현전국사제단 함세웅 고문〉,《부대(釜大)신문》 2013. 5. 27.

5   주슬기, 앞과 같음.

6   한인섭, 앞의 책, 30쪽.

7   한인섭, 앞과 같음.

8   한인섭, 앞의 책, 33쪽.

9   한인섭, 앞의 책, 35쪽.

10   한인섭, 앞과 같음.

11   한인섭, 앞의 책, 36쪽.

12   한인섭, 앞의 책, 37쪽.

13   한인섭, 앞의 책, 61쪽.

14   한인섭, 앞의 책, 42쪽.

15   한인섭, 앞의 책, 46쪽.

16   이인우, 앞의글.

17   〈공범자〉,《사목》, 1974. 1월 (《함세웅 신부 삶》, 제3기획, 1984. 253쪽 재인용. 이후
     《삶》으로 표기)

18   앞과 같음.

19   앞과 같음.

정의의 길, 세 개의 십자가

20 앞과 같음.

21 한인섭, 앞의 책, 59~60쪽.

22 한인섭, 앞의 책, 58쪽.

23 한인섭, 앞의 책, 66쪽.

24 주슬기, 앞의 글.

25 서화숙, 〈은퇴하는 함세웅 신부〉, 《한국일보》 2012. 8. 20.

26 민주화운동기념사업회 사료관 오픈 아카이브(achive.kdemo.or.kr)

27 앞과 같음.

28 이인우, 앞의 글.

29 앞과 같음.

30 한인섭, 앞의 책, 77쪽.

31 한인섭, 앞의 책, 76쪽

32 한인섭, 앞의 책, 78쪽.

33 《신부가 그런 일을 안 하려면 뭐하러 사제가 돼?》, 기쁨과희망사목연구원, 2021, 53쪽.

34 한인섭, 앞의 책, 84쪽.

35 《신부가 그런 일을 안 하려면 뭐하러 사제가 돼?》, 58쪽

36 유시춘 외, 《70, 80 실록 민주화운동 (1)》 경향신문사, 2005, 101쪽.

37 한인섭, 앞의 책, 103쪽.

38 앞과 같음.

39 함세웅 · 주진우, 《악마 기자, 정의 사제: 함세웅 주진우의 속 시원한 현대사》, 시사
    IN북, 2016, 3쪽.

40 미국의 지원을 받던 남베트남의 수도 사이공이 북베트남군에 의해 함락된 날이다.
    한국은 남베트남 편에서 베트남 전쟁에 참전했으므로 공식적으로 '베트남 패망'이라
    는 용어를 사용해왔고, 여기서도 그렇게 썼다.

41 《신부가 그런 일을 안 하려면 뭐하러 사제가 돼?》, 63쪽.

42 《암흑 속의 횃불 (1)》, 기쁨과희망사목연구원. 1996. 433쪽. (이후 《암흑 속의 횃불》
    로 표시)

43 앞의 책, 463~464쪽.

44 한인섭, 앞의 책, 92~93쪽.

45 한인섭, 앞의 책, 93~94쪽.

46 《암흑 속의 햇불 (2)》, 9쪽.

47 함세웅 · 주진우, 앞의 책, 39쪽.

48 함세웅 · 주진우, 앞의 책, 38쪽.

49 한인섭, 앞의 책, 136쪽.

50 한인섭, 앞의 책, 139쪽.

51 한인섭, 앞의 책, 140쪽.

52 한인섭, 앞의 책, 141쪽.

53 한인섭, 앞의 책, 150~151쪽.

54 《암흑 속의 햇불 (2)》, 242~243쪽.

55 앞의 책, 260쪽.

56 연규형, 《함세웅 권호경 감옥의 자유》, 바이블리더스, 2012, 52쪽.

57 연규형, 앞의 책, 44~45쪽.

58 한인섭, 앞의 책, 162~163쪽.

59 Ecumenism. 기독교의 교파와 교회를 초월하여 하나로 통합하려는 세계교회운동.

60 《암흑 속의 햇불 (3)》, 66쪽.

61 한인섭, 앞의 책, 184쪽.

62 한인섭, 앞의 책, 179쪽.

63 《신부가 그런 일을 안 하려면 뭐하러 사제가 돼?》, 73쪽

64 《암흑 속의 햇불 (3)》, 467쪽.

65 1975년 언론민주화 투쟁 당시 동아일보와 동아방송에서 해고된 130여 명의 기자,
    PD, 아나운서 등이 결성한 동아자유언론수호투쟁위원회.

66 《암흑 속의 햇불 (3)》, 233~234쪽.

67 〈정의구현운동의 시대적 배경〉, 《암흑 속의 햇불 (1)》, 6쪽.

68 이인우, 앞의 글.

69 김삼웅, 《김재규 장군 평전》, 두레, 2021, 241쪽.

70 한인섭, 앞의 책, 241쪽.

71 한인섭, 앞의 책, 242쪽.

72 《암흑 속의 햇불 (4)》, 24~26쪽.

73 연규형, 앞의 책, 85쪽.

74 연규형, 앞의 책, 86쪽.

75 연규형, 앞의 책, 86~87쪽.

76 한인섭, 앞의 책, 360쪽.

77 한인섭, 앞의 책, 262~263쪽.

78 한인섭, 앞의 책, 266쪽.

79 《암흑 속의 햇불 (4)》, 27쪽.

80 한인섭, 앞의 책, 273쪽.

81 한인섭, 앞의 책, 272쪽.

82 《암흑 속의 햇불 (4)》, 345쪽.

83 앞의 책, 381~382쪽.

84 《한국민주화운동사 연표》, 한국민주화운동기념사업회, 2006, 403쪽.

85 《암흑 속의 햇불 (5)》, 46쪽.

86 앞의 책, 156쪽.

87 유시춘 외, 앞의 책, 305~306쪽.

88 한인섭, 앞의 책, 293쪽.

89 유시춘 외, 앞의 책, 307쪽.

90 한인섭, 앞의 책, 296쪽.

91 한인섭, 앞의 책, 322쪽.

92 한인섭, 앞의 책, 323쪽.

93 〈불의에의 저항이 종교의 사명〉, 《신동아》 1985년 2월호, 인터뷰어 최일남.

94 앞과 같음.

95 앞의 책, 재인용

96 저녁 9시가 되면 곧바로 전두환 관련 뉴스가 나온다는, 즉 '땡 하면 전두환'이라는 의미.

97 한인섭, 앞의 책, 346쪽.

98 김종철, 〈'정의의 길'로 50년, 함세웅 신부〉, 《한겨레》 2018. 9. 15.

99 한인섭, 앞의 책, 397쪽.

100 유시춘 외, 앞의 책, 194쪽.

101 한인섭, 앞의 책, 405쪽.

102 한인섭, 앞의 책, 430~431쪽.

103 유시춘 외, 앞의 책, 220쪽.

104 한인섭, 앞의 책, 446쪽.

105 유시춘 외, 앞의 책 220쪽.

106 한인섭, 앞의 책, 452쪽.

107 6·29 선언 이후 민주화의 공간이 열리면서 시작된 노동자들의 전국적 시위를 가리키는 말. 7월 5일 울산 현대엔진 노조결성을 시작으로 두 달 동안 전국의 노동자들이 임금 인상, 근로조건 개선, 민주노조 건설 등을 목표로 치열한 투쟁을 벌였다. 7~8월 두 달 동안 발생한 노동쟁의는 총 3,341건으로 하루 평균 44건을 기록했으며, 1975~1986년까지 10년간 발생한 노사분규 건수의 2배에 가깝다. 그 결과 1987년 6월 30일까지 노조 수 2,449개에 조합원 90만 6천여 명이었던 한국노동조합총연맹(한국노총)의 조직 규모는 12월 말에 각각 3,532개와 117만 명으로 늘어났고, 한국노총의 오랜 어용적 행태를 비판하는 이른바 '민주노조' 진영이 형성되기 시작한다. 이른바 '전투적 민주노조운동'의 흐름은 이후에도 계속되어 1989년 전국교직원노동조합(전교조), 1990년 전국노동조합협의회(전노협) 결성으로 이어졌고, 전노협은 1995년에 결성된 전국민주노동조합총연맹(민주노총)의 모태가 되었다.

108 한인섭, 앞의 책, 464쪽.

109 한인섭, 앞의 책, 476쪽.

110 한인섭, 앞의 책, 495쪽.

111 한인섭, 앞의 책, 500쪽.

112 한인섭, 앞의 책, 503쪽.

113 한인섭, 앞의 책, 506쪽.

114 한인섭, 앞의 책, 506~507쪽.

115 한인섭, 앞의 책, 507쪽.

116 최종길 교수는 1969년에 발생한 '유럽 간첩단 사건'(2009년 과거사위원회에서 조작 사건으로 판명했으며 2015년 대법원에서 관련자 무죄판결)의 참고인으로 1973년 10월 16일 중앙정보부에 출두했다가 사망했고, 중앙정보부는 그가 간첩단의 일원임을 자백한 뒤 7층에서 투신자살했다고 발표했다. 그러나 2002년 의문사진상규명위원회는 그가 고문과 협박 등 위법한 공권력에 의해 사망했다고 발표했으며,

정의의 길, 세 개의 십자가

2006년에는 국가가 유족에게 18억6천만 원을 배상하라는 대법원 확정판결이 내려졌다. 정의구현사제단은 1974년부터 최 교수의 죽음이 자살이 아닌 고문치사라고 일관되게 주장했고, 1988년 10월에도 진상규명을 요구하며 과거 중앙정보부장이었던 이후락 등을 검찰에 고발한 바 있다.

117 김삼웅, 《진보와 저항의 세계사》, 철수와 영희, 2012, 214~215쪽.

118 김삼웅, 앞의 책, 220쪽.

119 신영복, 《감옥으로부터의 사색》, 햇빛출판사, 1988, 초판 서문. (이 책의 출판사는 이후 돌베개로 바뀌었다.)

120 위와 같음.

121 한인섭, 앞의 책, 516쪽.

122 함세웅, 《멍에와 십자가》, 빛두레, 1993

123 함세웅, 앞의 책, 서문

124 앞과 같음.

125 함세웅, 앞의 책.

126 함세웅, 앞의 책, 214쪽.

127 문규현, 《한국천주교회사(1)》, 빛두레, 1994, 3쪽.

128 앞의 책, 12~13쪽.

129 당시 임수경은 일본–서독–동독–소련을 경유하여 평양으로 갔다.

130 한인섭, 앞의 책, 530쪽.

131 한인섭, 앞의 책, 539쪽.

132 한인섭, 앞의 책, 542쪽.

133 함세웅, 앞의 책.

134 한인섭, 앞의 책, 545~546쪽.

135 한인섭, 앞의 책, 376쪽.

136 여기서 말하는 촛불시위는 2008년 광우병 관련 촛불시위나 2016년 국정농단 사건 때의 촛불시위가 아니고, 2004년 봄의 노무현 대통령 탄핵 반대 시위를 가리킨다.

137 한인섭, 앞의 책, 375쪽.

138 함세웅, 앞의 책, 403쪽.

139 김종철, 앞의 글, 《한겨레》 2018. 09. 15.

140 함세웅, 앞의 책, 121쪽.

141 한인섭, 앞의 책, 564쪽.

142 함세웅, 앞의 책, 126~128쪽에서 발췌.

143 함세웅, 앞의 책, 170~171쪽.

144 〈북한 다녀온 안중근의사기념사업회 함세웅 이사장〉,《한겨레》 2012. 11. 30.

145 한인섭, 앞의 책, 664쪽

146 한인섭, 앞의 책, 666쪽.

147 함세웅, 〈어머니와 마리아〉,《고난의 땅, 거룩한 땅》, 두레, 2023, 209~210쪽

148 함세웅, 앞의 책, 207쪽

149 함세웅, 〈감사의 글〉,《심장에 남는 사람들》, 빛두레, 2011.

150 함세웅, 앞의 책, 201쪽.

151 〈서화숙의 만남, 은퇴하는 함세웅 신부〉,《한국일보》 2012. 8. 20.

152 《한국일보》 2013. 2. 4.

153 《평화신문》 제969호, 2008. 5. 11.

154 서화숙, 앞의 글.

155 한인섭, 앞의 책, 241쪽.

156 함세웅, 〈만해 한용운과 사제단〉, 앞의 책, 224쪽.

157 함세웅, 앞의 글

158 한인섭, 앞의 책, 648쪽.

159 한인섭, 앞의 책, 637쪽.

160 함세웅·주진우,《악마 기자 정의 사제 : 함세웅 주진우의 속 시원한 현대사》, 시사
     IN북, 2016.

161 함세웅·주진우, 앞의 책.

162 함세웅,《함세웅의 붓으로 쓰는 역사기도》, 라의눈, 2022, 16쪽.

163 함세웅, 앞의 책, 17쪽.

164 함세웅, 앞의 책, 25쪽.

165 한인섭, 앞의 책, 668~669쪽.

166 〈함세웅 신부 응원 받으며 단식농성 이어가는 이정미 대표〉,《더팩트》 2023. 6. 30

167 〈발언하는 함세웅 항일독립선열선양단체연합(항단연) 회장〉,《뉴시스》 2023. 8. 29

168 〈민주노총 총파업 마지막날… 함세웅 "윤석열, 사람이 먼저 되시오"〉,《프레시안》
2023. 7. 15

169 〈노, 농, 빈, 시민 6만 명, 윤석열 정권 퇴진 총궐기〉,《통일뉴스》 2023. 11. 11

170 〈노란봉투법 거부권 행사 자제해야… 입법권 대체 못해〉,《연합뉴스》 2023. 11. 21

171 〈사회 각계 원로 119명, 내년 총선 겨냥 '진보정치연합 원탁회의' 제안〉,《민중의소리》 2023. 11. 28

함세웅 평전
정의의 길, 세 개의 십자가

초판 펴낸날 | 2024년 1월 9일
지은이 | 김삼웅

펴낸이 | 김남기
편집 | 박경
디자인 | 김선미
마케팅 | 남규조

펴낸곳 | 소동
등록 | 2002년 1월 14일(제 19-0170)
주소 | 경기도 파주시 돌곶이길 178-23
전화 | 031 955 6202 070 7796 6202
팩스 | 031 955 6206
페이스북 | https://www.facebook.com/sodongbook
전자우편 | sodongbook@gmail.com

ISBN 979-11-93193-07-5 03810

이 도서는 2023 경기도 우수출판물 제작지원 사업 선정작입니다.